Pham Thi Hoai

Sonntagsmenü

Zu diesem Buch

Die LiBeraturpreisträgerin Pham Thi Hoai gehört zu jener Generation von Schriftstellerinnen und Schriftstellern, die sich unabhängig, unbestechlich und spielerisch den Wirklichkeiten im heutigen Vietnam nähern.

Mit Ironie, Schalk und zarter Erotik zeichnet Pham Thi Hoai Facetten des Alltagslebens in Hanoi. Es entstehen poetische Momentaufnahmen einer Welt, die sich ständig ändert, in der jüngere Vergangenheit, Gegenwart und Tradition miteinander ringen. Politische Grundsätze wanken, kulturelle Werte wandeln sich, Beziehungen sind zerbrechlich; Liebe ist nicht einfach – aber immerhin möglich.

Die Autorin

Pham Thi Hoai, 1960 geboren, studierte Archivwissenschaften und war Mitarbeiterin am Institut für Gesellschaftswissenschaften in Hanoi. Sie lebt in Hanoi und Berlin. Sie übersetzte Grass, Kafka und Dürrenmatt ins Vietnamesische. 1983 begann sie zu schreiben, aber ihr erster Novellenband, »Fünf Tage«, konnte vorerst in Vietnam nicht veröffentlicht werden, weil er nach offizieller Lesart »die Würde der Frau in den Schmutz zog«, und erschien erst im Jahre 1986. Ihr Erstlingsroman »Die Kristallbotin« (Rowohlt, 1992) erschien 1988 in der Zeitschrift des vietnamesischen Schriftstellerverbandes gekürzt, später in der unzensierten Fassung. 1993 wurde sie mit dem LiBeraturpreis ausgezeichnet.

Pham Thi Hoai

Sonntagsmenü

Aus dem Vietnamesischen von
Dietmar Erdmann

Unionsverlag
Zürich

Deutsche Erstausgabe

Unionsverlag Taschenbuch 62

Rieterstrasse 18, CH-8059 Zürich, Telefon 01-281 14 00

Umschlaggestaltung: Heinz Unternährer, Zürich
Umschlagfoto: Friedrich Stark, Dortmund
Druck und Bindung: Clausen und Bosse, Leck
ISBN 3-293-20062-1

Die äußersten Zahlen geben die aktuelle Auflage
und deren Erscheinungsjahr an:

1 2 3 4 5 - 98 97 96 95

Inhalt

Sonntagsmenü

Sonntags besuche ich Oma in ihrer Dachkammer ohne Fenster, es gibt nur ein Luftloch, einen fehlenden Ziegelstein über Opas Altar, damit Opa ein bißchen Frischluft bekommt. Draußen ziehen Wolken vorbei wie im TV. Oma liegt auf zwei Brettern mit Buddhas Büchern und winzigen Truhen als Stützen zwischen Flaschen, Vasen, Latschen, Kalktöpfchen, Notizbüchern, verschrumpelten Apfelsinen, einem Porzellannachttopf und einem Plastiknachttopf. Oma liegt breit auf ihrer ganzen Habe und schaut den vorbeiziehenden Wolken zu. Ich entzünde in dieser geschlossenen Streichholzschachtel für Opa jede Woche ein Räucherstäbchen, und schon sehen Oma und ich uns nur durch dicken Rauch.

»Letzte Woche gab es am Montag Goldblütenperlbaumhuhn, Dienstag Phönixembryo, Mittwoch ›Drachenbart‹, Donnerstag Goldsandrogen, Freitag Bunte Krabbenblumen, Sonnabend ›Weiße Vögel im Nest‹, heute Sonntag gibt es Ente mit Seegurken ›Ewiges Leben‹, sage ich. Jeden Sonntag präsentiere ich ein neues Menü. So kann Oma beruhigt der endgültigen Verwendung ihrer Bretter entgegensehen, ihr Leben als Köchin in einem Mandarinhaushalt ist nicht umsonst gewesen. Mutter war früher Kantinenköchin und hat jetzt die Garküche »Rikschafahrermahlzeit« aufgemacht. Jeden Sonntag gibt sie mir zwei Fünftausender und sagt: »Heute hast du frei, mach einen Ausflug mit Oma.« Oma und ich gehen ein Menschenleben zurück, weiter und weiter, Oma führt mich bis vor ein vergoldetes Eßtablett mit einem seidenen Fliegenschirm darauf. Und auch ich meinerseits erweise mich würdig mit Hilfe von Speisen, ich habe keine Ahnung, was für Speisen das sind, die Namen jedenfalls klingen wie die Sinovietnamesische Akademie. Dann lege ich andächtig die zwei Fünftausender Taschengeld auf Opas Altar, auch Opa soll sich was leisten können, ich denke, es ist anständiger, die Toten zu beschenken als die Lebenden. Und ich gehe und lasse Oma zurück, die in ihrer Kammer träumend Fleisch in Bohnensprossen des Jahrhundertanfangs füllt.

Unsere Rikschafahrer-Mahlzeit besteht im Sommer aus viel Suppe, enthält im Winter viel Fett, ganzjährige Standardgerichte sind sauer eingelegter Senfkohl und Tofu, dazu ein wechselndes Angebot von geschmortem Fisch, geschmortem Fleisch, geschmorten Garnelen, Eierkuchen und Pfannengemüse. Mutter kann alle ihre Kantinenerfahrungen nutzen, der Suppentopf verdreifacht sich, aus einem Liter Fischsauce werden fünf, die Eier werden mit viel Geschick geschlagen und sind nach dem Braten aufgeplustert wie Hochzeitskissen, einige wenige Stückchen Fleisch werden effektvoll arrangiert wie Opferspeisen für die Götter. Als wir die Garküche aufmachten, dachte ich noch (meine Familie fürchtet sich seit zwanzig Jahren vor Mutters Künsten), wenn ich jetzt die Eier auf die Straße trage, damit die Leute sie sich schmecken lassen, ist das nur peinlich. Mutter hat mich gebeten: »Sollte Oma fragen, sagst du, wir haben ein Spezialitätenrestaurant eröffnet.« Voriges Jahr am zweiten Neujahrstag hat Mutter Sülze gekocht und mich damit zu Oma geschickt. Oma stürzte die Schale, und siehe da, auf dem Teller entstand wirklich ein bauchiger Hügel, normalerweise sind Mutters Gallertspeisen matschig wie breitgelatschter Schlamm, schon vom Hinsehen kann man ohnmächtig werden. Ich freute mich für Mutter, frohlockte aber vergeblich, Oma rührte die Sülze nicht an, also verabschiedete ich mich. Oma sagte: »Nimm das wieder mit und richte deiner Mutter aus, man muß die Brühe durch ein Tuch passieren, den Pfeffer nur ganz kurz rösten, zweimal schwenken und sofort vom Feuer nehmen, von den Pilzen sorgfältig die Stiele entfernen, und dann das Glutal … deine Mutter will mich alte Frau wohl vergiften?« Auf dem Heimweg warf ich den Teller mit der Sülze in den See des Wiedergegebenen Schwertes. Auf Mutters Frage antwortete ich, Oma hat's geschmeckt, damit Oma und Mutter sich näherrücken, Rikschafahrermahlzeit auf vergoldetem Eßtablett hat Stil.

Aber ich hatte mich umsonst gesorgt. Mutter weiß selber, keine hundert Familien wollen sie zur Schwiegertochter haben, also greift sie nicht nach den Sternen. Mutters Losung ist »Alles für das Wohl des Volkes«, schon für zweihundert Dong gibt es was zu essen, das teuerste Gericht kostet anderthalbtausend. Deshalb ist es bei uns immer voll, an den Tischen ist nicht genug Platz, viele Gäste müssen ihr Essen auf der Straße im Stehen verschlingen. Von draußen sieht man nur fröhliches Eßstäbchenschwingen, vielhändiges Tunken, pausenloses Saugen - ein sehr erheiternder Anblick. Den Betrieb in der Garküche hält Mutter zusammen mit mir und meinem Vetter Thai aus Buoi aufrecht. Thai ist für die schweren Arbeiten zuständig wie Wasser abgießen, Töpfe tragen, Abfälle fortschaffen, Feuer machen, Abwaschen und für Ruhe sorgen, denn unsere Gäste sind nicht von der Sorte »Zartfühlend, bloß den Reiskörnern kein Leid antun«; ein Paar Täßchen Schnaps, einige Erdnüsse und eine Portion Tofu, und sie werden unberechenbar. Thai ist in jeder Beziehung faul, nur für Ordnung sorgt er mit Eifer, bei der kleinsten verdächtigen Regung schultert er das Hackmesser, stürzt hinaus und geht in Kampfposition. Wenn Mutter vorsichtig versucht, ihn zurückzuhalten, dann schnappt er ein, geht in die Küche und pißt in die Gemüsebrühe. Ihn davonzujagen traut sich Mutter nicht, das könnte wer weiß wie gefährlich werden, also bleibt ihr nichts übrig, als ihn zähneknirschend zu dulden. Hin und wieder steckt sie ihm ein paar Tausender zu und schickt ihn zum Karaoke, denn sonst spült er seine Seele in der Garküche aus, dabei sprühen Speicheltropfen auf die Gesichter der Gäste, das ist unanständig. Er singt immer nur das Lied »Trauriger Herbstnachmittag«. Oma habe ich erzählt, unser Spezialitätenrestaurant hat einen Rausschmeißer mit Ausbildung in Japan engagiert. Karaoketoschibaajinomototoyotahonda-yamahasanyomitschuschubiohaiotokyo. Oma hat gesagt, das klingt schöner als *mexi bocu*. Oma beschuldigt die Franzosen, die vietnamesische Küche verführt und verdorben zu haben. Ich muß sehr aufpassen, sonst rutscht mir etwas von *rôtir, farcir* plus Butter Wurst Schinken heraus, und Omas nach Garnelensauce, Zwiebeln und Knoblauch riechende Vaterlandsliebe wird aufgewirbelt. Mutter begeht ein noch schwereres Verbrechen als die Franzosen. Mutter rottet aus. Ich vermute, daß Oma ihren chinesischen Nachttopf aus zerbrechlichem Porzellan mit aufgemalten Feen ins Grab mitnehmen wird, um die asiatische Kultur zu bewahren, den Plastiknachttopf dagegen wird sie uns Kindern und Enkeln einer Epoche der Verflachung und Durchmischung vom Gaumen bis zur Jauchegrube hinterlassen.

In allen übrigen Dingen arbeiten Mutter und ich zusammen. Auf dem Markt feilscht Mutter, und ich trage den Korb. In der Küche bereitet Mutter zu, und ich stehe am Herd. Jeden Tag Punkt halb elf thront Mutter hinter dem Ladentisch, ich bediene die Gäste und helfe Thai beim Abwasch. Bei großem Andrang darf ich auch Reis und Gemüse schöpfen, Mutter hat das Monopol auf alles, was viel Protein enthält. Mutter fürchtet, jung wie ich bin, suche ich viel Anerkennung und tische womöglich den Gästen unnötig große Portionen auf, das könnte unsere

Garküche zugrunde richten. Bei Mutters Art, das Fleisch zu schneiden, sind größere Stücke jedoch praktisch unmöglich, Fisch- und Tofuportionen sind auch genau eingeteilt, Garnelen und Larven werden mit einem Teetäßchen abgemessen; Mutter nennt das die harten Bestandteile, weil man bei ihnen nicht weich werden darf. Und die weichen Bestandteile sind Reis, Gemüse, Brühe und Würzsauce, da darf man ab und zu mal großzügig sein, damit der Gast wirklich König ist. Ich vermute, Thai hat dieses Betriebsgeheimnis an die Lastradfahrer aus Buoi verraten. Die bestellen nämlich jedesmal nur Reis und Gemüse, essen dazu mitgebrachten Dörrfisch und schreien dauernd nach Würzsauce, aber bitte schön mit viel Zitrone und Paprika, und dann beschweren sie sich auch noch über zu wenig Glutamat. Als Reaktion darauf schüttete Mutter brüsk in jedes Schälchen Würzsauce einen vollen Eßlöffel Glutamat und sagte, jeder Beruf hat seine unangenehmen Seiten, vergiß sie und genieße dein Leben, mein Kind. Ich fürchtete, die Lastradfahrer aus Buoi könnten sich vergiften, also füllte ich heimlich eine Schüssel mit ein paar Kellen Wasserwindenbrühe und stellte sie ihnen unbemerkt hin. Wenn ich Schluckauf, Bauchschmerzen oder Grippe habe, sagt Mutter immer, trink Gemüsebrühe, und es geht vorbei.

Wenn alles so weitergeht, kann ich mich eigentlich nicht beklagen. Ich träume nicht davon, einen engen Rock zu tragen, elegant in den Hüften schwingend zu einem Tisch mit Tischtuch zu geleiten und als Vorspeise eine dreisprachige Speisekarte zu servieren. Die Mädchen in meinem Alter mit so einem Job scheinen sehr stolz darauf zu sein, ihre Lippen sind feucht, als würden sie den ganzen Tag geküßt. Ich würde auch gern wissen, wie Küssen ist. In der Garküche »Rikschafahrermahlzeit« führen Mutter und ich unser Frauendasein, und sonst gibt es nur rauhe Männer, auf den Hintern bekomme ich schon öfter mal eins, aber Küsse sind offenbar wie Schmetterlinge, alle sitzen schon auf anderen Blumen. Auch Thai ist ein Mann, ein derber, aggressiver und leicht reizbarer Mann. Wenn ihn der Übermut packt, stürmt er die Küche und läßt rohe Eier in den Ausschnitt meiner Bluse gleiten. Dann schaut er zu, wie ich hastig die Bluse ausziehe, damit die Eier nicht zerbrechen. Nichts weiter. In dieser Garküche das Leben besonders zu genießen fällt schwer, aber dafür kann keine Langeweile aufkommen. Oft fühle ich mich diesen schlingenden Menschen sogar verwandt, als hätten wir von Kindesbeinen an vom gleichen Eßtablett gegessen, es schmeckt zwar nicht, aber man wird vollkommen satt. Außerdem sind sie alle ständig auf dem Sprung, um jedermann ihre Dienste anzubieten, sie gönnen sich nicht mal beim Essen Ruhe, sie haben mich angesteckt mit dem Gefühl, hektisch und wie im Trancezustand einer Totenbeschwörung zu leben. Eigentlich machen viele von ihnen einen sehr unsympathischen Eindruck. Sie kauern auf dem Hocker wie auf dem Klo und stochern in den Zähnen, als würden sie den Marktplatz fegen, ihre unflätigen Flüche zwischen zwei schlürfenden Schlucken klingen unerträglich gemein, aber Mutter sagt, so ist das nun mal, der Gast ist König, selbst wenn er hier herumscheißt, müssen wir das schlucken, vergiß es, mein Kind, und genieße das Leben. Ich muß zugeben, Mutters unverblümte und brutale Exkantinenköchinnen-Weltanschauung hat jetzt durchaus Herz und Humor.

Hier zieht der Tag rasanter vorbei als bei Oma im TV. Ab halb elf bleibt keine Minute Zeit für ziellose Gedanken. Nur morgens, wenn ich am Herd stehe, murmle ich Sonntagsmenüs vor mich hin, damit ich beim Blick in die Töpfe und Pfannen keine Gänsehaut bekomme. Ich weiß genau, die Suppe für heute ist die Suppe von gestern, getarnt mit frischem Lauch, und die Suppe von gestern ist die Suppe von vorgestern, und der Fleischtopf dort, in dem es gerade so munter goldbraun köchelt, enthält zwei Kilo und hundert Gramm Fleisch, das gestern abend auf dem Markt noch übrig war. Gesprenkelt mit Fliegen und Fliegendreck wie mit schwarzen Erbsen und Sesamkörnern. Aber unsere Gäste leben so auf dem Sprung, das Essen bleibt nicht lange im Mund, sondern rutscht gleich weiter nach unten, keiner hat Zeit, aus der Suppe von heute die Suppe von gestern herauszuschmecken. Ich für meinen Teil brauche nur eine Weile zu murmeln »Blumige Wurst ›Mond im Bett‹, Fischfilet Magnolienpavillon, Schneewittchensuppe, Gedämpftes Hühnchen mit Seegurken …« und die Gänsehaut ist weg. Ich weiß nicht, was Seegurken sind, aber es klingt sehr nahrhaft. Was nahrhaft ist, das schmeckt, darin sind Oma und Mutter sich einig. Punkt. Ich bin weder heikel wie Oma noch lax wie Mutter. Omas Jahrhundertanfangküche und Mutters Jahrhundertendeküche sind sich außerdem darin einig, die Esser zu täuschen. Omas Fisch-Innereien spielen sich als »Drachenbart« auf. Mutters Fleischklößchen bestehen zu hundert Prozent aus Mehl. Oma macht die Leute über Ohren und Augen satt. Mutter macht die Leute satt, indem sie ihnen den Magen mit Ballast vollstopft. Beide verehren bedingungslos Protein. Und ich, womöglich werde ich im einundzwanzigsten Jahrhundert beide Täuschungskünste miteinander verbinden und Oma und Mutter unsterblich machen durch eine Schule, die ich »Vereinigte vietnamesische Küche von Gestern und Heute« nennen könnte. Ich werde Augen, Ohren und Magen tüchtig massieren und den Stolz der Gäste hinzufügen, denn der Stolz der Gäste und nicht meiner ist schließlich der kritische Punkt. Und ich werde ein Buch schreiben, in dem mehr nützliche Dinge stehen werden als in allen Kochbüchern, die ich jeden Sonntag in der Stadtbibliothek von Hanoi lese, bevor ich zu Oma gehe und das Menü der Woche verkünde.

Unsere Garküche floriert, Mutter befindet sich auf dem Höhepunkt ihrer Kunst, und ich habe gerade das letzte Kochbuch in der Stadtbibliothek von Hanoi fertiggelesen, da startet die Polizei die Kampagne »Schöne und saubere Stadt«. Die Polizei jagt durch die Straßen und schleppt alles, was nicht niet- und nagelfest ist, auf die Wache. Ich komme aus der Küche gestürzt und sehe, wie Mutter sich in einer grünlichgrauen Krabbensuppenpfütze wälzt, die Haare behängt mit Krabbeneiern wie mit Perlen. Es ist noch früh, und Gäste sind noch keine da. Thai holt den Schlauch, richtet den Wasserstrahl auf die wüst über dem Erdboden verstreuten Speisen und spült wie beim Mopedwaschen eine nach der andern weg. Bei jedem Treffer »Es lebe die Sauberkeit!«, »Hoch die Schönheit!«. Der ganze Straßenabschnitt verwandelt sich in einen übergelaufenen Eintopf. Bei diesem Anblick kommt Mutter auf die Beine und schüttelt sich vor Lachen. Die Krabbeneierperlen in ihren Haaren wippen aufgeregt mit.

An diesem Tag gibt es nichts zu tun, also besuche ich Oma. Ich bin Omas Kalender. Oma beklagt sich seufzend, kaum ist sie einen Moment eingenickt, ist schon wieder eine Woche vorüber. Eigentlich ist ja erst Mittwoch. Aber ich lasse sie in ihrem Glauben, damit sie schon ein paar Tage mehr gelebt hat, ich nehme das Sonntagsmenü her und trage es vor. Letzte Woche gab es »Weiße Störche auf Schachbrett«, Hühnchen auf Orchideenzweig, Fleischbällchen »Schneeblüten« … Normalerweise quittiert Oma jedes Gericht mit einem »Mhm«, ich ahne, auch sie weiß nicht, was für Gerichte das sind, die Kochbücher in der Stadtbibliothek von Hanoi sind alle erst in der heutigen Zeit erschienen, ihre Verfasser stammen meist aus dem Süden und kochen modern, das heißt, sie geben Pilze, Schinken und Koriander an jedes Gericht. In dem Buch von Herrn Phan Ke Binh »Vietnamesische Sitten und Gebräuche« vom Anfang des Jahrhunderts habe ich gelesen, in der Natur fehlt es nicht an reichen Schätzen für unsere Ernährung, diese aber werden durch eine stümperhafte Zubereitung vergeudet, weil die Köche in der Regel Hausfrauen und Diener sind, die der althergebrachten Maxime folgen »Hauptsache, es ist eßbar«, kein Mensch kümmert sich um die hohe Schule der Kochkunst. Auch Mutter sagt: »Nun ja, ich koche nicht gerade fein, aber Oma bringt es auch nur auf ein paar geschmorte und ein paar gekochte Gerichte, Fischschuppensuppe und gedämpfte Ente, das ist schon alles.« Also darf ich mich jeden Sonntag über Omas »Mhm« freuen, denn einerseits wird Mutters Verbrechen ein wenig wiedergutgemacht und andererseits schmeckt mein Menü nicht nur mir allein. In diese geschlossene Streichholzschachtel mit einem Lüftungsloch, in dem sich Rauch und Wolken um den Durchzug streiten, brauche ich nur einen irgendwo aufgelesenen guten Happen mitzubringen, und Oma und Enkelin lecken sich die ganze Woche lang die Lippen. Vielleicht tauchen meine sinovietnamesischen Bemühungen den Jahrhundertanfang in ein goldenes Licht. Vielleicht läßt Omas Jahrhundertanfang mein kommendes Jahrtausend lächerlicher erscheinen. Ich stelle nicht viele Fragen, ich bin nicht traurig, nur manchmal ein wenig verwirrt. Jedermann paßt ganz selbstverständlich in seine Zeit wie das Bild in den Rahmen, nur ich weiß noch nicht, wo ich hineinpassen soll, ich schlüpfe mit viel Mühe in den einen Rahmen hinein und wieder hinaus in den nächsten und fühle mich nirgendwo für längere Zeit heimisch.

Ich habe Gefüllte Tauben mit Seegurken angesagt und höre von Oma kein »Mhm«. Ich blicke auf und sehe ein seltsames Lächeln, ich denke, Vorsicht, wenn sie jetzt fragt, was Seegurken sind, dann sitzen wir beide in der Tinte. Aber sie fragt nicht, lächelt nur immer weiter und sagt dann sehr sanft: »Seegurken oder Dotdot, die muß man vor dem Kochen einweichen, in das Wasser, mit dem die Krabben gewaschen werden ...«

Ich bin erleichtert, auf Omas vergoldetem Eßtablett mit dem Fliegenschirm aus schwarzer Seide gibt es zumindest Seegurken. Aber jetzt weiß ich noch nicht, was Dotdot sind. Ich warte lange, ohne daß Oma noch etwas sagt, ich beuge mich über sie und schaue ihr einen Moment ins Gesicht, dann renne ich hinaus, so schnell mich meine Beine tragen. Am See des Wiedergegebenen Schwertes fällt mir plötzlich ein, ich habe vergessen, die Kammer zu verriegeln, also kehre ich wieder um. Oma liegt immer noch breit auf ihrer ganzen Habe und schaut den vorbeiziehenden Wolken zu. Ich stehe unschlüssig, dann trete ich höflich näher und drücke ihr die Augen zu. Jetzt kann Oma einen Moment einnicken, und ein Jahrhundert ist vergangen, aber das ist unwichtig, heute ist Sonntag, morgen ist Sonntag, übermorgen ist Sonntag, das ist wichtig. Ich ergreife äußerst behutsam das Ende eines Brettes und hebe es an, es gelingt mir, ein Buch Buddhas hervorzuziehen und Oma in die Hände zu legen. Jetzt liegt Oma etwas schief, aber das macht nichts, das Buch Buddhas stützt jetzt Omas Seele. Omas Seele ist auch breit. Ich entzünde eine Unmenge von Räucherstäbchen, damit Oma Duft hat, dann verriegle ich die Tür und gehe.

In der Garküche sitzt Thai allein und singt »Trauriger Herbstnachmittag«. Meine Mutter ist wahrscheinlich auf der Wache und bietet den Polizisten ausländische Zigaretten an. Thai und ich haben nichts zu tun, also gehen wir in die Küche. Thai läßt viele Eier in den Ausschnitt meiner Bluse gleiten. Einen ganzen traurigen Nachmittag lang lasse ich mir von ihm beim Eierfangen helfen. Später werde ich auf jeden Fall heiraten. In solchen zerschmetterten Momenten ein klein wenig Mann an der Seite haben und dazu noch geküßt werden, dann vergeht auch so ein Tag.

Viele Tage vergehen. Stets gehe ich am Vormittag Oma besuchen, am Nachmittag spielen Thai und ich mit Eiern. Die Kochbücher sind aufgebraucht, jetzt nehme ich einen nach dem andern die anständigen Fünftausender von Opas Altar, kaufe davon Delikatessen und stelle sie Oma hin. Echte Delikatessen. Jeden Tag ein Gericht. Ich gehe zu den Restaurants mit den jungen Mädchen in meinem Alter mit den engen Röcken. Alle Restaurants sind einander ein wenig ähnlich, alle führen zwanzig, dreißig Standardgerichte mit dreisprachigen Namen, gar nicht so vielfältig und sinovietnamesisch wie meine Sonntagsmenüs. Ich komplettiere, indem ich an jedes Gericht Pilze, Schinken und Koriander gebe. Liebe Oma, heute gibt es Goldenes Huhn im Lustteich. Heute gibt es Fünffarbige Frühlingsblüten. Heute gibt es Achtkostbarkeitenreis in Lotosblättern. Oma ist jedesmal zufrieden, wenn alte Leute so still sind, dann sind sie zufrieden. Und als ich mit dem offiziellen Teil am Ende bin, nehme ich deshalb allen Mut zusammen und gebe Kommentare am Rande. Meiner Meinung nach manipulieren wir nur zu offensichtlich die Nahrungsmittel, was legt man zum Beispiel für einen Wert auf ein leuchtendes Karottenrot neben einem Gurkengrün, und die Krabbenchips müssen unbedingt auf dem Teller zu einem fettigweißen Blütenkranz angeordnet werden, also mir kommt das unsagbar nackt vor. Wenn man eine Ente aushöhlt, um ein Huhn hineinzustecken und in das Huhn noch eine Taube, um alles zusammen in einer riesigen Melone weichzugaren, dann ist das meiner Meinung nach ein Irrsinn, der zur Norm geworden ist. Meiner Meinung nach bedeutet liebevolle Behandlung von Nahrungsmitteln nicht, daß man mit Streichelfingern an ganz nichtsnutzigen

Deko-Tomaten herumschnipselt und -zupft oder Fleisch in Bohnensprossen füllt. Von Mutters Kantinenerfahrungen gar nicht erst zu reden, das ist Gewalttätigkeit. Ausrottung. Liebevolle Behandlung von Nahrungsmitteln hat nichts mit Verehrung von Protein zu tun. Hat nichts zu tun mit den so wohlklingenden Namen. Die Liebe im Bissen fordert sehr viel Unverfälschtheit von beiden Seiten.

Meiner Meinung nach … was habe ich schon zu meinen. Meine ganze eifrige Theorie stützt sich auf Rikschafahrermahlzeiten, eingewickelt in Kochbuchseiten aus der Hanoier Stadtbibliothek und serviert auf einem vergoldeten Eßtablett. Nichts weiter. Ich weiß noch nicht einmal, was ein Dotdot ist.

Aber Oma kann nicht sehen, wie ich mich schäme. Der Rauch ist so dick, und die Fliegen sind wie schwarzer Regen. Wenn ich die Tür aufmache, springe ich jedesmal beiseite und lasse einen schwarzen Regenguß vorbeischießen, der ein bißchen von Oma und ein bißchen von meinen Gaben mit sich spült. Dann entzünde ich Unmengen von Räucherstäbchen, stelle einen weiteren Teller zu den überall auf dem Boden verteilten Leckerbissen, setze mich hin und verlese das Sonntagsmenü. Ich sehe Oma nur undeutlich. Gestern schien sie angeschwollen zu sein, sich noch weiter ausgebreitet zu haben und ihre eng gewordenen Kleider zu sprengen. Heute scheint sie sich aufzulösen. Bald werden Fliegen und Ameisen sie auf eine Reise ein Menschenschicksal auf- und abwärts tragen. Sie scheint Buddhas Farbe anzunehmen, ihre dünne weiße Baumwollbluse ist jetzt braun geworden. Ihr Lächeln scheint zu einer üppigen violetten Blume aufzugehen.

Als ich den letzten Fünftausender ausgegeben habe, ist auf dem Fußboden kein Platz mehr für eine weitere Delikatesse. Oma liegt schief auf dem Boden. Das Gesicht ist der Tür zugewandt und erwartet mich, der Mund berührt den Rand einer Schale Fischschuppensuppe. Ein grauenhaftes Rinnsal schlängelt sich von der Schale hinauf oder sickert aus dem Mund in die Schale. Ich bewahre mühsam die Fassung und flehe Oma an: Bitte kehr doch besser an deinen alten Platz zurück, wende das Gesicht zu Opa und schau dir die vorbeiziehenden Wolken an, so im Liegen schmausen, das ist doch sehr liederlich. Aber die beiden losen Bretter sind auf Omas ganze Habe gestürzt. Die watteleichten Feen winden sich in einem qualvollen Durcheinander. Ich schließe die Augen. Als ich die Augen wieder öffne, sehe ich Millionen Maden wimmeln.

Ich renne davon, so schnell mich meine Beine tragen. Ich renne geradewegs in die Küche zu Thai und finde ihn nicht. Ich finde nur zerschlagene Eier, die noch niemand aufgewischt hat. Gestern nachmittag haben wir so wild mit Eiern gespielt, der ganze Körper hat geklebt, und ich mußte mich baden. Bestimmt hat meine Mutter die Gelegenheit genutzt und Thai nach Buoi zurückgeschickt, wahrscheinlich wird er bald als Lastradfahrer arbeiten. Ich sage zu Mutter, Oma hat Appetit auf Sülze. Ich werde die Sülze kochen, Mutter wird sie zu Oma bringen. Damit Oma und Mutter sich näherrücken. Mutter wird wissen, was mit den beiden Brettern zu tun ist. Leichenschmaus habe ich genug serviert, nun nur noch ein letztes Gericht, das möge Mutter bitte eigenhändig Oma überreichen mit Opa als Zeugen. Ich nehme ein Tuch und passiere die Brühe, entferne sehr sorgfältig die Stiele von den Pilzen, röste den Pfeffer nur ganz kurz …

Mutter ist Oma besuchen gegangen. Ich habe nichts zu tun, sitze herum und singe das Lied, das ich von Thai aufgeschnappt habe. Ich reihe zusammenhanglos Liedzeilen aneinander. In solchen leeren Momenten ein Lied vor sich hin singen, an das man sich nur bruchstückhaft erinnert, und auch dieser Tag vergeht.

Eine Woche später ist die Kampagne »Schöne und saubere Stadt« eingeschlafen, unsere Garküche ist wieder geöffnet.

Die Puppen der Alten

Zu Hause haben wir einen großen Spiegel, der vollständig eine der beiden Türen unseres drei Millimeter stark furnierten Schrankes bedeckt und sehr klar das Neukleinbürgertum unserer Familie zeigt. Ich stehe oft davor und suche die Zukunft.

Dieses rechteckige Riesenfernrohr mit Blumenrankengravur in allen vier Ecken zeigt als Hintergrund von oben nach unten: eine vergoldete Uhr, die zwölf liebliche Melodien singen kann, eine blonde Puppe mit Schleife, die breitbeinig auf einem Sharp-Kassettenrecorder sitzt, und, mehr als die Hälfte einnehmend, eine Vitrine, ebenfalls drei Millimeter Furnier, zirkusreif artistisch gemasert, dann einen Streifen prachtgelb leuchtender Fußbodenkacheln. Schrecklich sauber. Du findest keinen trüben Millimeter. Meine Mutter, zwei Hände zwei Putzlappen, einer vorwärts einer rückwärts, auf dem Besen reitend wild nach allen Seiten wütend, ist eine kriegerische Göttin voller Ingrimm. Vater gleicht einem Staubsauger, den es noch nirgends zu kaufen gibt: Wo sein Blick hinschießt, zittert der Staub und gibt sich geschlagen. Vater sitzt gewöhnlich unbeweglich in einem schaumstoffgefüllten Kunstledersessel, sein Kopf bildet einen exakten rechten Winkel zu dem blütenweißen Streifen des Spitzenbezuges, der über die Lehne gestülpt den Sessel geistlos frömmelnd aussehen läßt, und der Blick gleitet wie ein versierter Eiskunstläufer die feinen Ritzen des Recorders entlang, folgt den Puppenohrenrändern und hüpft in den Glasfächern der Vitrine umher. Dort schimmern eine unberührte Napoleon-

Flasche, eine ebenfalls unantastbare Packung Jacobs-Kaffee und ein Satz tschechoslowakischer Gläser mit sechs Mädchen, die sich, wenn es naß wird, sehr diskret entkleiden; alle vierzehn Tage werden sie herausgenommen und gewaschen, auch die intimen Körperstellen dieser Mädchen sind gefühllos rein.

Vor diesem absolut sterilen Hintergrund erscheine ich wie ein bläßlichgelber, nicht besonders schön geformter Mangokern, sauber abgenagt. Wie ehrenvoll. Es ist Zeit, mein Kind, daß du an deine Zukunft denkst, wir haben unser Bestes schon getan. Wie wahr. Meine Eltern haben ihren Mustergipfel schon erklommen, sie können nicht mehr stürzen, sie werden oben sitzen bleiben und mit abgelegten Kleidungsstücken die Mopedblenden und die Fahrradspeichen putzen, die Reste ihrer Tage in entstaubter Atmosphäre konservieren. Du findest keinen trüben Millimeter.

In einem anderen Haus sitzt Hien, die Schattenpflanze, sie sieht aus wie ein fadendünner Wasserbambuszweig mit strähnigen Haaren und schaut nicht in einen Spiegel, sondern sucht statt dessen im Familienalbum nach der Zukunft. Sie sitzt den ganzen Tag auf einem ramponierten alten Stuhl mit einer dicken Staubschicht in den Tiefen und beschwört die Toten. Die Familiensuperstars gehen einer nach dem andern wiegend in sie ein. Hiens Hintergrund ist wahrlich breit und tiefgewurzelt. Hier eine Frau in traditionellem Kopftuch und schwarzem Kleid aus Samt, die Mutter ihres Vaters, sie wirkt so sanft und edel, so ein Kopftuch würde sicher auch zu Hiens winzigem, stets bleichem Gesicht sehr gut passen. Und dort die Mutter ihrer Mutter, eine glanzvolle Erscheinung im städtischen Ao Dai, ihre Herkunft ist nicht edel, sie kann kein Altchinesisch, aber auch ihr Unterkleid ist goldbestickt. Dann eine junge Frau mit einem Scheitel, der breit wie eine Nationalstraße den Gipfel ihres Kopfes überquert, ihr europäisches Kostüm wirkt albern, und ihre Gesichtszüge sind unerträglich eng, aber sie ist von blonden Kindern umgeben, und den Hintergrund bildet ein Platz mit Tauben, alles wirkt sehr aussichtsreich. Dann eine Fee in Weiß, sie sitzt mit weißen Blüten im Arm auf einem weißverschleierten Hochzeitsbett und lächelt so leer, eine ihrer angeklebten Wimpern fällt fast ab, und die beiden kleinen Hügel vor den Brüsten sitzen schief, anscheinend wurden sie in aller Eile angelegt. Und eine Frau im Badeanzug am Meeresstrand. Der Meeresstrand ist eine grob bemalte, löchrige Kulissenwand, die Schiffe stehen unnatürlich steif, und die Wellen schlagen hoch, als wütete ein Sturm. Die Frau hält ihre Schenkel fest geschlossen, ihre Arme sind unschlüssig, halb erhoben, um die Brüste zu bedecken, halb ergeben gesenkt. Am Hals, da glitzert eine Kette, Hien weiß jedoch, sie ist nicht echt. Auch der Badeanzug, der Büstenhalter und Slip nur unvollständig bedeckt, ist ein Leihstück aus dem Fotoatelier. Hien weiß das genau, denn die Frau auf dem Foto ist ihre Mutter. Hiens Mutter badet trocken und reist im Zimmerflugzeug. Sie gibt sich Mühe, sich der anderen Familiensuperstars würdig zu erweisen.

Wenn sich nichts ändert, bleibe ich ein Mangokern, täglich etwas blanker abgenagt, täglich etwas glänzender, mit Blumenschnitzerei, ein Mangokern mit Schleife. Hien bleibt ein dünner Wasserbambuszweig, der im Album fein und trocken zwischen Fotos liegt. Das heißt nicht, die Zukunft düster sehen.

Schräg gegenüber dem Tor meiner Schule liegt ein Frisiersalon, der Raum ist genauso groß wie eine Fußbodenmatte, wenn bei der Haarwäsche die Kunden liegen, ragen ihre Füße in die Straße hinaus; wir standen oft davor und unterhielten uns mit der Gehilfin. Sie war klein und flink wie eine Heuschrecke, mit leuchtenden Krallen und einer Pluderhose, die sich an den Knien überdimensional bauschte. Hien und ich, wir himmelten beide diese bunte, verrückte Heuschrecke an. Sie lästern zu hören, das war ein Genuß. Sie sagte, Bildung schätzt sie sehr, allen Lehrerinnen unserer Schule verpaßte sie hochachtungsvoll einen speziellen Haarschnitt, der aussah wie eine elende Wüste. Vom Lehrerpult herab verströmten unsere Lehrerinnen geschlossen einen üblen, brenzligen Geruch nach angesengtem Haar. Wenn sie durch die Reihen gingen, konnten wir die kahlen Stellen auf ihren Köpfen orten, denn die Haare fielen ihnen büschelweise aus. In allen wichtigen Angelegenheiten fragten wir unsere verrückte Heuschrecke nach ihrer Meinung. Aus dem Frisiersalon heraus verkündete sie vollmundig wie ein erleuchteter Weiser ihre gewagten und extravaganten Ideen, die niemand je hätte verwirklichen können, aber hinterher erschien uns jedes Problem leicht lösbar, und das Leben strahlte in kühner Verlockung. Eines Tages teilte sie uns mit, daß sie heiraten werde. Der Bräutigam war ein Schwede, doppelt so groß und dreimal so schwer wie unsere angebetete Heuschrecke. Ich sah, wie er sie liebkoste, indem er sie in die Wange zwickte, ihr Gesicht bekam eine seitliche Delle, die nie wieder verschwand. Aber sie verriet uns triumphierend, der Westler küßt von den Fersen an aufwärts. Ich erschrak ein wenig. Sie sagte, cool bleiben, Kinder, ich sage euch, ich weiß Bescheid, alles, was ihr braucht, ist braunes Puder, braune Schminke, braunen Lippenstift und ein paar Sätze Englisch, Grammatik interessiert kein Aas. Letztes Jahr zum Tet-Fest tauchte sie wieder auf. Sie sah aus wie ein zu oft an beiden Seiten angespitzter, rotblau gestreifter Bleistift, hüpfte durch die Straßen und warf mit englisch-vietnamesischen Interjektionen um sich. Ihre Lebensgier hatte alle Verrücktheit verloren und war nur noch grenzenlos nackt.

Zu dieser Zeit mochte ich das kummervolle und redliche Gesicht eines zwei Jahre jüngeren Mädchens, das unsere Literaturlehrerin durch zu ehrliche persönliche Meinungen verschreckte. Unsere Literaturlehrerin brachte uns nicht bei, über das wirkliche Leben nachzudenken, deshalb atmeten die Aufsätze der Kleinen Ketzertum. Sie durfte nicht Klassenbeste werden, wegen der ketzerischen Aufsätze, aber sie lernte mit einem Ernst und einer Traurigkeit, die jedem zu Herzen gehen mußten. Eines Tages schrieb sie einen Brief an die Schule: »Sehr geehrte Lehrerinnen, liebe Freunde. Von klein auf wurde ich über den Nutzen des Lernens belehrt. Lernen ist heute ein notwendiger Weg für jeden fortschrittlichen Jugendlichen, um eine zivilisierte Gesellschaft aufzubauen. Seit vielen Jahren war ich der Schule stets dankbar dafür, daß sie mir nützliches Wissen vermittelt hat. Dennoch ließ mich eine Frage nicht los: Warum muß der Mensch in einer zivilisierten Gesellschaft noch immer leiden? Ist Lernen der Ausweg? Durch eine glückliche Fügung des Schicksals durfte ich den Ausweg erkennen, das ist der Weg Buddhas, das ist der Weg der WAHRHEIT. So bitte ich darum, die Schule verlassen zu dürfen, um mit ganzem Herzen und ganzem Sinn diesem Weg folgen zu können. Ich bete dafür, daß Sie, sehr verehrte Lehrerinnen, und ihr, liebe Freunde, bald die Gnade erlangt, den Weg der WAHRHEIT zu beschreiten.«

Unsere Literaturlehrerin mußte ihre Hände mit dem Tafellappen hinter dem Rücken festbinden, sonst hätten sie sich selbstständig gemacht und einen Tanz vollführt, als dirigierten sie ein gespenstisches Orchester, die Wüste auf dem Schädel kreischte auf, elender als je zuvor. Die kummervolle Kleine war gerade fünfzehn Jahre alt.

Da begann ich, mir das Wort WAHRHEIT in sorgfältig geschriebenen Großbuchstaben vorzustellen und verhöhnte gleichzeitig mit den anderen Kindern, kleinen und großen, mit pöbelndem Gejohle die alte Puppenverkäuferin, hätte ich das nicht getan, hätte sich, wie man so sagt, ein Stein auf mein Herz gelegt und dieses allmählich hinabgezogen zu dem Ort, wo die Herzen achtlos liegengelassen werden wie auf einem wüsten Friedhof. Das Haar der alten Frau glänzte noch schwarz, ihre Nase aber war total verrunzelt, trägt man eine derartig vertrocknete Banane mitten im Gesicht, hat man sehr lange gelebt. Sie saß immer am See des Wiedergegebenen Schwertes, vor dem ehemaligen Verkaufsbüro der Fluggesellschaft, am Sonnabendnachmittag, ich weiß nicht, warum gerade am Sonnabendnachmittag, mit einem Korb voll Puppen, immer nur Mädchenpuppen. Die Puppen waren aus Polystyrol, sehr grob geschnitten, der Kopf einfach auf ein Bambusstäbchen gesteckt, Arme und Beine lose an den darüberhängenden Ärmeln befestigt. Die Haare der Mädchen waren abgerissene Stoffstreifen, zum Knäuel geschlagen und direkt auf den Polystyrolkopf genäht, die Nähte ungeschickt und zittrig, die Hand der Näherin hatte sich seit langem nicht mehr ganz in der Gewalt. Im Korb das eine Mädchengesicht himmelwärts gerichtet, das nächste auf der Nase liegend. Über einem Augenpaar aus schwarzem Faden keine Brauen, über einem Mund aus rotem Faden keine Nase, ein grob skizziertes Dreieck, zu unvollständig, um ein Abbild zu erzeugen, aber endlos rührend. Die kühne Phantasie der Alten hatte dort, wo eigentlich der Unterkiefer sitzt, ein elfenbeinfarbenes Fadenende in ein einziges symbolisches Ohr für alle verwandelt. Und die ganze Schar war herausgeputzt nach einem altmodischen, aber äußerst stolzen Geschmack. Eines der Mädchen trug eine kurzärmlige, rotgepunktete Bluse zu einer eierschalenfarbenen weiten Hose und Schnabelschuhen aus geripptem Stoff mit weißer Sohle. Ein anderes trug ein blaßgrün kariertes Kostüm mit einer braunen Borte aus Igelit am Kragen, dazu weiche, weiße Stiefel mit braunen Kunstledersohlen. Wieder eines trug die klassische, engtaillierte Bluse mit einem großen, beigefarbenen Kragen, dazu eine ebenfalls beigefarbene Kniehose und Schnabelschuhe mit gelber Sohle. Eine andere trug eine rosa gesäumte, krebseierfarbene Bluse mit japanischem Kragen, eine blaugeblümte Hose mit einem aufgenähten karierten Flecken und ebenfalls krebseierfarbene Stiefel nach der Art eines Premierministers in der höfischen Oper. Als meine Finger den winzigen, gar spitzenbesetzten Slip betasteten, mit dem jedes Mädchen ordentlich bekleidet war, da blieb mir das pöbelnde Johlen im Halse stecken, mir sträubten sich die Haare, mich überlief eine Gänsehaut.

Niemand kaufte diese Mädchenpuppen, dreißig Dong das Stück. Wie auch immer, inmitten der Muße, in der die Sonnabendnachmittage am Seeufer versanken, erschien diese betagte Frau, die ein Leben lang mit Puppen gespielt hatte und sich jetzt an ihre Vergangenheit klammerte oder ihre Vergangenheit zu verkaufen versuchte, wie eine uralte Schicksalsgöttin in unauffälliger Verkleidung. Und wenn ich mich über den Rand des Korbes beugte, wollte jener armselige, lebendige Haufen mir jedesmal zu ein paar neuen umfassenden Schlußfolgerungen verhelfen.

Vom Ufer des Sees komme ich geradewegs zum Krankenhaus C. Dort umklammern die Finger des Mädchens aus dem rechten Nachbarhaus die Wartemarke für ihre dritte Abtreibung innerhalb von achtzehn Monaten. Glaubt nur nicht, sie sei eine von denen, die forsch auf den Gynäkologenstuhl springen und, wenn alles erledigt ist, sich den Hintern wischen und wieder runterhüpfen. Jedesmal heult sie die ganzen dreißig Minuten, bis sie das Ruhebett für die Nächste räumen muß, Rotz und Wasser. Eigentlich müßte sie um die soeben vollständig aus ihr herausgeschabte Liebe weinen, sie weint aber nur, weil der Arzt mit ihr geschimpft hat; würde man sie weniger hart anfassen, käme sie wohl noch öfter. Ihr Fehler ist, daß sie in dieselbe Lage geraten ist wie tausend andere auch. In jeder Familie gibt es ein paar leibliche Töchter, die so schnell wie möglich aus dem Haus gejagt werden müssen, damit Schwiegertöchter einziehen, ihre Schlafmatte ausrollen und ein weiteres Eßtablett servieren können. Die einen Mädchen warten nur darauf, daß die anderen Mädchen bald irgendwohin verschwinden. Die anderen Mädchen warten nur darauf, daß die einen Mädchen bald irgendwohin verschwinden. Sie alle treffen sich in der Warteschlange in der Straße des langen Gedichts, die eine wartet darauf, daß die andere das Dreißig-Minuten-Ruhebett räumt, wie freundlich und nervend. Das Mädchen aus dem rechten Nachbarhaus hofft weiter, wegen eines Bauches von zu Hause fortgeholt zu werden, mir fällt dazu braunes Puder, braune Schminke, brauner Lippenstift und Englisch ein, nur weiter so, und bald wird sie ihren letzten Gebärmutterzipfel vergeudet haben, sehr schnell, das Ganze dauert nicht einmal eine Stunde, niemand fragt nach Namen und Alter.

Währenddessen hat das Mädchen aus dem linken Nachbarhaus ein weiteres Bündel neuester Gedichte vollendet, natürlich über die Liebe, von der sie noch nie auch nur einen einzigen Tropfen gekostet hat. Die beiden sollten miteinander tauschen, das Mädchen zur Rechten sollte dichten, das Mädchen zur Linken ins Krankenhaus gehen. Aber diese Worte klingen wie Hohn, weil ein Bein des Mädchens aus dem linken Nachbarhaus gekrümmt ist wie ein Bogen, verborgen unter einem weiten, bis zu den Fersen reichenden Rock, der sie aussehen läßt wie eine melancholische Madame aus dem achtzehnten Jahrhundert. Sie schreibt Gedichte im Stil der berühmten Dichter des alten China, das waren alles Leute, die mit Vorliebe reisten und Schönheiten besangen, in ihren Gedichten fließen die Wasser des Gelben Flusses in mächtigen Wellen vom Himmel herab, in ihnen gibt es den Berg der Heiligen Mutter, den Hafen des Suchens und Herzensergüsse, die abrupt die Zeile wechseln. Außerdem führt sie ein unentwegtes Zwiegespräch über die Liebe, sehr vertrackt, eine Liebe, die uns alle aussterben läßt, weder Kinder noch sonst etwas wird mehr geboren, nur vielfach verwundete Herzen stoßen schon bei einem sachten Zusammenprall tiefe Seufzer aus, lebenslang jungfräulich und überaus göttlich. Eine Zwergauberginensaison nach der anderen verging wie im Fluge, die Kleine hatte den zighundertsten Krug Zwergauberginen verkauft, hinter Eisengittern, getüpfelt mit violettem Flieder, da wurde ein Gedicht von ihr gedruckt, mit ein paar kommentierenden Worten über das wie ein Bogen gekrümmte Bein. Die ganze Straße kaute krachend Zwergauberginen und betete, das Leben der kleinen Dichterin möge emporschnellen wie eine Pfeilspitze. Ihre hölzern nachempfundenen Gefühle waren es, die meiner Straße gefielen, wer nichts damit anzufangen wußte, schlug sich klatschend vor die Stirn und warf sich vor, zu ungebildet zu sein, um sie zu genießen. Ein gutmütiger Rentner besuchte sie gern, um Gespräche mit ihr zu führen, sie dichtete unverzüglich einige Enthüllungsverse, worin sie die sozialen Mißstände anprangerte, von denen sie in einem Stapel alter Zeitungen zum Einwickeln der Auberginen gelesen hatte. Der Rentner gründete ein Hilfskomitee und zog von Haus zu Haus mit der Bitte um eine Geldspende für die Veröffentlichung eines Erstlingsbandes ihrer Gedichte. In jedem Haus wurde er erschöpfend mit Tee bewirtet, man versprach, nirgendwo anders Zwergauberginen zu kaufen, alle waren begeistert loyal.

Der Inhalt der gestützten Auberginenkrüge überzog sich langsam mit einer Haut, die Kleine bemerkte es nicht, sie lebte weiter in einer vergangenen Zeit, alles verwandelte sich auf der Stelle in holperndes Vergangenes, hölzern nachempfunden wie zuvor. Ich ging zu ihr und wedelte mit ein paar kleinen Geldscheinen vor ihren Augen, für zweihundert bitte, und nochmal für zweihundert, ich wollte sie herausrufen aus dieser nichtexistenten Vergangenheit, der Wasser des Gelben Flusses sind genügend geflossen. Sie fischte angegorene Auberginen aus ihrem Krug, lächelte voller Idealismus und blies weiter Gedichte in die Luft, ewige Erstlingswerke.

Während diese beiden, das Mädchen aus dem rechten Nachbarhaus und das Mädchen aus dem linken Nachbarhaus, sich auf den Abschußrampen ihrer Hoffnung zurechtgesetzt haben und vorläufig nirgendwohin fliegen, habe ich überhaupt nichts zu tun, deshalb lehne ich mich an den Türpfosten und schaue mit allen anderen zu, wie die Tochter der dicken alten Eierkuchenverkäuferin täglich ein paar dutzendmal von einer Straßenseite auf die andere paradiert. Sie sagt, sie ist keine antike Kostbarkeit, deshalb möchte sie, daß die Zeit stehenbleibt, auch die Passanten sollen stehenbleiben, damit sie allein auf hohen Beinen schwingend schreitet, jetzt sofort. Auf hohen Beinen schwingend schreiten, mit wehenden Haaren und wogenden Hüften, kein bißchen obszön, und süße Initiativen entwickeln, um die Göttlichkeit der Brüste voll zur Geltung zu bringen. Sie ist wahrhaftig ein perfektes Stück Schwingung, du findest keinen Millimeter zweite Wahl.

Die Tochter der dicken alten Eierkuchenverkäuferin tritt auf mit watteverstöpselten Ohren, wie ein großer Stummfilmstar, sie paradiert vorbei an aufgesperrten, zuckenden, zahnfleischentblößenden Mündern, vorbei an alten Frauen, die in volkstümlichen Blusen dichtgereiht den Bürgersteig besetzen und die eine wie die andere ein paar Kleinigkeiten zu verkaufen suchen, vorbei an offenen, das Innere der Häuser entblößenden Türen, aus denen alle paar Minuten eine verblühte, zürnende Frau mittleren Alters herausstürzt, vorbei an Garküchen, vor denen Frauen sitzen, ein Bein über einen Hocker gelegt, und sich schlürfend über ihre Pho-Suppe beugen. Ihre Ohren sind fest mit Watte verschlossen. Damit sie jedesmal, wenn die Leute sie Hure schimpfen, sich einbilden kann, sie werde gelobt.

Ich habe noch niemanden, nicht einmal die dicke alte Eierkuchenverkäuferin, sie ein himmlisches Ding nennen hören, obwohl das dem Regen feinsten Duftes angemessen wäre, den jeder ihrer Schritte auf jeden Quadratzentimeter des von Steuer- und Gebührenlasten tausendfach zerschrundeten und verunstalteten Bürgersteigs versprüht. Immer mal wieder schießen aus den Seitengassen Ladungen von Abfall und Schwälle ausgesprochen fauligen Spülwassers hinter ihr her und stürzen auf sie nieder, das ist nur das unausweichliche Jucken in den Händen der Bewohner meiner Straße angesichts übermäßiger Schönheit. Im übrigen weiß man nicht, wie man seine Aufmerksamkeit zeigen soll, ohne sich dabei lächerlich zu machen. Die Kleine ist dann jedesmal durchtränkt von einer Aura des Martyriums. Es sind ja dieselben Leute, die zutiefst ergriffen sind von einem hölzern nachempfundenen Gedicht, böte sich die Kleine in Tinte auf Papier dar, sie würden sich darüberbeugen und sie unsterblich bewundern.

Doch die Stummfilmzeit ist vorbei, die durch das Ohr einwärts gewanderten und jetzt fasrig weiß das Hirn der Tochter der dicken alten Eierkuchenverkäuferin erklimmenden Wattepropfen müssen schleunigst herausgefischt werden. Weiter muß für das Mädchen aus dem rechten Nachbarhaus eine nagelneue Gebärmutter besorgt werden. Weiter muß nach Schweden telegrafiert werden, daß die verrückte Heuschrecke Gesicht und Kehle reinigen soll. Weiter müssen die Familiensuperstars der Schattenpflanze Hien abgepflückt werden, sie können in Krüge gefüllt und vergraben werden, um ihren Wert zu würdigen. Das alles kann getan werden. Bleiben die kummervolle, redliche Kleine und ich, was soll geschehen mit meinem gefühllos reinen Neukleinbürgertum und ihrer in sorgfältigen Großbuchstaben geschriebenen WAHRHEIT? Wir sind halbwüchsige Mädchen, himmelwärts blickende, auf der Nase liegende Puppen, von denen eine mit Schleife immerfort breitbeinig dasitzt.

Die Schneiderei Saigon

Die Schneiderei Saigon befindet sich weder in Saigon noch in Kalifornien. Ich wartete vor der Schranke am Anfang der Straße des Himmlischen Auftrags, mein Fahrradlenker stieß an den Korb einer Zigarettenfrau auf dem Bürgersteig, die Zigarettenfrau titulierte mich als irgendein Tier, da sah ich das riesige Schild über ihrem Kopf: Schneiderei Saigon, wir bilden aus in modischer Damen- und Herrenbekleidung, darunter in Klammern: Anzug, Weste, Ao Dai.

Am Abend traf ich Dung, ich erklärte ihm, ich werde Schneidern lernen, er erwiderte, ich bitte dich hör auf, erst Französisch, dann Englisch, dann Computer, dann Brautschmuck und nun auch noch Schneidern. Wir tranken beide Zuckerrohrsaft. Dung zögerte und bestellte dann doch eine Vinataba, ich bekam einen Teller Sonnenblumenkerne. Ich knackte meine Sonnenblumenkerne, Dung rauchte seine Zigarette, dann sagte er: »Weißt du, ein Meister seines Faches leidet niemals Not.« Ich erwiderte: »Dann werde ich diesmal ein Meister meines Faches.« Er sagte, ich bitte dich hör auf, jedesmal ist diesmal.

Als ich die Schneiderei betrat, sah ich eine Schar Mädchen, etwa zwei Dutzend, allesamt ländlich, an den Nähtischen sitzen. Keine blickte auf. Ich wollte auf der Stelle kehrt machen, aber die Zigarettenfrau hatte den Platz neben meinem Rad besetzt, sie zu bitten, aufzustehen, damit ich mein Rad herausfahren könnte, hätte bedeutet, zu irgendeinem Tier zu werden, außerdem rief in diesem Moment eine Stimme: »Hallo, hallo, eine neue Schülerin?«

Das war die Besitzerin, Bauch und Hintern durch die Mädchenschar zwängend. Sie blätterte die eselsohrigen Seiten eines Heftes durch und sagte: »Hundertzwanzig Schnitte Damen Herren europäisch einheimisch allgemein beliebt neuste Mode Anfängerkurs zweihundertfünfzigtausend Fortgeschrittene vierhundert beides zusammen sechshundert spart fünfzig Profikurs Ao Dai Anzug sofort auf Stoff nur angesehene Lehrkräfte also wie heißt du?«

»Also wie heißt du?« Ich dachte, sicher ist sie sehr beschäftigt, deshalb muß meine Aufnahme schnell in so einer superreinen Vietnamesischlawine erledigt werden. Später nannte ich sie Frau Tuyét und manchmal auch Mutter, wie die übrigen Schülerinnen. Ich bin unverkennbar eine Hanoierin, deshalb begegneten mir alle mit Respekt. Am zweiten Tag erfuhr ich, es gab vier Lehrer, zwei im oberen Stockwerk fürs Zuschneiden, zwei im unteren Stockwerk fürs Nähen, dazu eine Tochter der Besitzerin, Spezialistin für Overlock, zwei Schwiegertöchter, Mädchen für alles, und eine Köchin, ebenfalls vom Lande. Ich konnte nichts entdecken, was an Saigon erinnert hätte. Als ich an der chinesischen Nähmaschine saß und am ulkig geformten Griff einer Schere das Aufspulen des Unterfadens übte, dachte ich, ich kann immer noch aussteigen. In den Kursen für Englisch, Französisch und Computer sitzen lauter gebildete und wohlhabende oder sich kultiviert und wohlhabend gebende Städter. Der Kurs für Brautschmuck ist ebenfalls gutbürgerlich, ist ja auch ein Aufputzgeschäft. Verglichen damit war diese Schneiderei Saigon ein mit Sehnsüchten vollgestopfter Dritteklassewaggon, ich war im Begriff, eine Fahrkarte in eine Zukunft zu kaufen, die mit Billighemden und Windjacken mit eingenähtem Etikett *Made in South Korea* vollgehängt war. Am Abend fragte mich Dung, wie es mit dem Kurs steht. Ich antwortete, sehr gut, noch drei Monate, und ich kann ein Geschäft aufmachen. Ich dachte, als erstes würde ich ein Paar kurze Hosen nähen. Ich würde sie in Zeitungspapier einwickeln und Dung bitten, das Paket erst zu Hause auszuwickeln.

Alle zwei Dutzend Mädchen hatten Namen mit steigendem Ton, ein spitzer Klang, übelkeiterregend. Tuát, Bích, Trúc, Dát, Phúc, Thoát, Ngát, Thám, Bác ... Die Besitzerin hieß Tuyét, die Tochter Xuyén, die beiden Schwiegertöchter Phán, Dúc, die vier Lehrer Quyét, Túc, Chién, Tháng. Im oberen Stockwerk tönte es den ganzen Tag »Hüften teilen Brust zugeben Achseln abnehmen«. Hüften Brust Achseln. Im Erdgeschoß verstand man kein Wort, wenn jemand etwas schrie, hackte der Deckenventilator jeden Laut in Stücke. Ich dachte, ich werde in der Irrenanstalt landen, bevor ich ein Paar kurze Hosen nähen kann. Deshalb, als diese Kleine sagte, sie heißt Lan, mochte ich sie sofort. Sonst sind Mädchen, die Lan heißen, immer ziemlich fade. Der zweite Blick bestätigte, diese Kleine war wirklich nicht wie die spitz klingenden übrigen. Sie saß neben mir, spielte mit ihren honigsüßen Bambusschößlingsfingern und lachte über meine dahintorkelnde Naht, da betrat ihr Vater aus dem Dorf die Schneiderei. Frau Tuyét fragte: »Ein Hemd oder eine Karottenhose bitte schön oder möchten Sie Ihr Kind zum Unterricht anmelden?« Lans Vater antwortete, o nein, bitte ergebenst, dann lamentierte er los, dem Heulen nahe, er suche seine Tochter, sie sei nach Hanoi gegangen, um Schneidern zu lernen, er habe gewartet und gewartet, drei Monate, sechs Monate, kein Lebenszeichen. Frau Tuyét sagte: »O mein Bester hier in Hanoi gibt es Hunderte Schneidereien.« Lans Vater antwortete: »Das hier ist meine neunzehnte.« Als er fast schon wieder draußen war, rief Frau Tuyét ihm noch hinterher: »Wie heißt denn die Kleine wer weiß.« – »Zu Hause nennen wir sie Chút, die Jüngste.« Die kleine Lan kam unter dem Tisch hervorgekrochen und sagte, das war mein Vater. Siehe da, auch sie hatte einen spitz klingenden Namen.

In den ersten Tagen fühlte ich mich allen anderen gegenüber als Anfängerin, deshalb dachte ich nur ans Lernen. Als erstes mußte ich eine gerade Naht auf Stoffresten üben, als nächstes das Nähen von Hemdkragen, dann Manschetten. Am dritten Tag schickte mich Frau Tuyét ins obere Stockwerk, den Grundschnitt für Hemden lernen. Die beiden Lehrer Quyét und Túc unterrichteten sämtliche Mädchen, völlig unorganisiert. Ein »Hallo, Herr Lehrer« bewirkte, daß der Gerufene zu dem betreffenden Mädchen kam, ansonsten lag der noch junge Herr Quyét mitten auf dem Zuschneidetisch und sang, Herr Túc saß herum und schwatzte. Herr Quyét war obenherum nackt. Herrn Túcs nicht zugeknöpftes Hemd hing über der Hose und ließ einen Hängebauch sehen. Herr Quyét war hübsch. Herr Túc war im Hauptberuf Dozent an der Kunsthochschule. Deshalb riefen seine Geschichten bei allen ländlichen Mädchen meistens nur ungläubiges Staunen hervor. Herr Quyét war für die Grundschnitte zuständig. Herr Túc lehrte die modisch-künstlerische Variation. Als ich nach oben kam, probierte die kleine Lan gerade einen rosa Blazer an, Herr Túc glättete ausgiebig die Brustpartie und meinte, der Stoff läge noch nicht richtig und müsse neu geheftet werden. Dann sagte er »Pardon« und schob die Hand unter den Blazer, um das Futter zu kontrollieren. Herr Quyét, der bisher Operetten singend auf dem Tisch gelegen hatte, erhob sich und sagte: »Dieser Blazer und dazu ein europäisches Kleid im Bahnenschnitt, umwerfend!« Herr Túc stieß die Luft durch die Zähne und meinte, das europäische Bahnenkleid sei scheißprovinziell, die kleine Lan müsse einen weißen Rock tragen, bis hierher. Zur Illustration umfaßte er mit beiden Händen einen von Lans Schenkeln, dann sagte er wieder: »Pardon. Hier versteht niemand etwas von Kunst, wie trostlos, meine Kleine.« Ich lernte nur Herrn Quyéts Grundschnitte. Nach seiner Methode ist ein Hemd wie das andere, Damenbluse etwas mehr Brust, Herrenhemd etwas weniger Vorderseite, Kinderhemd nicht tailliert. Auf diese Weise beherrschte ich nach einer Unterrichtsstunde mehr als zehn Schnitte, einhundertzwanzig hätte ich bestimmt in zehn Tagen durch.

Nach den Hemdengrundschnitten kamen die Hosengrundschnitte. Hemden aus lindgrünem Stoff, Hosen lila. Frau Tuyét sagte, die Leute auf dem Land mögen das so. Neben der Schneiderei leitete sie noch den Dichterklub Thang Long, Herr Chién und Herr Tháng, die beiden Nählehrer im Erdgeschoß, waren ebenfalls Mitglied. Beide waren alt und warnten uns ständig, dieser Schneiderberuf sei sehr hart, kein Zuckerlecken. Eines Tages deklamierte Frau Tuyét ein paar Luc-Bat-Verse aus einer Ausgabe der Tageszeitung »Neues Hanoi«. Ich hatte gerade etwas von samtenem Gras und dem vertrauten Brückenbogen aufgeschnappt, da polterte sie los: »Das ist ja die Höhe aus ›traut‹ haben die ›vertraut‹ gemacht sofort her mit dir Xuyén zur Redaktion die müssen das sofort korrigieren das sind Worte damit ist nicht zu spaßen!« Herr Chién und Herr Tháng nickten beifällig, ja, vertraut, damit ist der Vers ruiniert. Wenn man genau hinsah, konnte man zwischen Schnittmustern von Hemdkragen eine Urkunde vom Dichterklub Thang Long an der Wand entdecken.

Wie auch immer, ich stieg nicht aus. Seit das Kapitel Schneiderei, wie zuvor Französisch, Englisch, Computer und Brautschmuck, für mich abgeschlossen ist, gehe ich wieder fleißig auf meine Arbeitsstelle und lese dort Zeitung, wahrscheinlich werde ich bald einen Chefsekretärinnenkurs beginnen. Aber diese Schneiderei, dieser mit Sehnsüchten vollgestopfte Eisenbahnwaggon neben der Schranke am Anfang der Straße des Himmlischen Auftrags geht mir nicht aus dem Kopf. Am Nähtisch unmittelbar neben dem Bürgersteig sitzend dachte ich, wenn sich der Expreß »Einheit« vorbeischiebt, kann dieser Dritteklassewaggon angekoppelt werden, um geradewegs nach Saigon zu rollen. Dort würden die spitzen Namen den ansteigenden Ton verlieren. Diese Mädchen, die ihre Dörfer verlassen hatten in der Hoffnung, Mode zu machen in Lindgrün und Lila, würden mehr gelehrt bekommen als einhundertzwanzig Schnitte, und ich würde mich souverän von Dung trennen können. Hier in Hanoi blieb mir nur zu hoffen, daß Dung mich heiratet, aber das war noch nicht abgemacht. Dung ist ein praktisch denkender Mensch. Wenn beide zeitunglesend auf einer Arbeitsstelle herumsitzen, wird keine Familie gegründet. Ich verlangte nicht von Dung, nach der Arbeit Fernseher zu reparieren oder Mopeds zu waschen. Aber Dung stellte Ansprüche. Ich denke, daß die Tradition hierzulande von der Frau verlangt, alles zu geben, also mußte ich unbedingt Schneidern lernen.

Nach einer Woche lobten mich alle Lehrer. Ich konnte ordentlich Hüften teilen, Brust zugeben, Achseln abnehmen, die Mädchen mit den spitz klingenden Namen, viele von ihnen hatten nicht einmal die vierte Klasse abgeschlossen, kamen damit ewig nicht zu Rande. Die kleine Lan hatte Zehnklassenabschluß, sie unterschied sich wirklich von den anderen. Alle schwärmten sie für Blusen mit Rüschenkragen und sehr viel Schulterpolster. Wie Lampions, die sich gleich in die Lüfte erheben. Ich mußte immer Modell stehen für ihre frohlockenden Klamotten, Karottenhosen, Kniehosen, gesmokt, tailliert, europäisch, geschwungen, fledermausgeflügelt, mit und ohne Kragen … Sie nahmen an meiner städtischen Erscheinung Maß, hatten sie erst einmal Maß genommen, übertrafen sie sich gegenseitig darin, sich selbst damit zu bekleiden, kichernd zogen sie sich den ganzen Tag ungeniert vor offener Straße aus und an, alle Scheu und Scham hatten sie Mama und Papa im Dorf restlos zurückerstattet.

Eines Tages erzählte mir die kleine Lan, in der Stadt gäbe es Kostüme für neunhunderttausend, das mache bestimmt achthunderttausend fürs Nähen, auf dem Dorf koste das Ausgefallenste zwanzigtausend, fünftausend fürs Nähen, aber das sei immer noch einträglicher als Feldarbeit. Nach dem rosa Blazer hatte sie einen weißen Rock genäht, genau bis zu der von Herrn Túc markierten Schenkelhöhe. Herr Túc sagte, die kleine Lan hat Geschmack. Als Frau Tuyét die kleine Lan die Treppe herunterkommen und an ihr vorbei zur Tür blitzen sah, um wie ein Stück rosa Kreide mit weißer Borte auf die Straße hinaus zu stolzieren, rief sie ihr hinterher: »He was ist mit dem Rest des Lehrgeldes!« Die kleine Lan wandte den Kopf gekonnt wie eine Diva auf der Bühne und sagte: »Liebe Mutter, haben Sie etwa Angst, ich laufe in eine Lok?« Frau Tuyét drehte sich um und sagte zu den Mädchen: »Ich hätte sie dem Vater ausliefern sollen der arme Alte so eine Sau von Tochter nichts übrig fürs Lernen nur sich Aufführen im Kopf.«

Vom Nähtisch unmittelbar neben dem Bürgersteig aus sah ich sie unter der Schranke hindurchschlüpfen und die Gleise entlangtänzeln. Ihre Stöckelschuhe blieben hängen. Sie fiel der Länge nach hin und machte keinerlei Anstalten, wieder aufzustehen, lag nur da und lachte die rußschwarz heranke uchende Lokomotive an. Am nächsten Tag sagte sie zu mir, sie brauche sich vor dem Zug gar nicht in acht zu nehmen, der Zug nehme sich ja vor ihr in acht. Ich habe kein bißchen Glauben an mich selber mehr, nach all meinen Anläufen in Französisch, Englisch, Computer und Brautschmuck, deshalb imponierte mir ihr blindes Selbstvertrauen. Für sie war diese Pseudo-Saigon-Schneiderei ein Ausgangspunkt. Für mich war sie eine Endstation. Unsere

Freundschaft war kurz wie das Glück. Zwei Monate, in denen ich nichts an ihr hatte als diesen falschen Namen ohne spitzen Klang. Und sie hatte genausowenig an mir. Das dringendste Bedürfnis dieser Kleinen bestand darin, ihr Herz auszuschütten. Jedoch Gefühle in mich gießen ist wie einen Faden durch ein Nadelöhr fädeln, eine fasernde Mühe. So blieb die kleine Lan hartnäckig im zweiten Stock und blitzte nur durch das Erdgeschoß, um auf die Straße zu witschen, im Kostüm des Tages. Während sie ihr Herz oben in Herrn Túc goß wie flüssiges Gold in eine Form, von Herrn Quyéts hübschem Mund mit Schnulzen untermalt, setzte sie sich nur neben mich, mit ihren honigsüßen Bambusschößlingsfingern spielend, um mich zu fragen, he du, was ist *Fangtasi.* Und witschte hinaus auf die Straße. Was an Gefühlen übrigblieb, floß in die Gewänder.

Ich versuchte eines Tages auch einmal, bei geschlossenen Schranken auf den Gleisen herumzuspazieren. Am Abend sagte ich zu Dung, das ist ein starkes Gefühl. Ich brauche mich vor dem Zug gar nicht in acht zu nehmen, der Zug nimmt sich ja vor mir in acht. Er trank sein Glas Zuckerrohrsaft aus, und dann plötzlich umarmte und küßte er mich. Unsere Zungen waren beide zuckersüß und unsere Lippen sehr klebrig, ich hatte Mühe, meine Lippen von seinen zu lösen, um ihm zu sagen, wenn wir heiraten, dann kriegen wir bestimmt genug Geld für eine Nähmaschine geschenkt. Dung sagte, hör auf, jedesmal wieder wenn.

Ich dachte, es ist an der Zeit, das Paar kurze Hosen zu nähen, also nahm ich den Stoff und stieg hinauf in den zweiten Stock zu Herrn Túc. Es war ein gewöhnlicher Stoff, aber Herr Túc würde schon Phantasie dazugeben. Der zweite Stock war leer, nur Herr Quyét lag auf dem Tisch direkt unter dem Deckenventilator, schlug sich den Bauch und sang »La dieu bong«. Ein paar von seinen Haaren schwammen in einer Schüssel mit Gemüsebrühe auf einem gleichfalls aufgetischten Eßtablett. Er fragte, was ich zugeschnitten haben wolle. Ich antwortete, ein Paar kurze Hosen. Er sagte: »Wie Grundschnitt, nur die Beine kürzer.« Ich dachte, ohne Phantasie dazu ist es witzlos, deshalb wollte ich mich unter dem Vorwand, ich wolle die Herren Lehrer nicht beim Mittagessen stören, wieder verdrücken. Aber Herr Quyét stand auf, sagte, gib schon her, schnitt ruckzuck zu und legte sich wieder hin. Haare in die Gemüsebrühe.

Im Erdgeschoß bekam Frau Tuyét gerade einen Anfall. Im Vormonat hatte sie schon einmal einen Anfall gehabt. Eines ihrer beiden Enkelkinder war vierzehn Monate alt und krabbelte ständig unter den Tischen herum. Hin und wieder wurde es vom Fußantrieb einer Nähmaschine eingequetscht, dann bekamen wir nur einen kurzen ohrenbetäubenden Schrei zu hören. An diesem Tag war es ihm gelungen, zwei Nadeln aufzulesen und in den Mund zu stecken, erst nachdem Frau Tuyét ihm Bohnenmilch eingeflößt hatte, spuckte es sie wieder aus. Wenn Frau Tuyét ihren Anfall bekam, hielten die Mädchen mit den spitzen Namen im An- und Auskleiden inne, wer gerade nackt war, hatte eben Pech. Eine der beiden Schwiegertöchter sprang auf den Zwischenboden links der Treppe, die andere auf den Zwischenboden rechts der Treppe, über unseren Köpfen gaben sie es ihrer Schwiegermutter abwechselnd von links und rechts und gifteten sich gegenseitig an. Unten ein tobendes Hin-und-her-Gewälze, auf halber Höhe ein donnerndes Wortgefecht, eine stopfte der anderen intime, eigentlich nur für den Eigengebrauch gedachte Schätze in den Mund, Xuyén, die leibliche Tochter, saß weiter an der Overlockmaschine und machte von Zeit zu Zeit eine bissige Bemerkung, an diesem Tag wurde mir klar, diese Schneiderei war tatsächlich künstlerisch veranlagt. Im Obergeschoß ein singender und ein künstlernder Lehrer. Im Erdgeschoß Gedichte und gelegentlich ein Anfall. Als ich mit dem frisch zugeschnittenen Paar kurze Hosen die Treppe hinunterkam, hielt ein Teil der Mädchen mit den spitzen Namen Frau Tuyéts Bauch fest, damit er nicht explodierte, für Frau Tuyéts Mund aber gab es kein Halten. Normalerweise kamen Frau Tuyéts superreine Vietnamesischlawinen schließlich doch irgendwo zum Stehen, während eines Anfalls waren sie nicht mehr zu halten. Um sie richtig zu genießen, mußte man zu dieser Schneiderei Saigon gehören, die Zigarettenfrauen und ein paar Händlerinnen mit sowjetischen Elektroartikeln von der anderen Straßenseite, die vor unserer Tür zusammenliefen, konnten doch nichts teilen. Aus dem zweiten Stock trat ich mitten in einen Satz von Frau Tuyét hinein: »Nicht aufräumen nach dem Bügeln das Eisen nicht aus der Steckdose ziehen herumscheißen und einfach abhauen und ich alte Frau mit meinen Jahren mit meinem Bauch muß saubermachen und ihr grünen Hürchen führt euch nur auf habt keinen Kopf fürs Lernen die Naht drunter und drüber der Knopf schief angenäht wie eure Möse das Knopfloch das Arschloch nur sich aufführen werde alle rauswerfen das hier ist ein anständiges Haus wir verstehen was von Bildung und Gedichten das hier ist kein Puff nein kein Puff kein Marktplatz wo wer ein und aus geht nach Belieben in dieser Zeit nimmt niemand wen für umsonst auf wenn von mir kein Verständnis mehr ist hat nur noch 'n Schweinehund Verständnis …«

Ich stand wie angewurzelt in ihrem Satz und wollte nicht heraustreten, fühlte ich mich doch auf einmal sehr wohl, verglichen mit Frau Tuyéts Schicksal ist mein Leben in jeder Beziehung eine Kette von Glücksfällen, meine Taille ist gerade mal zweiundsechzigeinhalb, und ich spreche ein ordentliches Vietnamesisch mit Interpunktion. Das von Herrn Quyét ruckzuck nach Grundschnitt ohne jede Kreativität zugeschnittene Paar kurze Hosen war nur eine sehr geringfügige Tragödie, die zudem mit Lans Hilfe noch abgewendet werden konnte, die Nähte dieser Kleinen waren schnurgerade wie mit dem Lineal gezogen. Lan betrat soeben die Schneiderei, gefolgt von Herrn Túc. Sie stürzte Hals über Kopf die Treppe hinauf, Herr Túc blieb unten. Sein Bauch brauchte sich vor Frau Tuyéts Bauch nicht zu verstecken. Er sagte, bitte, man lacht über dich. Frau Tuyét deklamierte weiter ihr modernes Horrorgedicht, sie schob nur eine Anmerkung ein: »Du glaubst du hast Ahnung kannst tun und lassen was du willst he bezahle ich dich dafür daß du lehrst oder im Café rumsitzt das hier ist kein Puff das ist kein Marktplatz.« Die kleine Lan kam die Treppe herunter. Sie trug ihr Lieblingskostüm, rosa Blazer und weißer Minirock. Stöckelschuhe. Geschminkte Lippen. Haare strömend wie ein Wasserfall. Sie gab jeden Schritt frei, der eine Schenkel löste sich leicht vom andern, hielt auf der nächsten Stufe inne, der andere Schenkel schloß auf, ein betörendes Öffnen und Schließen, den ganzen Weg bis zu Frau Tuyét. Lan sagte: »Liebe Mutter, hören Sie auf, oder ich werfe mich vor den Zug.«

Frau Tuyét wollte schon sehr, konnte aber nicht. Während eines Anfalls waren ihre Vietnamesischlawinen nicht zu halten. Die kleine Lan witschte zur Straße hinaus, huschte unter der Schranke hindurch und legte sich quer über die Schienen. Als wir hörten, wie der Zug kreischend alle Bremsen zog, war es zu spät. Sie wurde in drei Stücke zerrissen, die betörenden Schenkel flossen in Richtung Schneiderei, der Schopf strömte in Richtung Blumenstände, Blazer und Rock waren tiefrot eingefärbt, Rosa und Weiß nur bei genauem Hinsehen noch auszumachen. Wahrscheinlich hatte sie mit emporgewandtem Gesicht dagelegen, über der Stelle baumelt eine Ampel zwischen

Leitungsdrähten, lächelnd dagelegen und still gezählt, eins zwei drei, Frau Tuyét wird mit diesem Geschimpfe aufhören, eins zwei drei, jemand wird angerannt kommen und mich aufheben … Sie war erst sechs Monate in Hanoi, sie wußte nicht, daß hier niemand etwas mit dem Unglück zu tun haben will. Hätte ich vor der Schranke gestanden, wahrscheinlich hätte ich auch nur geglotzt. Diesmal nahm der Zug sich nicht vor ihr in acht. Es war der Expreß »Einheit«, der durchfährt bis nach Saigon. Die kleine Lan, noch Lehrgeld schuldig, konnte nun drei Stücke Körper in Hanoi hinterlassen und ihre Seele schwarz nach Saigon befördern. Dort kann sie ihren richtigen Namen benutzen. Dort findet ihr Vater sie nie. Ich glaube, jemand hat einmal gesagt, Mädchenschönheit in Saigon ist modern und eitel, Mädchenschönheit in Hanoi ist klassisch und aristokratisch. Die kleine Lan hatte nichts Klassisches und Aristokratisches, also mußte sie aus diesem Hanoi verschwinden. Ihren Hang, sich eifrig zur Schau zu stellen, und ihre leichte Ausgeflipptheit wußte dieses Hanoi nicht zu würdigen.

Die Schneiderei blieb für einen Tag geschlossen, um das Begräbnis auszurichten. Die kleine Lan war in Hanoi nirgendwo gemeldet. Da aber niemand ihre Heimatadresse kannte, wußte niemand, wohin man ihre Leiche schicken sollte, also nahm Frau Tuyét sie als Pflegekind an, um sie auf dem Friedhof Van Dien zu begraben. Frau Tuyét arrangierte Blumen und Räucherstäbchen und verrichtete ihre Totengebete gleich auf den Schienen. Jedesmal, wenn ein Zug durchfuhr und Blumen und Räucherstäbchen zermalmte, brachte Frau Tuyét neue hinaus und betete, mehr als ein dutzendmal am Tag. Beim Beten klatschte sie sich Schläge ins Gesicht, um von der kleinen Lan Vergebung zu erlangen. Mehr als ein Dutzend Ohrfeigen am Tag als Buße für ein böses Mundwerk, gewiß nicht für ein böses Herz. In der Schneiderei standen die Mädchen mit den spitzen Namen dichtgedrängt und schauten gebannt zu, in ihrem ganzen Leben hatten sie noch kein so aufregendes Bild gesehen. Ich stellte mir vor, daß die kleine Lan jetzt unstet im Süden umherreiste, dabei jedoch immer wieder dem Ruf nach Hanoi folgen mußte, um Großmut zu üben. Herr Túc erzählte, er habe an jenem Tag mit ihr die Kunsthochschule besucht, dort gebe es eine Sektion Modedesign, nach dem Besuch hätten beide noch in einem Café gesessen, er habe gemeint, sie könne doch zunächst Modell sitzen, alles Weitere würde sich dann schon finden. Herr Túc entzündete keine Räucherstäbchen auf den Schienen, sondern legte sich neben Herrn Quyét auf den Tisch und jammerte: »O Lan, warum mußtest du deine Selbstachtung so mörderisch übertreiben!« Ich glaube, ich habe kein bißchen Selbstachtung mehr nach all den Dung gegenüber geäußerten, nie verwirklichten Heiratsabsichten, deshalb macht mir ihre blinde Selbstachtung angst. Von Zeit zu Zeit bekomme ich eine Gänsehaut bei dem Gedanken, sie könnte vielleicht nicht wegen Frau Tuyéts Trick mit der Selbstkasteiung nach Hanoi zurückkehren, sondern um mich zu fragen, he du, was ist *Disain.*

Am nächsten Tag wollte ich das Paar kurze Hosen nähen. Im Erdgeschoß gab es neun Nähtische, aber nur bei einer Maschine riß nicht immer der Oberfaden, normalerweise ließ das Mädchen, das diesen Platz einmal ergattert hatte, niemand anders ran. An diesem Tag war das Erdgeschoß leer. Ich setzte mich an die gute Maschine, spannte die Nadel ein, senkte den Presserfuß und durchstach mit der Nadel den Stoff, dann ging ich hinauf in den zweiten Stock. Die Mädchen mit den spitzen Namen umringten alle Herrn Túc und wollten von ihm rosa Blazer zugeschnitten haben. Jede einen. Ich dachte, Lehrer und Schülerinnen sind wohl alle miteinander verrückt geworden. Es sah ganz danach aus, daß nach den rosa Blazern zwanzig weiße Miniröcke drankämen, und meine städtische Erscheinung würde natürlich Modell stehen müssen. Zwanzigmal ein rosa Kreidestück mit weißer Borte für nichts. Danach würden sie alle ihren Namen ändern, ihre aufsteigenden Töne wie zerbrochene Nadeln unter die Nähtische werfen, wo das vierzehnmonatige Kind sie auflesen und in den Mund stecken würde. Ich sagte mir, nur Ruhe bewahren, sonst wirst du genau wie sie gleich losrennen und die Kunsthochschule besichtigen, und ging nach unten, um mein Paar kurze Hosen zu nähen. Fadenenden abschneiden. Bügeln. Bügeleisen aus der Steckdose ziehen. Gummizug. Am Schluß nahm ich die Seite mit der Todesanzeige für die kleine Lan aus der Tageszeitung »Neues Hanoi« und wickelte die Hosen sorgfältig ein. Ich würde Dung bitten, das Päckchen erst zu Hause zu öffnen. Mir war klar, dieses Paar kurze Hosen war häßlich wie diese Kreuzung mit dem Bahnübergang.

Am nächsten Tag platzte ich mitten in ein weißrosa An- und Ausziehen der Mädchen mit den spitzen Namen. Frau Tuyét, ihre Tochter, die beiden Schwiegertöchter, die Köchin und die vier Lehrer standen nur ratlos da und glotzten, eine Wolke aus Schmetterlingen, flatternd wie in einem Opiumrausch, in der Marktgasse ein paar Schritte von der Schneiderei entfernt taumelten die Ratten genauso opiumumnebelt über die Straße. Als ich zwanzigmal Modell gestanden hatte, gab mir Frau Tuyét ein in Zeitungspapier gewickeltes Päckchen und sagte, das habe ein junger Mann für mich abgegeben. Dung schrieb nur: »Vielen Dank, leider zur Zeit kein Bedarf.« Am Abend zuvor waren unsere Zungen wieder zuckersüß und unsere Lippen sehr klebrig gewesen. Ich hatte meine Lippen nicht gelöst, um an die Heiratsgeschichte zu erinnern, mir war klar gewesen, das war der letzte Kuß.

Ich wollte von Frau Tuyét einen Teil des Lehrgeldes

zurückverlangen, mit der Begründung, daß ich unvorher sehen auf Dienstreise müsse. Sonderdienstreise nach Saig Aber Frau Tuyét bekam wieder einen Anfall, ich konnte ihr nicht ins Wort fallen. Sie flehte händeringend die Mädchen mit den spitzen Namen an, die alle in rosa Blazer und weißem Minirock der offenen Straße entgegenlächelten. »Ich flehe dich an o Lan o Chút ich beiß ins Gras bei deiner heiligen Seele bitte führ dich nur nicht auf mir zuliebe ...«

Ich trat auf die Straße hinaus, Sonderdienstreise nach Saigon. Bald werde ich wahrscheinlich einen Chefsekretärinnenkurs beginnen.

Allumfassende Liebe

In dem Zimmer wie ein Bahnhof, der riskant im fünften Stockwerk hängt, wohne ich allein mit Mutter. Alle Reisenden sind Männer. Leute, die an öffentlichen Orten ein und aus zu gehen pflegen. Schau sie dir nur an, auf einer Miet-Toilette, oder wie sie sich um eine lauschig traute Pinkelecke mitten in der Stadt gruppieren, immer sind sie anders als zu Hause. Das heißt, sie verbergen unter ihren Sohlen die Löcher in den Socken, achten genau auf ihre Gesten und Worte und sind ständig auf der Hut. Wir sind umgeben von drei Nachbarn. Mutters Herr Nr. 7, ein Stromgeldkassierer, sagt, in welches Haus er auch kommt, überall gibt es ein Männchen und an ihm klebend ein Weibchen, es ist nicht klar, ob sie zueinander gehören, wirkt aber fest. In jedem Haus das gleiche, das gibt ihm einen Stich. Ich bin losgegangen, habe Salz geborgt bei allen drei Nachbarn. Wirklich, es stimmt. Nur bei uns zu Hause ist es eigen. Mutter sagt oft, wir leben im Stil der Kriegszeit. Kein Mann desertiert, um für immer zu bleiben.

In unserem Hängebahnhofzimmer ist alles auf dem Sprung, nichts harrt ruhig aus, alles flattert, voran der Wandschirm aus einheimischem geblümtem Batist, der Mutters Empfangsecke von meiner Lernecke trennt, alles existiert im Ungewissen, wo es morgen angetrieben wird, alles, außer den abgerissenen Fahrscheinen der männlichen Reisenden. Sie sind Erinnerungen, sie dürfen sich überall ungeniert anhäufen, niemand darf einschreiten. Erinnerungen in Gestalt von Zigarettenkippen, mit deutlichen Spuren von Bissen, männlich zwischen Zähne und Lippen geklemmt, zerdrückt und von scharfem Geruch. Dann Briefe, ganze Stapel unbeantwortet, ganze Stapel unberührt, nie geöffnet, ganze Stapel in kleine Fetzen zerrissen, die Fetzen unter irgendeiner Büchse versteckt. Alle möglichen Sorten Papier: einer hat Seiten aus einem Notizbuch gerissen, einer eine teure ausländische Sorte ergattert, wieder einer benutzte Millimeterpapier, sicher hat er ein Kind, das die Schule besucht. Dann Parfümflacons, hergestellt an traditionell frauenverehrenden Orten, ausgetrocknet reihen sie sich auf in einer Ecke des Regals. Und das Fotoalbum, voll blinder Flecken wie das Gedächtnis der Zeit, beschriftet mit Worten und Daten, sorgsam wieder ausradiert, die das ganze Geheimnis enthalten. Erinnerungen auch die Löcher in der Wand aus Beton ... dort hing schwer ein tiefes Gefühl und wurde evakuiert ...

Wir leben im Stil der Kriegszeit, auch die Erinnerungen tarnen sich, hastig, flüchtig. Es gibt Momente, da will ich alles anzünden, diesen Bahnhof sofort in Flammen aufgehen lassen, oder schonungsvoller: den altersschwachen Ventilator nehmen und die Berge von Gedächtnisfetzen, die sich nicht freiwillig auf den Weg machen wollen, aus dem Fenster blasen, auf das Dach darunter – und hinunter, hinunter bis tief ins Herz der Erde, sicher gibt es überall ein Männchen und an ihm klebend ein Weibchen –, wo sie einen Abfallhaufen bilden, der vor aller Augen verwest und stinkt und Mutter, eine Frau mit Sinn für Düfte und Schönheit, bei jedem Blick aus dem Fenster zusammenschaudern läßt. Doch nein. Mutter reißt das Fenster auf, über ihren Augen zarte Bläue, auf den Lippen zartrosé, ihre frischgewaschnen Haare seidig wehend, ihre ruhelosen Lippen müssen leise lächeln oder singen, und die Seele fliegt voraus, das ganze Treppenhaus hinunter, trotz des Hundekots auf allen fünf Etagen, wartet bebend; oder Mutter knallt das Fenster zu, wühlt auf blütenweiße Kissen

Aquarelle, impressionistisch in Blau, Rosé und dem Graphitschwarz des Augenbrauenstiftes made in Japan, zerknüllt sie wieder, wie ein Maler, unzufrieden mit dem Werk, zerknüllt die Haare, ihren Körper, ihre ewige Weiblichkeit, und zwei Stunden später, ich habe das Gedicht »Mama« noch nicht fertig im Kopf, reißt Mutter das Fenster wieder auf: Die Vergangenheit ist durch dreifarbige Tränen gebührend erledigt. Fertig. Mutter schaudert keineswegs zusammen. Die Berge von Gedächtnisfetzen bleiben, wo sie sind. Mutter hat sie abgehakt, also muß ich sie verwalten. In unserem Hängebahnhof-Zimmer bin ich die Schaffnerin.

Mutters Liebeskurven, faßt man sie auf eine wissenschaftliche Weise zusammen, sind immer gleich: Freude gleicht sich aus mit Kummer, Geben und Empfangen, Aufstieg, Niedergang, am Schluß summiert sich Plus und Minus stets zu Null. Mit Ausnahme des gerade brandneuen Herrn von Mutter und von mir, und natürlich auch ausgenommen die angenehmen Erholungspausen. Mutter aber, die niemals zusammenschaudern würde angesichts der Gedächtnisausstellung, die ich delikat vor dem Fenster, auf dem Dach darunter aufbauen könnte, Mutter schaudert vor meinen analytischen und verallgemeinernden Argumenten zusammen. Die Wege des Gefühls sind dunkel und unvorhersehbar, meine Kleine. Leuchte nicht in sie hinein. Laß dich von ihnen führen, bemüh dich nicht, sie zu kontrollieren, setz nicht deinen Verstand als Abwehrwaffe gegen sie ein. Mutter redet so, weil Mutter mein blindes Mädchenherz trägt. Für mich ist es schon zu spät. Ich, denn wen gibt es sonst noch in diesem Kriegszeit-Zimmer, habe Mutters müdes und ausgebranntes Frauenherz erhalten.

Immer beginnt es mit Mutters Neugier, das ist der Ausgangspunkt der Freuden. Herr Nr. 7 zum Beispiel erzeugte einen beachtlichen Eindruck durch seine langen, gelblichbraunen, stets zerstreuten Finger. Er war ein Mann mittleren Alters, voller Komplexe. Gewöhnlich entrann er ihnen, indem er abseitigen Gedanken nachhing. Der Herr davor hatte, wie ich mich erinnere, kurze, dicke, lebhafte Finger, Verkörperungen des Frohsinns. Etwas zu gutsituiert, etwas zu frohsinnig, so höre ich noch Mutters Klagen. Herr Nr. 7 war zerstreut und schwermütig. Mutter saß treuherzig da, während er Zigaretten anzündete wie Räucherstäbchen. Die Zigaretten brannten herunter, sich selbst überlassen, auf einer Untertasse neben einer fast unberührten Tasse Tee, eine nach der andern – von Mutters teuren Zigaretten, währenddessen er schwermütig in sich hinein schaute. Vom Inhalieren hätte er einen fürchterlichen Husten bekommen. Er entzündete die Zigaretten nur, legte sie ab und warf erst einmal einen Blick nach innen. In sich hinein gekehrte Männer, aus sich heraus gewandte Männer, Mutter sie umkreisend, auch eine Welt voller Lebensmut.

Herr Nr. 7 war eine von Mutters größten Katastrophen. Noch lange nach ihm errötete sie, wenn ich sie gelegentlich ertappte, unverwandt auf eine von ihr selbst entzündete und auf einer Untertasse abgelegte Zigarette starrend, geheimnisvolle Beschwörungen auf ihren Lippen. Eine neue Religion war geboren. Ich reichte Mutter einen von neun echten Aschenbechern, die verstreut im ganzen Zimmer standen, damit von beliebigen Koordinaten aus einer greifbar sei. Dann drehte ich mich um, ließ Mutter alle ihre tapferen Rückenwirbel an mich lehnen, fest in mich drücken, denn wen gibt es sonst noch in diesem Kriegszeit-Zimmer. Mutter ist wirklich außergewöhnlich. Sie findet immer einen Weg, Katastrophen in Glücksfälle zu verwandeln. Herr Nr. 7 brachte ihr die wertvolle Erfahrung, daß sie ihre Neugier auf Praktischeres richten sollte. So lernte sie einen Herrn kennen, der fortlaufend mit großem Erfolg wissenschaftliche Konferenzen und Tagungen organisiert, auf denen alle außer ihm gequält dasitzen und zuhören müssen, während er, der klar erkannt hat, daß die Wahrheit in einer Runde Bier unter alten Kumpeln liegt, nur zu erscheinen braucht, um zu eröffnen und zusammenzufassen. Danach interessierte sie sich für einen Schönheitschirurgen, der gerade Patienten für seine Privatpraxis suchte. Er wußte überzeugend die Notwendigkeit kosmetischer Korrekturen herauszustreichen, zum Beispiel einen Zeh zu richten, auch wenn sich die Menschen meist in Schuhen und Strümpfen zeigen.

Kaum war dieser Herr gegangen, erschien Mutter in ihrem Bikini, den sie jeden Sommer aufs neue für aus der Mode gekommen hält. Ich, mit der sowjetischen Tischlampe mit hochgerecktem Hals, umkreiste Mutter immerfort nickend. Objektivität, meine Kleine, keine Schmeicheleien, die bringen uns nicht weiter. Mutter fordert Strenge. Nein, nein, Mutter, dein sechsunddreißigjähriger Körper ist wirklich wunderschön, dieser fischmäulige Doktor braucht gar nichts zu hoffen, das ist mein voller Ernst. Soll er sich doch nach Hause scheren, seine Frau verarzten, der die Zehen richten, die wird es nötig haben. Mutter dankte mir. Mit der Tischlampe mit hochgerecktem Hals kehrte ich zurück zur Landkarte von Vietnam, um die Ausbuchtungen und Eindellungen darauf, die ich am nächsten Morgen in der Geographiestunde auswendig zeichnen können mußte, ein letztes Mal zu studieren. Die Geschichte mit dem Doktor hinter dem Wandschirm ließ mich über die wulstige Küstenlinie zwischen dem zwölften und dem dreizehnten Breitengrad nicht hinwegkommen. Hinter meinem Rücken befragte Mutter den französischen Spiegel, das einzige, was sie bei der Scheidung für sich beansprucht und bekommen hatte. »Meine Kleine, mein Einziges bist du«, sagt Mutter oft, trotzdem schwankt ihre Zuwendung zwischen dem Spiegel und mir hin und her. Strahlend gleitet ihr Blick über die reizenden Linien des Gesichts und die tadellosen Rundungen von Schulter und Brust, dann aber verfinstert er sich, verharrt unschlüssig und kommt über die nächste Region, wie auf meiner Landkarte, nicht hinweg.

Bei der Leistungskontrolle in Geographie am nächsten Morgen erschien auf meinem Blatt ganz und gar Mutter, S-förmig, in ihrem kummervollen Bikini. Die bauchige und wulstige Region zwischen dem zwölften und dem dreizehnten Breitengrad hatte ich sehr anständig und zärtlich gezeichnet, damit Mutter sich keinerlei Komplexe machen muß, keinem Spiegel glaubt, auch keinem hochwertigen Spiegel aus der alten Zeit. Nur meinetwegen und für mich ist diese Region so wulstig geworden. Für mich ist sie wunderschön, rührender als die ästhetisch idealsten Bäuche von Schönheitsköniginnen. Außerdem, wenn man stets ein blindes Mädchenherz trägt, was bedeutet dann schon ein Sack aus Fleisch? Und warum überhaupt muß man dem Körper so viel Aufmerksamkeit schenken? Warum so argwöhnisch auf ihn achten, so viel für ihn erfinden, so abhängig von ihm leben?

Mutter trägt ihr Leben lang mein Mädchenherz.

Sofort am Nachmittag fand hinter dem flatternden Wandschirm ein Elternbesuch statt. »Jetzt wundere ich mich überhaupt nicht mehr«, mein Geographielehrer knüllte Mutters Bildnis zusammen, meinem Genie entsprungen und betitelt »Mutter Vietnam«, strich es schnell wieder glatt, um es der Lehrerkommission vorlegen zu können, und stürzte aus dem Hängebahnhof-Zimmer, als renne er um sein Leben. Manchmal erscheint bei uns auch ein Reisender, der wie dieser den Bahnhof verwechselt hat. Alles in allem ist er nur ein kleiner Mann, der in ständiger Angst vor der ironischen Höflichkeit seiner hochgewachsenen Schüler lebt. Die Freundlichkeit der Kollegen erscheint dann auch ironisch. Der Status in der Familie ebenfalls höchst ironisch ... Mutter drückte eine Träne auf meine Wange und erwähnte diesen Doktor nie mehr. Wenn Mutter weint, ist es jedesmal, als wollten ihre Brüste herausspringen und jedem Beliebigen, der gerade in der Nähe ist, in die Hände fallen. Wie viele Gäste mußten wohl hinter dem Wandschirm Mutters Brüsten, die niemals stillhalten wollen, schon diesen Liebesdienst erweisen. Wie gesagt, in diesem Zimmer gibt es nichts Festes.

Nach der Neugier verfällt Mutter in Bewunderung oder in Mitleid oder in beides. Mutter hat schon alles mögliche bewundert. Einer der Männer redete ständig verworren, Mutter verstand kein Wort, sie ahnte hingerissen wahrhaft überwältigende Dinge. Einer der Männer wurde überall auf das höflichste empfangen, Mutter war gewaltig stolz. Stets pünktliche Männer, oh, wie achtenswert und zuverlässig, äußerst sensible Männer, Männer mit geschickten Händen, Männer, stürmisch und mutig, Männer mit sanftem Gemüt, Männer, maßvoll und tief, Männer mit Großmut und Toleranz, ganz geheimnisvolle Männer, verträumte Männer, Männer, die sich nicht besonders kleiden und dennoch immer gut aussehen, sehr bescheidene Männer, wunderbar erfahrene Männer, Männer wie Kinder, Männer wie Granit, Männer wie Kapitäne, Männer mit praktischem Verstand, tierliebe Männer, vernünftige Männer, geniale Männer, Männer, die sich ihren Idealen opfern, Männer, die keiner Fliege ein Leid zufügen, Männer, die in Gegenwart einer Frau niemals niesen, Männer, eine ganze Welt von Unabhängigkeit und Aufbegehren, Männer, die mit Freuden der Frau die Einkaufstasche tragen ... Jeder immer besser als alle anderen, jeder »Das bin ich!«, »Wenn man mich nur machen lassen würde ...«, »Ich meine«, »Ich will«, jeder präsentiert sich als einmalige Gelegenheit in diesem miesen Leben. Wie soll meine leichtgläubige Mutter da nicht erbeben? Und wenn sie bewundert, o Allmächtiger, dann sei nicht gekränkt und rede nicht auf sie ein, dann ist es jedesmal der einzige und letzte Mann auf Erden. Mutter öffnet ihr Herz, Mutter bewundert sogar Männer, die »nichts Besonderes an sich haben, aber, meine Kleine, das ist das Angenehmste. Eines Tages wirst du das Angenehme schätzen lernen«. Ich werde keine Gelegenheit mehr haben, irgend etwas schätzen zu lernen. Ich habe meine Zukunft als Frau in Mutter bereits gelebt, ich habe mein kräftiges sechzehnjähriges Herz ganz Mutter überlassen, ich bin zur Hüterin des überladenen Gedächtnisses ihrer Lieben geworden. Im Ausland wäre ich bestimmt eine gute Kammerzofe mit hohem Gehalt, eine stumme. Ja, ich bin sechzehn Jahre alt, ich kann Frigidität sehr gut definieren.

In regelmäßigem Zyklus, nach mehrmaligem Durchlaufen von Aufstieg und Niedergang, singt Mutter ein Loblied auf das ungeteilte Angenehme. Das sind Mutters obligatorische Erholungspausen. Mutter erholt sich mitten in der Liebe, denn in Mutters Leben pausiert die Liebe keinen Tag. Sie erholt sich auf einem See, in einem neuentdeckten, gemütlichen Restaurant oder in einem Hotelzimmer am Stadtrand, mit einem neugekauften Slip, Konserven und einem Mann, der ihr keinen Augenblick gehört, wie auch sie ihm nicht. Er ist ein riesiger Brocken Wohlbehagen, mit warmen, liebkosenden, höflichen Händen, weder hastig noch drängend, Händen, die zu gehorchen verstehen und besonders die komplexbeladenen Zonen zwischen dem zwölften und dem dreizehnten Breitengrad liebevoll behandeln, so daß Mutter die Augen schließt und vergißt, ihre leichtfertige Vergangenheit voller Irrtümer, ihre frigide minderjährige Tochter, vergißt und auch nicht vorauslebt, was sie erwartet, denn, meine Kleine, wie kann man die Wege des Schicksals ändern. »Du bist närrisch, du bist dumm«, sagt der Mann zu Mutter, »sei still, ich fühle mich wohl.« Er und Mutter lieben sich nicht. Sie sind einander dankbar. Und für Mutters täglich gedemütigtes Leben ist das schon sehr viel Trost.

Mutters Fähigkeit zum Mitleid ist noch gewaltiger als ihre Fähigkeit zur Bewunderung. Sie schnellt hoch wie eine Teleskopantenne und fängt alle möglichen kurzen und langen Wellen auf. Die Wellen überlagern sich, kommen sich in die Quere und erzeugen ein knackendes Rauschen in meinem Bauch. Mein Bauch ist ein seit langem kaputter Lautsprecher. Herr Nr. 7 zum Beispiel schlug Mutter nieder mit seinem Unglücklichsein, einem Unglücklichsein, das keines konkreten Inhalts bedurfte, einem Unglücklichsein aus Prinzip. Er war unglücklich, während er vor Mutter saß, hinter dem Wandschirm, beide schwiegen sehr tiefsinnig und spannend, darauf bedacht, meine Schülerwelt vor Umweltverschmutzung zu bewahren. Als ich feierlich verkündete, den Mülleimer nach unten zu bringen und dabei gleich bitter-saure Drops zu kaufen, verharrte er in seinem Unglücklichsein. Und natürlich, als er sich von Mutter verabschiedet hatte, um heimzugehen und seinem Sohn die Schulnoten zu bezahlen, fünfhundert für eine Zehn, vierhundert für eine Neun, dreihundert für eine Acht, Sieben und niedriger bringen nichts ein, als er sich von Mutter verabschiedet hatte, hoch oben in der fünften Etage, um heimzugehen und seine Auffassung von Erziehung und Elternpflichten zu praktizieren, und unten mich traf, angewurzelt neben dem schmutzigen Mülleimer, unfähig, den Mund zu einem Gruß zu öffnen, weil der zusammengezogen war von saurer Bitterkeit, da tauchte sein Unglücklichsein das ganze Treppenhaus in einen schwarzen, unheimlich lastenden Schimmer. Was ist am Unglücklichsein bloß so verlockend, fragte ich. Mutter riß mir den Mülleimer aus der Hand und warf ihn die Treppe hinunter: »Weißt Du nicht, daß du andere beleidigst, wenn du so redest?« Der leere Mülleimer stürzte kopfüber die Treppe hinunter, drei Stufen auf einmal nehmend, blieb auf dem winzigen Fußabtreter einen Moment unschlüssig stehen, drehte sich entschlossen um, kam mühsam Stufe um Stufe heraufgeklettert, stellte sich vor Mutter hin und flüsterte mit Duldermiene: »Madame, ich habe keinen Stolz.« Mutter fiel in Ohnmacht. Später sagte auch Herr Nr. 7, so ungefähr, er habe keinen Stolz. Er sei Bürger eines Landes, in dem es zur Zeit nichts gäbe, worauf man stolz sein könne.

Mutter öffnet ihr Herz, bemitleidet alles: Männer, deren Alter mit ihrem Ehrgeiz nicht Schritt halten kann, Männer, die nirgendwo dazugehören, Männer, die nur leben, um sich zu rächen für die ungerechten Erfolge der anderen, Männer, die kleiner sind als ein Meter sechzig, Männer, die unzulänglich sind in jeder Beziehung, Männer, die das Kleingeld für den Fahrrad-Parkplatz sparen müssen, Männer, die sich danach verzehren, in vornehmen Kreisen zu verkehren, Männer, denen es nicht gelingt, sich scheiden zu lassen, Männer, die sich ahnungslos einen Tripper holen, Männer, die unablässig Originelles aufschnappen und wieder von sich geben, Männer, die hoffnungslos dagegen ankämpfen, vergessen zu werden … und privilegiert gegenüber allen sind unglückliche Männer. Mutters zwei Fähigkeiten, Bewundern und Mitleiden, sind zwei gewaltige, die gesamte Männerwelt umschlingende Arme, keiner kann entkommen. So begrüßt bei uns zu Hause oft ein Gast erstaunt den andern. Hochgeachtete Männer sitzen Seite an Seite mit bedauernswerten. Erfolgreiche Männer, noch nicht erfolgreiche Männer und Männer, die niemals erfolgreich sein werden, reichen sich die Hand. Sie verachten oder respektieren einander irgendwo, bei uns zu Hause sind sie in Mutters gewaltiger Umarmung alle gleich. Der Menschheitstraum von Gleichheit ist durch eine solche leichtgläubige, irrende Frau zur Hälfte erfüllt.

Ebenso entgeht kein Mann Mutters aufflammender Leidenschaft. Mutter muß beständig in Leidenschaft verfallen. Wenn sie leidenschaftlich wird, bleibe ich allein zurück, mein Herz zwischen den Knien fest eingeklemmt. Mittlerweile ist es schon zu einer schiefen 8 verformt.

»Ich werde einen japanischen Hund kaufen, sehr süß, ja!« sagte Mutter, als sie eines frühen Morgens auf Zehenspitzen heimkam und mich schlafend hinter der Wohnungstür fand. Sie kam zur Tür herein, auf Zehenspitzen, die Sandalen in der Hand, ein sechsunddreißigjähriges Reh, mit einem verwirrten Lächeln auf ungeschminkten Lippen, rührender anzusehen als die glänzenden Lippen aller Schönheitsköniginnen. Das war außen, aber tief im Hals, da waren Laute, anstandsvoll zurückgehalten. Sie wären besser befreit worden, herausgelassen, aufgeklungen, hätten besser herausgejauchzt, daß Mutter glücklich ist. Die Menschheit in Gleichheit und Glück. Ja, Mutter ist sehr schnell glücklich. Zum widerstandslosen Glücklichsein reicht ihr eine Fläche von zwei Meter vierzig Durchmesser, abgeschirmt von ein paar Stückchen Stoff und einer Nylonplane, ein Garten mit dem Knirschen von Kies und dem Stöhnen von Menschen, wie in fast allen Hanoier Cafés. Besitzer muß eine Frau sein, die noch im vorzeitigen Ruhestand das proletarisch-tugendhafte Aussehen eines Staatsangestelltenlebens beibehalten hat. Sie wird sicher eifrig, fast schon untertänig die Teller mit den Sonnenblumenkernen, den einzelnen Zigaretten und den Kaugummis in jede raschelnde Liebesloge tragen, in einer von denen auch Mutter sitzt. Mutter ist sogar schon bereit, glücklich zu sein, wenn der neben ihr gehende Mann nur neben ihr geht und ihre Hand nicht hält, damit Mutter den lärmenden und anonymen Straßen zeigen kann, sie ist eine Frau, die jemand beschützt. Mutter ist glücklich trotz aller drei Nachbarn, die immer mal wieder, wenn sie Schritte im Treppenhaus hören, ihre Tür ein klein wenig öffnen, um ein Beispiel für Moral zu zeigen. Ich schwöre, bei euch borge ich nie wieder Salz! Selbst die regelmäßige, betont beiläufig gestellte Frage des Revierpolizisten: »Was arbeiten Sie denn wirklich?« kann Mutter in ihrem Glück nicht stören. Sie hat zwei Hochschulabschlüsse, vier Fremdsprachenzeugnisse und schreibt nebenbei Gedichte. Mutter ist ein intellektuelles Schwergewicht.

Der japanische Hund konnte nicht kommen, Herr Nr. 7 ging. Sich wie damals der Mülleimer zu verhalten, war Herr Nr. 7 nicht imstande, denn Mutter trennt sich stets im Geist des Krieges: um jeden Preis tapfer und entschieden. Mutters Leidenschaft Nr. 8 hätte sicher bald begonnen, ich hoffte, nicht so schief wie die zwischen meinen Knien eingeklemmte 8, das ist klar. Die Vorstufen der Leidenschaft hätte Mutter, wenn nötig, übersprungen, um schneller zum Höhepunkt des Glücks zu gelangen. Das ist ein rein technisches Problem. Aber die Nach-Nr.7-Ära zeigte ein gefährliches Symptom: Auch Mutter begann, schwermütig in sich hineinzublicken. Wenn Mutter in sich hineinblickt, bleibe ich allein zurück, doch bleibt mir keine Zeit, mein abartiges Herz zu erforschen, ich muß elektrischen Wasserkocher, Tauchsieder, Föhn, Kochplatte, Bügeleisen und Wasserhahn beaufsichtigen, die Opfer für Mutters Zwanzigstjahrhundertende-Inneres. Unser Hängebahnhofzimmer kann jederzeit in Flammen aufgehen oder in einer tragischen Flutkatastrophe versinken.

Dann, eines Nachmittags, erschien Mutter vor mir und dem französischen Spiegel in Gestalt einer Revolution: Ihre Haare, die in das Treppenhaus voll Hundekotgestank gewöhnlich frisches Leben brachten, waren jetzt ein Haufen winzigkleiner Löckchen, die Farben auf den Finger- und den Zehennägeln prangten um die Wette mit den Farben auf den Lidern und den Lippen; das Eindrucksvollste aber war ein Kleiderset aus elastischem, glänzendem Stoff. Zusammen ergab dies alles das Bild einer Gans, die zwischen Snob- und Hippiemode schwankt. Mutter war zu einer Kategorie geworden. Tag für Tag vermehrten sich die Kategorien auf meinem Schulweg. Tanten in einem Anfall von Lebensgier. Irrwitzige Tanten. Mit Kaugummipapier um sich werfende und auf Hondas reitende Tanten, die mir den Schulweg zerschrammten. Ich und der französische Spiegel, wir blickten uns zum ersten Mal verstohlen an: Nur ruhig, einverstanden braucht man nicht gleich zu sein, doch diese Revolution verdient für ihre Hoffnungslosigkeit Respekt. Mutter blähte sich mächtig auf, okkupierte mehr und mehr Raum, Mutter war entschlossen, etwas Fürchterliches zu behaupten. Als hätte Herr Nr. 7 mit seinem zivilen Unglücklichsein niemals einen Platz in ihrer Seele, von dem sie ihn nicht vertreiben kann, besetzt. Als ruhte sie, das intellektuelle Schwergewicht, in ihrem gewaltigen, aber immer einsamen und gedemütigten Lieben sehr angenehm. Als gäbe ich kein Beispiel für Frigidität, zumindest für eine Hälfte der Menschheit. Mutter blähte sich nur auf über meiner Erschlaffung.

Mutter schleppte einen Herrn an, der ununterbrochen redete, als fürchtete er, er könnte morgen plötzlich sterben und keine Gelegenheit zum Reden mehr haben. »He, Kleine«, er steckte den Kopf durch den Wandschirm und redete mit mir, »trink einen Schluck! Zieh nicht so ein abweisendes Gesicht wie eine Schuldirektorin. Hm, was glaubt ihr, wo ihr hier seid? In England vielleicht? Nun hab dich nicht so, trink! Gut! Gut! Gut! Soll ich vielleicht verschwinden? Ihr seid Traumtänzer! Mein Leben hat auch seinen Sinn! Liebling, ich lasse meine Firma gerade aufmotzen. Noch Sgraffito drauf. Stark! He, Kleine, gib dir Mühe, in die Informatikklasse zu kommen. Ich garantiere dir einen Job. Hm, das gegrillte Fleisch von diesem Markt schmeckt ja doch ganz gut. Hätte gedacht, daß ich dafür weiter laufen müßte. Gegrilltes Fleisch ist keine einfache Sache. Liebling ...« Er rührte ununterbrochen in der Fischsoße herum, ging mehrmals aufs Klo und spülte geräuschvoll, wohl auch aus Angst, morgen dazu keine Gelegenheit mehr zu haben. Hinter dem Wandschirm zog er seine Socken aus und erklärte, daß für ihn das Hassenswerteste auf der Welt Unentschiedenheit sei. Bei ihm muß alles klar sein, sofort. Im übrigen unterscheiden sich die Menschen nur nach ihrem Lebenstempo. Zum Glück hatte Mutter nur Kniestrümpfe an. Sie machte ein einbeiniges Zugeständnis, das andere Bein blieb tugendhaft. Leise schlug sie vor, in ein Café zu gehen. Er erwiderte brüsk: »Wozu soviel Aufhebens. Deine Kleine fühlt doch sowieso nichts.« Mutter schoß hoch, ihr Lockenkopf schleuderte eine Wolke flammender Fragezeichen zur Decke. Oben war ein gewöhnlicher Himmel. Er wartete eine ganze Weile. Als von oben keine Antwort kam, schoß er ebenfalls hoch: »Was glaubt ihr, wo ihr hier seid? Vielleicht in England?« Warum schwärmte er nur so für England? Ich trat hervor und sagte: »Mutter, ich gehe Herrn Nr. 7 suchen.« Himmel, wer hat dich numerieren gelehrt, griff sich Mutter an den Kopf und wankte.

Dann sind in unserem Hängebahnhofzimmer erstmals weibliche Reisende aufgetaucht. Es sind drei, und sie kommen jeden Donnerstagnachmittag, wie in der feinen Gesellschaft. Genau um fünf, der Tag ist gerade an dem Punkt angelangt, wo Männchen und Weibchen beginnen, aneinander zu kleben, an dem Punkt, wo Herr Nr. 7 mit einem Stich im Herzen Stromablesen geht, mit kleinen, aufsteigenden Wellen von Schmerz angesichts des Duftes von Familienmahlzeiten, genau in diesem Moment versammeln sie sich bei uns zu Hause und veranstalten ein Meeting zum Lob der Freiheit. Sie duften um die Wette. Sie öffnen ploppend Bier- und Brauseflaschen. Etwas später zieht sich eine nach der anderen aus. Nur Pferde ohne Reiter, Fleisch traurig fließend wie ein Bach. Eine Tante, alle Dimensionen übersteigend, bis auf Schenkel und Waden, die zu schrumpfen beginnen. Eine Tante wie in Stein gehauen schön, absurd und eisig schön. Eine Tante, mager, doch mit Pausbacken. Auch diese Serie verdient Respekt für ihr Verlangen nach Auflehnung. Ich aber bin schon alt, unter dem überladenen Gedächtnis von Mutters Lieben erschöpft. Kommt dieses schreiende Fleisch noch dazu, breche ich bestimmt zusammen. Die riesige Tante mit den schrumpfenden Beinen kneift mich in die Schenkel. Die anderen Tanten befingern kichernd meinen ganzen Körper: »Seht nur, die Kleine ist ja fast schon steif.« Sie einigen sich, mir den Frühling zurückzubringen. Sie, ein Wohltätigkeitsverein, der sich selbst kein Almosen zukommen lassen kann. Zu welcher von diesen Tanten hätte nicht schon ein Mann kalt gesagt, auch wenn sie sich noch so sehr aufputzen würde wie eine aufgefrischte alte Baumwolldecke, es hätte doch keinen Zweck? Und Mutter, ist sie jemals zusammengezuckt, wenn sie einen ihrer Herren dabei ertappte, wie er mich verstohlen musterte?

Mutters freizügige Freundinnen schicken mir achtzehn Frühlinge, exakt die halbe Zahl von Mutters freudvollen und schmerzlichen Jahren. Der achtzehnjährige Mann steht zwischen Mutter und mir, der brandneue Mann von Mutter und mir. Meine Kälte schiebt ihn zu ihr. Ihre Angst schiebt ihn zu mir zurück. Die Kriegszeit ist vorbei. Jetzt heißt es mit den Folgen leben. Es gibt keinen andern Weg. Mutter muß ihre Tochter heilen. Das Rezept ist diese notgedrungne, schmerzliche Liebe.

Tribut des Meeres

Das blaue Meer unten und ich in einem blauen Kleid hoch oben ließen ihn nach Belieben in alle Blautiefen, in alle Blauschattierungen eintauchen. Zwischen zwei blauen Polen verschwinden.

Ich bin noch nie am Meer gewesen. Ich habe Angst vor dem Ertrinken. Du, mein Geliebter, sagtest, wenn es einem bestimmt ist, durch Wasser zu sterben, dann kann einen das Schicksal auch ereilen, wenn man sich das Gesicht wäscht. Außerdem ist es weniger schlimm, den Fischen als Futter zu dienen als den Würmern. Ich schrieb lauter durstige Geschichten über den Regen und über öffentliche Wasserhähne. Du hängtest weißgekrönte Wellen an die Wände. Wir liebten uns, vom Westsee hinüber zum See der Hohen Verdienste, vom See der Hohen Verdienste im Bogen zurück zum See des Schwertes, vom See des Schwertes weiter zum See des Stillen Lichts, vom See des Stillen Lichts einen Katzensprung hin zum Sieben-Hektar-See, überall nur flaches Wasser, deshalb, sagtest du, müssen wir uns tief küssen. Wir dürsteten beide wahrhaft tief in der Kehle. Jetzt aber bist du von Wasser satt, und ich treibe endlos auf dem Trocknen umher, Hanoi, Hue, Saigon, lauter Städte, spröde wie Reispapier, das unter zu starker Sonnenhitze zum Trocknen hing.

Deshalb habe ich seine Einladung nach Vung Tau angenommen. Er fährt dorthin, um ein Szenarium zu begutachten. Ich denke, das Theater wird bestimmt viel Zeit in Anspruch nehmen, ich werde also allein sein können. Werde dasitzen, die weißgekrönten Wellen betrachten und nach Fischen Ausschau halten. Seit du, mein Geliebter, und ich getrennt voneinander sind, schaue ich auf dem Markt immer nach den Meeresfischen. In jedem von ihnen könntest du sein.

Wir starten am frühen Morgen. Als wir das Moped besteigen, sagt er, ich soll dicht an ihn heranrücken, wegen des festen Halts. Ich soll die Arme auf seine Schultern legen oder auch um seinen Bauch. Ich wähle die Schultern, dort hat die Zeit kaum Spuren hinterlassen. Hätte ich den Bauch gewählt, riefe dieser mir ständig ins Gedächtnis, daß mein Begleiter ein Jahr älter ist als mein Vater. Ich denke, mein Herz ist schwer, aber das an jemandem auszulassen, der so alt ist wie mein Vater, ist nicht fair. Also gebe ich mir Mühe, eine Unterhaltung zu führen. Ich sage, die Straße ist echt gut. Er sagt, die haben ja auch die Amerikaner gebaut. Und läßt mich gleich noch wissen, seine Exfrau lebt jetzt in Amerika und schickt ihm jeden Monat hundert Dollar. Und eine Freundin, ein Jahr jünger als ich, lebt auch in Amerika. Die schickt Fotos. Ich will nichts von Amerika hören. Du, mein Geliebter, hattest Romane von Harald Robbins und Danielle Steel gelesen und wußtest genau, in welchen New Yorker Restaurants die Frauen der gehobenen Gesellschaft zum Mittagessen Salat verspeisen und wie witzig und dreist die modernen Männer reden. Du meintest, verglichen mit diesen begierdengetränkten Büchern kratzen meine Geschichten ewig in ausgetrockneten Seelen. Du sagtest, du würdest mich nachholen, um mich zur Frau deines Hauses zu machen. Ich würde im Flugzeug über den Pazifischen Ozean fliegen, damit ich von hoch oben auf ihn herunterblicken könne und so der Angst vor dem Ertrinken entginge. Ich will nichts von Amerika hören, deshalb konzentriere ich mich auf die Paare auf der Straße, die sicher auch ans Meer fahren. Überall drückt sich das Gesicht eines jungen Mädchens zärtlich in den jungen Nacken des Fahrers. Auch ich legte mein Gesicht immer auf diese Stelle, um den Schweiß abzulecken. Du saugtest immer an meinen Haaren. Beim Abschied sagtest du, du wollest mich hinunterschlucken, ein kleines Nickerchen, und der Ozean wäre überquert. Am Ziel angelangt, würdest du den Bauch öffnen und mich herausziehen. Wäre das möglich gewesen, bräuchte ich jetzt nicht allein herumzutreiben.

Am Mittag kommen wir in Vung Tau an. Wir suchen uns ein Restaurant am Meer und trinken chinesisches Bier zu pfannengeschwenktem Tintenfisch. Hinter einem Wandschirm findet gerade eine Versammlung des Gaststättenkollektivs statt. Die Leiterin kritisiert, daß die Genossinnen und Genossen die Tischtücher von Ratten annagen lassen. Und daß es in der Küche Mückenlarven gibt. Eine Fliege stürzt sich in mein Bierglas wie ein japanischer Kamikaze-Pilot. Mein Begleiter fischt sie mit einem Löffel heraus, zieht das Glas zu sich herüber, erhebt es dann in Richtung Meer und sagt, er liebt die Natur. Natur ist gleichbedeutend mit Schönheit. Ein Künstler strebt immer nach Schönheit. Eigentlich weiß ich nicht genau, wie er künstlert. Ich habe nur ein einziges Gedicht von ihm gelesen, eines, das er mir gewidmet hat. Darin sind meine Haare wie Wolken, meine Brille ein Mondsichelpaar, Zähne und Lächeln ein Blitz. Ich denke, mit so einem Kosmos-Outfit könnte ich in einer Misswahl mit interplanetarischen Kandidatinnen konkurrieren. Mein Atem wäre ein Wind, bliese ich einmal kräftig, entstünde ein Sturm, der trüge meinen Geliebten über den Pazifischen Ozean. Und auch ich bräuchte nicht vergeblich auf ein Flugticket zu warten, um in der Fremde zur Frau des Hauses zu werden.

Durch das Fenster beobachten uns wartend Einwohner von Vung Tau, die von diesem berühmten Meeresstrand leben. Mir ist das Herz wieder schwer. Deshalb sehe ich in jedem von ihnen einen vorzeitig pensionierten Lehrer. Würden sie uns an die Kehle springen, um unsere Hälse in riesige, pechschwarze, nach Ertrinken schreiende Schwimmringe zu stecken, oder uns nackt ausziehen, um unsere Körper in bunte, verdächtig nach Syphilis aussehende Leihbadebekleidung zu hüllen, es wäre weniger nervend. Oder wenn sie sich unterwürfig nähern würden, Gnädige Frau Gnädiger Herr, es wäre weniger unangenehm. So lauern sie ängstlich – wenn man sie ermuntert, vergessen sie alle Höflichkeit und werden sofort übermütig und vertraulich, weist man sie zurück, werden sie düster und feindselig wie beleidigte Liebhaber. Mein Vater entstammt einer Familie, die über Generationen hinweg nur Lehrer und Mediziner hervorbrachte, zwei Berufe, die Menschen helfen und retten. Vor zwei Jahren beschloß die Familie, ihre Heimat, eine Gegend, über die Phan Huy Chu geschrieben hat: »Die fruchtbare, herrliche Natur hat viele Generäle hervorgebracht, die konzentrierte, erlesene Luft viele Gelehrte«, zu verlassen, um als Fruchteisverkäufer in diese Stadt zu ziehen, die berühmt ist einzig wegen dieses Strandes, der, in Nguyen Tuans Worten, »zur Prostituierten geworden ist«. Ich weiß, es ist nicht recht, mein nicht gerade normales Herz an den Leuten dort draußen auszulassen. Ich sitze bei einer Delikatesse, höre meinen Begleiter die Natur besingen, die Gaststättenleiterin die Verluste an Tellern und Glühbirnen zählen, und irgendwo ganz in der Nähe verlieren meine Verwandten nach und nach ihren Stolz in bunt gemischten Eisbechern. Von meinem Platz aus sieht das Meer aus wie das Meer an deiner Wand, es macht keinen bedrohlichen Eindruck.

Ich denke, seit dem Morgen war ich grundlos schlecht gelaunt, so reiße ich mich nun zusammen, bin fröhlich und albere ein bißchen herum. Aber als wir zum Badestrand hinuntergehen, bringe ich kein Wort mehr hervor. Das Meer liegt jetzt vor meinen Augen, alle Hanoier Seen zusammengeschüttet füllen nur eine Waschschüssel, verglichen mit dieser unermeßlichen Weite, die sich an den Himmel schmiegt. Jetzt weiß ich, alle tiefen Küsse, alle weißschimmernden Wellen an deiner Wand konnten dir nicht genügen. Wäre der Weg nach Amerika nicht so naß und begierdengetränkt, dann wärest du bestimmt an meiner Seite alt geworden, in einer Wohnung im vierten Stock, in der man über Nacht jeden Tropfen Wasser heraufpumpen muß. Du dachtest sehr gut von Amerika. Ein ganzes Meer des Friedens wie dieses wäre imstande gewesen, dich dorthin zu führen, dich zu waschen zu einem neuen Menschsein, ich hätte nur darüber hinwegzufliegen brauchen, ein wenig hinunterschauen, und ich wäre zur Frau deines Hauses geworden. Ich brauche nur hier zu stehen, diese Pfütze von Ostchinesischem Meer zu bewundern und zu fürchten, und schon darf ich glauben, gleich wird mein Leben sich ändern.

Mein Begleiter meint, wir sollen den Szenaristen aufsuchen. Der Szenarist ist ein Fotograf, der gerade die Schenkel von drei Mädchen auf dem Strand arrangiert. Das Szenarium besteht aus fünfzehn handgeschriebenen Seiten in einem Schulheft, es handelt vom Gewissen einer Angestellten der Erdölfabrik in Vung Tau, während ihr Freund, auch Angestellter, vom rechten Weg abkommt. Am Ende trennen sich beide, sie blickt allein in den neuen Tag, der flammendrot über dem Meer anbricht.

Mein Begleiter und der Szenarist sitzen dicht am Wasser zusammen. Mein Begleiter verteilt freigebig Lehren wie Donnerschläge. »Der Schluß ist so in Ordnung, heutzutage akzeptiert die moderne Kunst kein Happy-End mehr. Dieses Paar muß sich trennen, das ist notwendig, man muß ein bißchen grausam sein, aber das gerade ist Humanität, *valeurs humaines*, heutzutage geht die Kunst sehr weit, ein bißchen radikal muß man sein, Kompromisse darf es nicht geben, ohne ein bißchen Radikalität gibt es keinen Fortschritt, aber nicht zu radikal, hier muß ein Absatz gemacht werden, groß schreiben, so.« Ich denke, die Begutachtung wird sich noch hinziehen, denn von Zeit zu Zeit entschuldigt sich der Szenarist, steht auf und knipst. Am Strand sitzen so viele Mädchen. Ich stehe auf, gehe den Strand entlang. Schlüpfe unter aufgespannten Leinen hindurch, die mit Leihbadebekleidung vollgehängt sind. Weiche den Jungen aus, die mit einem Korb im Arm wild herandrängen und gekochte Krebse feilbieten. Dieser berühmteste Strand Vietnams gleicht einem Marktstreifen. Draußen auf dem Meer vereinzelte Boote. Wenn jemand ertränke, würde dieser Markt wahrscheinlich ein wenig aufleben. Mir fällt erneut Nguyen Tuan ein, »Eindrücke von Cua Dai«. Dort »hat das Fischervolk noch nicht gelernt, die Menschen beim Verkauf von Krabben und Fischen zu betrügen. Junge Witwen, mit dem weißen Trauerband um die Stirn, Fischer betrauernd, die wegen eines Fischschwarms in einigen hundert Metern Tiefe weit draußen auf dem Meer den Tod gefunden haben, diese Witwen mit der Schönheit der Heiligen Maria wissen noch nichts von Hurereien ...« Dieser Strand hier ist offenbar nicht mehr ganz so rein. Eine Gruppe von Fischern holt als Touristenattraktion gerade ein Netz ein. Auch ich bezahle tausend, um mir das Fischen anzuschauen. Das Netz hebt sich sehr langsam aus dem Wasser, Ruck um Ruck, ich habe das Gefühl, diese Arbeit erfordert noch mehr Beharrlichkeit als meine Schreiberei. Als das Netz geborgen ist, dränge auch ich näher heran, um den Fang zu sehen. Gerade mal ein Korb voll, von den zwei Dutzend Fischern bekommt jeder etwa ein halbes Kilo Fische, kleiner als zwei Finger. Als der Fang verteilt ist, stürzt sich eine Schar von Kindern auf die

Überreste. Ich sehe gebannt, wie ein Bursche triumphierend seine Beute hochhält. Eine klatschnasse, schmutzige Mütze, auf der in weißen Buchstaben *Go to Disneyland* steht. Auch du trugst immer eine Mütze, um eine Stirn mit fürchterlich gefächerten Falten zu verbergen. Das obere, extrem düstere Drittel des Gesichts ging in ein heiteres mittleres Drittel über, und das untere Drittel war außergewöhnlich schön. Die Physiognomik sagt, das deutet auf eine große Zukunft hin. In Hanoi, auch wenn wir uns immerfort küßten, war keine große Zukunft in Sicht. Du sagtest, laß mich die Zukunft suchen gehen, sie muß gekommen sein, bevor wir beide alt geworden sind. Beim Abschied trugst du eine Go-to-Disneyland-Mütze. Ich laufe hinter dem Burschen her und gebe ihm tausend für die Mütze. Dann werfe ich sie ins Meer, sie ist vom Tonking-Golf bis hierher geschwommen, soll sie weiterschwimmen, an dieser Küste gibt's kein Disneyland.

Am Abend lädt uns der Szenarist in sein Haus ein, dort serviert er uns Gemüsesalat und einen Teller mit geschmorten, ausgelaugten Ananasstücken. Ich bringe keinen Bissen herunter und rede mich damit heraus, daß ich noch satt sei von gekochten Krebsen, die ich am Strand gegessen hatte. Auch mein Begleiter greift sich nur ein paar höfliche Happen, schließlich begeben sich Gastgeber und Gäste auf die Veranda an die frische Luft. Der Szenarist singt Lieder von vor fünfundsiebzig und begleitet sich dazu auf der Gitarre. Seine Stimme bebt, als kämen ihm gleich die Tränen. Ich denke, es ist kein Wunder, daß als Maß unserer Ästhetik gilt, wie oft man das Taschentuch zückt, und als Maß unserer Moral, wie sauber diese Taschentücher sind. Ich gähne. Der Hausherr wechselt mit seiner Frau, die barfuß geht und am kleinen Finger einen Goldring trägt, einen schnellen Blick. Dann sagt die Frau: »Ihr beide könnt hier draußen schlafen, hier ist es angenehm kühl.« Das Haus besteht nur aus einer Kammer, die mit allen möglichen Sachen vollgestellt ist, und einem Zimmer mit einem großen Bett, in dem die Eheleute schlafen, zusammen mit ihrer fünfzehnjährigen Tochter, die ebenfalls barfuß geht und am kleinen Finger einen Goldring trägt. Auf der Veranda steht eine Bambusliege. Ich vermute, der Hausherr hat lange und gründlich über die Schlafangelegenheiten seiner Gäste nachgedacht. In Saigon hat mein Begleiter mir gesagt, daß wir bei einem Freund schlafen werden. Er hat viele Freunde. Einen Künstler, der nicht viele Freunde hat, kann man vergessen. Ich betrachte lange die etwas über einen Meter breite Liege, dann starre ich ihn an. Er murmelt etwas wie: unsere Gastgeber hier, ja, seine Freunde, auch Schriftsteller, ja, Künstler, und in ihren Ansichten sehr frei, wir brauchen uns keine Gedanken zu machen. Ich denke, mein Herz ist nicht sehr normal, aber ganz sicher noch nicht gesprungen, also müssen wohl die anderen schon ihren Verstand verloren haben. Wenn Schriftstellerexistenz alias Künstlerexistenz bedeutet, daß man einander zu Delikatessen einladen muß oder zu solchen schlampig zubereiteten Mahlzeiten, um sich vom Durchschnittsbürger zu unterscheiden, wenn Freiheit der Kunst bedeutet, daß man beliebig miteinander schläft, dann sollte ich aufhören, Geschichten zu schreiben. Ich habe vieles, von dem ich Tribut entrichten kann, aber ich habe nur einen einzigen Körper, den darf ich nicht vergeuden. Beim Abschied sagte ich zu dir, wenn du mich nicht hinunterschlucken kannst, dann laß mich dich in mir bewahren, sollte dir etwas zustoßen, habe ich einen Tropfen Blut von dir als Trost. Wir standen lange schwankend am Westsee, um uns herum liebten sich Paare stürmisch, als würde morgen der Staat das alte Gebot, das keine Berührung zwischen Mann und Frau erlaubt, zum Gesetz erklären. Du öffnetest mich und konntest dich nicht sattsehen, dann knöpftest du mich sorgsam wieder zu bis zum Hals. Du sagtest, ich müsse mich gut bewahren, bis der Tag komme, an dem ich zur Frau deines Hauses werde. Frau deines Hauses ist etwas anderes als modernes Mädchen. O du, der Mann, den ich liebe, der sich in das Meer der Begierden stürzte mit dem reinen Herzen des konfuzianischen Edelmannes. Dann lachtest du, deine Zukunft sei ja glänzend, wie könne dir da etwas zustoßen, ich solle mir nicht so törichte Gedanken machen, mich bewahren, mich für dich bewahren. Ich verlange, in der Kammer zu schlafen. Ich liege in der Dunkelheit und liebkose mich, zwischen fest verschlossenen Truhen, nach Meer riechenden Kleidungsstücken und Stapeln von Kartons, alle von einer Sorte, dieser Szenarist und Fotograf ist wahrscheinlich außerdem noch Heineken-Bier-Schwarzhändler. Am Morgen bin ich nicht schlecht gelaunt, aber mein Begleiter ist es.

Mit dem Theater sind sie offenbar fertig, jetzt ist Baden angesagt. In dem eilig von einer Freundin aus Saigon geliehenen Bikini fühle ich mich sehr unwohl, diese Freundin liebt Dinge, die sehr winzig und sehr reizend sind. Zwei förmlich an mir aufgehängte knallrote Streifen scheinen Feuer an diesen Marktstreifen zu legen, der Szenarist läuft rückwärts und knipst klickend, auch mein Begleiter hört auf, schlecht gelaunt zu sein, er legt mir den Arm um die Schulter und bedrängt mich, für ein weiteres Foto zu lächeln. Benommen stürze ich mich ins Meer. Die Wellen werfen mich zurück auf den Strand. Mühsam rapple ich mich auf, nehme allen Mut und alle Kraft zusammen, ich muß hinaus aufs Meer. Ich renne nicht, stürze mich nicht hinein, ich gehe langsam vorwärts, während ich die beiden roten Flammenstreifen festhalte, damit sie nicht von den Wellen gelöscht werden. Ich gehe immer weiter, die Wellen werfen mich nicht mehr zurück auf den Strand, sie teilen sich gehorsam, damit ich hinaus kann aufs Meer.

Ginge ich nur immer so weiter, käme ich auf jeden Fall in den Pazifischen Ozean. Dort träfe ich dich, du würdest die Stirn runzeln und mich fragen, warum ich so komisch angezogen sei. Ich würde antworten, die Sachen seien geborgt, wie könnte ich, durstig und wasserscheu wie ich bin, jemals einen eigenen Badeanzug besitzen. Als meine Füße wieder den Boden berühren, hebt mein Begleiter mich auf. Der Szenarist sagt, er habe die Szene, wie mein Begleiter mich aus dem Wasser trägt, festhalten können, ganz Hollywood, nicht wahr. Auch er denkt sehr gut von Amerika.

Die Hollywoodszene hat meinen Begleiter offenbar fröhlicher gestimmt, nach einer Nacht, die er wie ein Durchschnittsbürger verbracht hat. Er lädt mich ein, mit ihm eine Pagode hoch oben in den Bergen zu besuchen, bevor wir nach Saigon zurückkehren. Wir verabschieden uns von dem Szenaristen, der wieder und wieder bemerkt: »Wollt ihr wirklich schon los, bleibt doch noch ein wenig.« Ich weiß nicht, ist das eine Frage oder eine Aufforderung. Die Pagode ist weit oben, der Weg dorthin sehr steinig, das Moped stürzt. Mein Begleiter sagt, er wird galant sein bis zum Schluß, steht auf, zieht mir die Schuhe aus und reibt mir die Füße. Der Schmerz sitzt weiter oben, mein Begleiter aber reibt nicht über die Wade hinaus. Er reibt und bittet mich inständig, ihm zu vertrauen, er weiß, was Ehre ist. Ich denke, Ehre ist, wenn ein Mann einer Frau die Waden reibt, und die Frau verliert nichts, am wenigsten den Schmerz. Deshalb lache ich auf. Die Hand des Mannes, den ich liebe, ist im Winter warm wie Sonnenstrahlen und im Sommer mild wie Mondschein. Berührt sie einen Stein, seufzt selbst dieser wohlig auf. Jetzt ist deine Hand in den Bäuchen von Fischen, also sind die Fische in Feen verwandelt. Diese Meerjungfrauen mit ihrem betörenden Gesang werden dich den Weg nach

Amerika vergessen lassen … Er läßt meinen Fuß los und sagt, ich sei wahrscheinlich noch zu jung, der Jugend heutzutage sei nichts heilig. Ich verstehe nicht ganz, wie er auf das Thema Heiligkeit kommt, vielleicht weil wir uns der Pagode nähern?

Wir stehen auf dem Glockenturm. Hier das Rad des Wandels, hinter einem Bergrücken auf gleicher Höhe ein blütenweißer Jesus, die Arme zum Meer hin ausgestreckt. Alles strebt zum Meer. Alles schwärmt von weißgekrönten Wellen. Er doziert voll Eifer über die größte Glocke Vietnams, Kultur und Geschichte strömen neben mir endlos hervor, sein Mund ist eine moderne Büchse der Pandora, Wörter, Wörter, nichts als Wörter fliegen heraus und überschwemmen die Welt, von dieser heiligen Höhe herab, selbst Buddha und Jesus zusammen können nichts dagegen tun. Anscheinend bedrängt er mich, meine Jugend zu bereuen. Anscheinend redet er wieder über die *valeurs humaines* des Künstlers. Und über das Meer, ein großartiges Stück Natur, und Natur ist gleichbedeutend mit Schönheit. Wörter, Wörter, nichts als Wörter fliegen wolkig heraus.

Unversehens strecke ich die Hand aus, leicht wie ein Windhauch, der die Glocke streift. Er fällt von einer Tiefe von Blau zur anderen, verschwindet zwischen zwei blauen Polen. Ich in einem blauen Kleid hier oben, das blaue Meer dort unten, hinter meinem Rücken ein Aufschrei der Nonnen Asida-Buddha. Ich wünsche ihm, daß er schnell hinaus in den Pazifischen Ozean und nach Amerika gelangt. Ich hoffe, er wird die Romane von Harald Robbins und Danielle Steel lesen. Dort drüben erwarten ihn bereits seine Ex-Frau und seine Freundin. Auf mich wartet niemand. Du bist ja den Meerjungfrauen gefolgt.

Fünf Tage

Am ersten Tag sage ich, wir müssen uns trennen, Vi. Eigentlich ist der Satz vom Sich-Trennen der Refrain zu jedem Liebeslied: Wie oft man ihn schon gesungen hat, ist nicht wichtig, wichtig ist nur, daß danach die nächste Strophe beginnt, dann wieder der Refrain, dann wieder eine Strophe ad libitum. Eigentlich will ich sagen, daß meine Liebe wie ein eingeschlafener Arm ist, wie ein krampfender Zeh, sehr quälend, aber unmöglich einfach abzuhacken. Meine Liebe ist wie das verdrossene Gesicht unseres Institutsdirektors jeden Montagmorgen, wenn zur Versammlung jemand zu spät kommt – gewohnt bis zum Überdruß, aber existentiell. Und so starre ich unverwandt auf Vi, in der Hoffnung, sie wird erzittern, und all die chronischen Eheleiden dieser halb alten, halb neuen Zeit werden von ihr abfallen. Zittern und Schwitzen sind noch immer unsere erstaunlicherweise wirksamste Volksmedizin. Aber Vi fängt meinen Blick nicht auf, sie hält ihr Gesicht gesenkt wie seit Monaten, der Boden zu ihren Füßen bannt sie stärker als ich, sie antwortet leise: »Ja.«

Irgend etwas hindert mich daran, Vi zu bitten, den Blick zu heben und mir in die Augen zu sehen. Nur einmal einzutauchen in die Zone meiner begrenzten hypnotischen Kraft, und das eben Gesagte wäre nicht mehr wie in den schmalen Spalt zwischen Vis Händen gefallen, den beiden Händen, deren Finger verschränkt sind zu einer Blüte, die sich niemals öffnet. Wieviel ich auch dort hineingieße von meiner demütigenden Liebe, es ist, als begösse ich ein vertrocknetes Feld. Zu spät. Ich weiß, Vi macht keinen

Versuch mehr, auf meinem Gesicht irgend etwas zu finden. Meine Wangen sind picklig, mein Kinn ist voller schwarzer Flecken. Selbst diese Teufelsgaben machen keinen Eindruck auf sie. Ich mag es ja selbst nicht, dieses Direktorengesicht zu Hause und Angestelltengesicht im Institut.

So ergreife ich den Spiegel, in dem Vi sich gerade betrachtet hat, und schaue hinein. Vi hat sich soeben frisch geschminkt. Seitdem sie verheiratet ist, schminkt sie sich. Warum eigentlich? Jetzt bindet sie die Hutbänder. Das heißt, sie macht sich fertig zum Gehen, sie muß zur Arbeit, ob sie dort wohl munter und fröhlich ist wie damals, als ich sie kennenlernte, oder gleichgültig, wie sie es jetzt meistens ist? Der Spiegel ist halb so groß wie eine Hand, Vi hat sich für ihr Frauendasein mit solchen winzigen Waffen ausgerüstet, erst jetzt fällt mir das auf. Ich beginne, die Muskeln um den Mund herum auszuprobieren. Offenbar ist der Ausdruck nur eine Frage von Haut und Muskeln. Ich versuche es an der Stirn. Offenbar sind die Falten nur eine Frage der Augenbrauen. Ich versuche es bei den Augen. Offenbar ist der Blick nur eine Frage der Wimpern. Es steckt nichts Tieferes dahinter. Meine Chancen stehen noch sehr gut. Dank deines Halbe-Hand-Kosmos.

Als ich aufblicke, ist Vi gegangen. Den ganzen Tag weiß ich nichts von ihr. Seit langem haben wir aufgehört, uns während der Arbeitszeit an das Diensttelefon zu klammern.

Als ich am Abend nach Hause komme, präsentiere ich entschlossen den gelassenen Mund, den ich fleißig während der Konferenz geübt habe, einer Konferenz über eine weit zurückliegende Schlacht, unsere Truppen konnten selbstverständlich die feindlichen Truppen besiegen. Vi öffnet die Tür, doch sie blickt mich nicht an. Ihre Mundwinkel hängen herunter, das ist der Mund der Gleichgültigkeit, den kenne ich genau. Den ganzen Abend warte ich auf einen Blick von ihr, eine Gelegenheit, die Worte vom

Morgen zurückzunehmen. Vergeblich. Ihr Blick streift mich mehrere Male, verweilt einen Augenblick auf mir, wie auf irgendeinem Gegenstand im Zimmer, dem Schrank oder dem Bücherregal, oh, nicht einmal dem Bücherregal, und wandert dann weiter zu einem anderen Punkt, dem Staubwedel etwa. Wie es scheint, denkt Vi anders über die Refrains von Liebesliedern. Unsere traditionellen Frauen lassen alles, was sie nicht hören wollen, ungerührt an ihrem Ohr vorbeiziehen. Die modernen Frauen legen sofort ihren Standpunkt dar, in diesem Punkt einverstanden, in diesem Punkt nicht einverstanden, wie auf einer Versammlung. Meine Vi ist halb traditionell, halb modern, ihr Standpunkt ist ein knappes »Ja«. Das klingt gefügig, ist aber eine gleichgültige und aggressive Fügsamkeit. Als schließlich das Licht gelöscht ist und wir im Bett liegen, Rücken zu Rücken, werfe ich mir deshalb vor, was ich doch für ein Dummkopf bin, daß ich meine Kraft darauf verschwende, ein so schwieriges Liebeslied zu singen.

Am zweiten Tag ist Vi zeitig aus dem Haus gegangen. Beim Erwachen finde ich mein Frühstück vor, dazu den Henkelmann, gefüllt mit Wasserwinden, zwischen denen Zwergauberginen bereits angedunkelt schimmern. Ich mache ein bitteres Gesicht im Spiegel und spreche zur Übung zehnmal den Satz: »Oho, unsere Pflichten!« Ich versuche zu philosophieren, Bitterkeit bis zum letzten hat gewiß auch Größe.

Zum Abendessen gibt es ebenfalls Wasserwinden und Zwergauberginen. Vi sagt, sie hat eine Bleibe gefunden, in ein paar Tagen zieht sie um. Diese Wohnung hier gehört meinen Eltern. Auch Vi wird wohl zu ihren Eltern zurückkehren, eine alleinlebende Frau in dieser Stadt ist etwas Unvorstellbares. Ich werde die beruhigende Gewißheit haben, daß Vi nicht allein steht. Auch Vi wird die beruhigende Gewißheit haben, daß meine Familie sich um mein

Essen und meine schmutzige Wäsche kümmert. Unsere Zukunft ist noch sehr gesichert.

Vi legt sich als erste schlafen. Ich schütze Arbeit vor, um allein zurückzubleiben, das heißt, ich lese Zeitung. Im Institut tue ich auch nichts anderes. Vi wird also gehen. So werde ich sie nie wieder sich schminken und ihre Hutbänder binden sehen? Ihre winzigen Waffen sind noch nutzloser als ich. Ich lege mich vorsichtig nieder, ich wage es nicht, Vis Schlaf zu stören. So oder so verbirgt die Dunkelheit meine sanften Mundwinkel vor Vi. Sanft wie Morphium, unerträglich sanft. Ich suche Vis Schultern wie einen rettenden Hafen. Die Schultern sind bloß, seit Monaten hat sich Vi in BH und T-Shirt schlafen gelegt, die Augen weit offen. Heute sind die Augen zu, die Brust liegt offen. Ich nehme allen Mut zusammen und küsse sie, meine Frau. Einmal, ein zweites Mal, beim dritten Mal antworten ihre Lippen schwach, dann antwortet auch ihr vertrauter Körper schwach. Ich drücke nach Kräften meine sanfte Zärtlichkeit aus, auf Ellenbogen und Knien, ich fürchte, ganz auf ihr, meiner Frau, zu lasten, wäre zu grob. Ich glaube, sie versteht, sie hat zugestimmt, wenn auch sehr schwach.

Auch am dritten Tag ist Vi zeitig aus dem Haus gegangen. Wieder das Frühstück und die vorbereitete Mahlzeit im Essensbehälter. Ich sehe in den Spiegel und erblicke einen Bräutigam, närrisch vor Glück. O.k., Narrheit bis zum letzten hat gewiß auch Größe.

Den ganzen Tag im Institut bewache ich das Telefon. Vi ruft nicht an.

Als ich am Abend nach Hause komme, klopft mir das Herz in der Erwartung, das Gesicht einer zitternden Braut zu sehen. Aber Vi hält den Blick weiter gesenkt oder sieht durch mich hindurch, als wären hinter mir gleich Dutzende von Staubwedeln, als wäre letzte Nacht eine Vergewaltigung geschehen, von der sie mir nichts sagen will. Vergeblich suche ich auf ihrem Gesicht nach einer Spur von Liebe. Irgendwo habe ich gelesen, daß die Haut einer Frau nach einer Liebesnacht seidig wie Honig ist. Doch ich suche umsonst, die Frau, die letzte Nacht ermattet in meinen Armen lag, hat nichts mit dieser gleichgültigen, fest entschlossenen Staatsangestellten gemein. Und außerdem, wo sollte ich Honig lecken, Vi hat sich geschminkt, wie man hastig ungelöschten Kalk auf den Seuchenherd streut, eine Nacht reicht nicht aus, um sie erneut mit der Liebeskrankheit zu infizieren. Sie sagt, sie wird den Tisch mitnehmen. Den einzigen Tisch in dem einzigen Zimmer, das meine einzige Ehe hütet. Dann ist sie sehr damit beschäftigt, ihre Sachen zu packen. Sie gibt mir noch zu verstehen, ich möge ihr ein wenig helfen – die Bücher stapeln und verschnüren, ihre zahllosen Schuhe putzen, jedes Paar versetzt mich in Besorgnis, die Riemen so schmal und die Absätze … ich weiß, sie mag das Gefühl nicht, der Erde zu nahe zu sein, ich weiß, Wasserwinden und Zwergauberginen zu jeder Mahlzeit mag sie nicht, ich weiß, meinen Zeitungslesejob mag sie nicht. Ich weiß nur, was sie nicht mag.

Wenn es nach ihr ginge, könnten nicht genug Zeilen aus dem Buch des Lebens herausgestrichen werden. Irgendwann hält sie plötzlich inne, runzelt die Stirn und beklagt sich: »Mußt du immer so ein finsteres Gesicht machen?« Ich möchte sehr gerne sagen, mein Gesicht ist das Gesicht eines Bräutigams, närrisch vor Glück und verwirrt, weil die Braut fortfliegt, obwohl sie keine Flügel hat. Doch ich kann nicht. Vielleicht, weil ich sehr damit beschäftigt bin, *meine* zahllosen Besorgnisse zu putzen.

Die Nacht bricht herein, die Nacht, auf die ich warte und von der ich nicht will, daß sie kommt. Wieder finde ich einen Vorwand, um allein zurückzubleiben. Als ich glaube, daß sie tief schläft, lege ich mich vorsichtig nieder, weit von ihr entfernt, als fürchte ich mich davor, eine Erinnerung zu berühren. Diesmal ist es Vi, die zu mir kommt, ungestüm, kühn, die Liebeskrankheit ist wieder in ihr ausgebrochen und hat sofort die Hitze eines Fiebers und die Gestalt einer Woge angenommen. Ich koche nur zu willig weich im Fieber. Nur zu willig lasse ich mich von der Woge heben und senken. Ich darf erleben, wie es ist, wenn eine rotglühende Eisenstange abrupt ins Wasser getaucht und wieder in den Ofen geschoben wird. Aber die Dunkelheit verbirgt meine dankbaren Mundwinkel vor Vi. Diese Mundwinkel habe ich nicht geübt.

Der vierte Tag ist ein Sonntag. Ich bleibe liegen und warte auf eine Schulterwendung. Selbst daß wir uns wieder ineinanderwickeln bis zum Mittag, bis zum Abend, bis zum Ende des Lebens schließe ich nicht aus. Aber wir stehen nacheinander auf, ich auf der einen Seite des Bettes, sie auf der andern, ohne einander anzusehen, ohne Blick zurück auf die Eheszene und die Ruinen der vergangenen Nacht. Irgendwann berühre ich flüchtig Vis Hand, aber die Hand, eine halbe, ungeöffnete Blüte, zieht sich zusammen. Eine Schamblume. Den ganzen Tag gehen wir nicht aus dem Haus. Wir sprechen kein einziges Wort. Irgendwann glaube ich, einen flüchtigen, Frieden heischenden Blick von Vi aufgefangen zu haben, die Königinnen früherer Zeiten hatten sicher einen solchen flüchtigen, befriedenden Blick, ich bin kein Schrank mehr, kein Bücherregal, kein Dutzend Staubwedel, ich darf wieder harmloser Ehemann sein, anspruchsloser Sänger, schnell blecke ich zweiunddreißig feurige Zähne, doch mein voreiliges Lächeln versinkt in zwei leicht gesenkten Mundwinkeln, oh, dem Mund der Gleichgültigkeit, den kenne ich nur zu genau, der hängt mir zum Hals heraus. Hat Gleichgültigkeit bis zum letzten etwa auch Größe? Ich möchte sehr gerne sagen, schweig, wenn die Nacht kommt, wird alles leicht sein. Wir werden uns nicht ansehen und fleißig eingeübte Münder vergleichen müssen, wir werden beieinander liegen, bis wir nur noch zwei Haufen Knochen sind, zwei ineinander verzahnte Haufen Knochen, ich werde die festverschnürten Bücherstapel wieder auspacken, ich werde dir gleichzeitig an zehn Paar Schuhen die Schnürsenkel binden, damit du, mein Tausendfüßler, der nicht gern dicht am Erdboden kriecht, loslaufen kannst, das mildert die Verletzlichkeit, dann quäle ich weniger den Spiegel und die Muskeln um den Mund, und auch die Augenbrauen und Wimpern brauchen sich nicht mehr bereitzuhalten. Schweig, so ist es für dich leichter. Aber diese Worte können sich nicht aus meinem an Düsternis gewöhnten Gesicht lösen. Ich habe bisher nur auf der Haut geübt, bis tief in den Hals bin ich noch nicht vorgedrungen. Es gibt nichts Gemeinsames zwischen Tag und Nacht. Vi scheint zu fürchten, daß ich genau das aussprechen könnte. Deshalb senkt sie den Blick und beugt sich über den wahnsinnig schmalen Spalt zwischen ihren Händen.

Ich kann kaum erwarten, daß es Nacht wird. Diese Nacht wird alles entscheiden. Ich werde gleißendes Licht entzünden, damit Vi meine liebevollen Augenwinkel sieht und sich nicht satt sehen kann. Auch das habe ich nicht geübt. Die ausgesprochenen Worte werde ich mit Ellenbogen und Knien auslöschen, ich kann nicht dein Halt sein, aber ich werde nicht auf dir lasten. Ich werde Tag und Nacht verrühren und zu einer Liebescreme schlagen, die uns, Eheleute einer halb alten, halb neuen Zeit, fest bindet, so daß wir einander morgen früh schüchtern und neugierig wie Gäste und liebevoll wie Kameraden ansehen. Wir werden auch abwechselnd Wasser und Feuer sein, wir werden gemeinsam schmelzen und wieder feste Form annehmen und ein dicker Liebeskloben werden. Sie wird es bestimmt so mögen. Wie es scheint, beginne ich zu wissen, was sie mag. Unsere Chancen stehen noch sehr gut.

Aber als ich ins Bett komme, greife ich nach dem Lichtschalter wie ein Automat. Vi hat ihre Schultern nicht bloßgelassen. Sie hat wieder BH und T-Shirt an. Die Augen sind weit offen. Es fehlt nur, daß sie aufsteht und schlafwandelt, über jeden Quadratzentimeter dieses Zimmers, das sie nicht beherbergen kann, dieser Ehe, die sie nicht halten kann. Ich liege da und singe ad libitum das Liebeslied. Irgendwann ist es, als hörte ich auf zu singen, als hörte Vi auf schlafzuwandeln. Wir schlafen ineinandergebeugt wie zwei erloschene Scheite Brennholz im Ofen, wie zwei am gleichen Ort niedergefallene Regentropfen, wie zwei fremde Fahrgäste in einem überfüllten Zug. Irgendwann ist es, als rufe ich Vis Namen, als rufe Vi meinen Namen von fern. Als flirteten Vis Haare mit meinen. Als wären unsere Hände und Füße ineinander verzahnt.

Am fünften Tag ist Vi zeitig aus dem Haus gegangen. Wieder mein Frühstück und im Essensbehälter Wasserwinden, zwischen denen die Zwergauberginen bereits dunkel schimmern, serviert auf dem zerknitterten Viereck aus alten Zeitungen, über dem vorher der Tisch war. Vi hat ihre gute Ehefraulichkeit ein letztes Mal zu meinem Gebrauch zurückgelassen. Wie lieb. Sie hat ihre Pflicht auf der glotzenden Leere, auf meiner nichtigen Karriere serviert. Ihren Halbe-Hand-Kosmos hat sie mir ebenfalls zurückgelassen. Damit ich nach dem Aufspringen in mein verödetes Gesicht blicke.

Alles übrige, die Schminke, die Bücherstapel, die Hutbänder, meine liebe Ehefrau, alles hat sich still und leise davongemacht.

In einem Regen

Der Spätherbstregen dauerte acht Stunden, eine Sitzschicht wie diese habe ich seit vielen Jahren nicht absolviert. Meinen ersten Sitzrekord stellte ich in der Kindheit auf, den zweiten als junger Mann, jetzt, beim dritten Mal, habe ich die Vierzig überschritten. Diese acht Stunden sind ein Geschenk des Himmels, und nur der Himmel weiß genau, ich kam mit leeren Händen und bin mit leeren Händen wieder gegangen.

Der Ort der Verabredung ist ein gewöhnliches Café, mäßig sauber, die Bedienung mäßig, die übliche Musik, das übliche farbige Licht, Kaffee, Milchkaffee, Eiskaffee, Zitronensaft, Orangensaft, Mangosaft, Coca Cola, oben an den Wänden die üblichen Bilder, fotogen lächelnde Ausländerinnen und Ausländer, unten zu ebener Erde die Tische, Stühle, Gläser, Täßchen, wie üblich achtlos improvisiert. Ich setze mich in einen der winzigen, unbequemen Korbstühle, da fällt der erste Regentropfen, und ich schrecke innerlich zusammen: Vi ist es gewesen, die diesen Ort gewählt hat. Ist sie zu sensibel, zu arglos oder etwa gar achtlos? Diese Stadt ist übersät mit Cafés. Gäbe man jedem einen braunen Punkt, wäre der Stadtplan ganz und gar schokofarben, als wäre das unsere eigentliche Nationalfarbe. Ich kenne einige spezielle unter diesen Cafés. Eines ist berühmt für seinen avantgardistischen Mut, mit dem der Kies ausgestreut und im Garten glattgehobelte Baumstämme als Tische aufgestellt sind. Diese Poetisierung ist mittlerweile veraltet, am See des Stillen Lichts gibt es zwei Cafés dicht nebeneinander, die Gäste okkupieren den Bürgersteig, in beiden Cafés dröhnen Videoprogramme, in dem einen sausen Kung-Fu-Schläge, in dem anderen schwingen sich Hüften und ziehen sich Hälse, gerätst du ahnungslos dazwischen, zerren an dir augenblicklich zwei Bedienungsteams, als gelte es, deinen Leib zu entzweien. In der Nähe der schwedischen Botschaft gibt es ein Café, das aus mehreren grüngestrichenen Holzhäusern besteht, die in zahllose winzige, voneinander nur durch einen Bambusvorhang getrennte Kämmerchen aufgeteilt sind. Ich habe eines der Kämmerchen ausprobiert. Das Kämmerchen links von mir und das Kämmerchen rechts von mir präsentierten stereo nicht weniger atemberaubende Szenen als am See des Stillen Lichts. Jedes Kämmerchen kann von innen verriegelt werden. Was man auch sagen mag, angesichts dieser unbeschreibbar obszönen Sonderbehandlungszellen mußte ich lachen. Ein anderes Café befindet sich in der Nähe des Literaturinstituts, sein Besitzer mit ständig rotgeränderten Augen hat eine berühmte Gemäldesammlung, die er einigen hervorragenden kaffeesüchtigen Malern verdankt. In einem weiteren Café ist der Besitzer ein verbotener Dichter. In noch einem anderen Café kann die Besitzerin außer Kaffee Milchkaffee Eiskaffee … noch einige französische Sätze und mixt sogar Cocktails. Es herrscht kein Mangel an berühmten braunen Punkten, wie ist Vi nur auf diesen Ort gekommen?

Ein Bekannter feierte seinen siebzigsten Geburtstag, ich ging hin und fand mich unter klingend aneinanderstoßenden Namen. Ich selber habe einen Namen, über den ich jede Kontrolle verloren habe, Tag für Tag erklingt er mindestens drei-, viermal in den Radiokanälen. Die drei Töchter des Gastgebers unterscheiden sich auf eine merkwürdige Weise voneinander, wie nach einem ausgeklügelten Szenarium. Das ist leicht möglich. Mein Bekannter ist ein erfolgreicher Theaterschaffender, sein Ehebett muß eine häusliche Bühne sein. Die älteste Tochter ist in die Fußstapfen des Vaters getreten, mit fünfunddreißig ist sie bereits eine der eigenwilligsten Stückeschreiberinnen der Gegenwart. Ihre Art, sich in der aus lauter Bewunderern und Schmähern bestehenden Menge zu bewegen und mit ihr umzugehen, gleicht einem Gang auf den Markt zum Studium der Preise. Jeder Laden wird betreten, in keinem Laden wird gekauft. Kluge, gleichmütige Augen, geziemendes, einsames Auftreten. Keine mächtige Königin, keine Frau, deren Brust Küchengeruch verströmt. Vielleicht ist sie mir ein klein wenig verwandt? Die zweite ist außergewöhnlich schön, eine Schönheit, die Edles und Nobles in sich vereinigt, einzig dank der Gnade ihrer Herkunft. Diese Art von Frauen ist in die falsche Zeit hineingeboren. Oder in die falsche Heimat. Obwohl ich berühmt bin und gut aussehe, habe ich es doch nie gewagt, irgendein flirtendes Wort an sie zu richten. Vor diesem Hals, schlank wie ein Lotosblumenstiel, und dieser Stirn, auserwählt für Kronjuwelen, komme ich mir vor wie ein deklassierter Prolet. Vielleicht sollte ich gar in gebührendem Abstand vom königlichen Hof Aufstellung nehmen, das Gesicht zu Boden geneigt, um zu rapportieren, Hohe Frau, wir sind durch Eure Schönheit beschämt! Das klingt sehr übel. Kein Wunder, daß sie bis heute noch keinen Mann gefunden hat. Vi, die jüngste, fällt gegenüber ihren beiden Schwestern wirklich ab, aber gerade sie ist für mich die verheißungsvolle Entdeckung. Weder schön noch klug, geht sie in der Menge leicht unter. Der flüchtige Reiz, den man ihr abgewinnen kann, entsteht nur aus ihrer unbeschwerten Jugendlichkeit, bei der erfahrenen Männern das Herz zittert. Wir Künstler, lebenserfahren und schmerzerfahren, haben um diese frische Jugend schon genügend geschrieben, gesungen, gepinselt und gespielt, dem noch mehr hinzuzufügen wäre ziemlich übel. Aber mir zittert dennoch das Herz. In ihr ist zuviel Vertrauen! Irgendein vom Schicksal Begünstigter braucht nur ihre Hand zu ergreifen, ihr tief in die Augen zu blicken und zu sagen, komm mit mir, und sie wird alles stehen lassen und, ohne die Kleider zu wechseln, ohne den Vater um etwas Geld zu bitten, mit ihm gehen. Würde dieser Glückliche sagen, hör gut zu, warte auf mich, so würde sie alles liegenlassen und ihr Leben lang warten. Ihre Jugendlichkeit macht nur einen Teil dieses kristallklaren Vertrauens aus. Ich kenne genügend junge Mädchen, die mißtrauisch sind wie Cao Cao, was man auch sagt, sie argwöhnen immer: »Sie scherzen wohl, mein Herr!«

Die älteste mit ihrem ewig durchdringenden Blick und ihrem Superhirn bezweifelt sicher alles und akzeptiert dann alles als Hypothese. Im übrigen ist sie daran gewöhnt, daß man in der Künstlerszene mißtrauisch ist und zusammenhält. Ohne dieses außerordentlich raffinierte Verhalten würden wir Künstler auf der Stelle bei der Arbeiter-, Bauern- und Soldatenschaft landen. Was die zweite betrifft, wozu braucht sie vertrauensvollen Beistand, ihre furchteinflößende Schönheit ersetzt alles, nur keinen Ehemann. Sie, die zweite, ist ein hervorragendes Beispiel für eine täglich wachsende Gruppe vietnamesischer Frauen, die allein leben aus Gründen des Stolzes. Und der Vater, der hat wahrscheinlich nichts mehr, worauf er noch warten kann, außer einer Beerdigung mit mehr Kränzen als auf der Trauerfeier eines Ministerpräsidenten. Künstler, die ins jenseitsreife Alter kommen, rechnen sich für gewöhnlich vor, wie viele Kränze sie alles in allem wert sind. Und ich, gemeinsam mit der Gästeschar, wir haben ja so viel. Jeder von uns hat einen Namen und einen gewissen Wohlstand, eine reguläre Familie und ein paar Lieben als Draufgabe in den Zeiten der allgemeinen Inflation. Manchmal haben wir sogar Macht, jene Art von Macht, die in Künstlerhänden immer etwas jämmerlich verkrüppelt wirkt. Es fehlt nur das Vertrauen, aber man hütet sich, darüber zu sprechen, man könnte sonst in den Ruf geraten, altmodisch oder sentimental zu sein.

Der Regen rauscht, die Kälte rauscht hintendrein. Die Straßenlaternen sind angezündet worden, es regnet Lichterperlenketten. Aus irgendeinem Radio kommt die vertraute Achtzehn-Uhr-Musik. Neben dem Totenlied »Die Seele der gefallenen Soldaten« ist dieses Stück das überzeugendste Werk unserer selbstunsicheren Musik. Ich bin der einzige Gast. Der Wirt stellt unwirsch ein Glas schwarzen Kaffee auf den Tisch und verschwindet im Hinterzimmer. Eine riesige Uhr tickt direkt in meinem Nacken, ich werde zum Richtpunkt des Pendels werden, die Zeit wird Sekunde um Sekunde vergehen, der Regen Kette um Kette, Vi wird auf jeden Fall kommen. Sie hat diese Adresse ohne Zögern genannt, aus ihrem Gedächtnis gezogen, mir in die Hände gelegt, so selbstverständlich, wie man ein Bonbon aus der Tasche zieht, um es einem Kind zu geben. Ich habe es nicht gewagt, sie zu verführen, mit mir zu kommen, ich habe mich nicht dazu erkühnt, ihr einzuflüstern, sie solle ein Leben lang auf mich warten, ich habe sie nur um eine Verabredung gebeten. Unter dem Vorwand, ein Lied für sie geschrieben zu haben. Ich bin Sänger der Nation, ich singe für die Touristen in Vung Tau, für die Naturseide Bao Loc, für die Zigarettenmarke Thang Long, für das Wasserkraftwerk am Schwarzen Fluß, für die Leichenverbrennung Hoan Vien, für die Geburtenkontrolle … Nun ein Lied für Vi …

Zwei weitere Gäste, durchnäßt, treten ein. Eheleute sind sie nicht. Eheleute überziehen sich gewöhnlich gegenseitig mit Falten. Zwanzig Jahre, nein, zehn Jahre, sogar nur fünf Jahre Gemeinsamkeit, und Eheleute werden einander ähnlich, sie haben einen gemeinsamen Wortschatz, eine Gefühlsskala, einen Vorrat an Ausdrucksformen, ein ungeschriebenes Gesetz für ihre Reaktionen. Rieche nur an der Frau, die Schminke »Schwalbe«, und der Mann trägt dazu passend thailändische Slips. Dieser Prozeß der gegenseitigen Durchdringung geschieht ganz automatisch, er zersetzt noch den letzten Raum zwischen beiden. Sie verhalten sich wie vollständig immune Leute, sein Mund verströmt den Geruch der vergangenen Nacht, der Schmutz in ihrem Ohr ist der Bodensatz vom vorjährigen Neujahrsfest. Sie rülpst ungeniert, er furzt zwanglos. Und nicht selten wird das als natürliches Kriterium der Ehe betrachtet. Dieses Paar ist anders. Sie ertragen sich ebenfalls gegenseitig, einer hat ebenfalls ungewollt irgend etwas vom anderen, in gewissem Sinne gehören sie ebenfalls zusammen, aber der Abstand zwischen ihnen ist zu deutlich. Andererseits sind sie auch kein frischverliebtes Paar, ihre Gesten sind zu vertraut, sie tauschen gewohnheitsmäßig Zärtlichkeiten aus, und, was das Wichtigste ist, das müde Gesicht der Frau hat nicht jenes Leuchten, das mir das Herz zittern läßt, und das ich vorläufig das Vi-Leuchten nenne. Ihr Gesicht ist erloschen, wie viele Kohlenanzünder man auch hineinwerfen mag, es wird nicht wieder auflodern.

Jetzt wird es mir klar, das Gesicht meiner Frau ist ebenfalls erloschen. Kein Gefühl kann durch die ständig gespannte Haut, die nur gelegentlich einen gleichmütigen, auf den ersten Blick sehr weise wirkenden Ausdruck annimmt, auch nur für ein einziges Mal an die Oberfläche dringen. Gewiß hat meine Frau ihre Sorgen, ist traurig und fröhlich wie jeder Mensch. Aber wo Freude ist, wo Selbstmitleid, das kann ich nicht mehr ertasten. Nacht für Nacht liegen wir nebeneinander wie zwei blutsverwandte Brotfrüchte, verschränken unsere Stacheln ineinander und wissen nicht, wie es innen aussieht. Den Schuldigen zu suchen kann dann auch nichts mehr retten. Und die Betroffenheit in meinem vielleicht sehr sentimentalen Herzen und das schreckliche Licht der aus der Franzosenzeit verbliebenen Bühnen und die anarchische Atmosphäre in den halb zusammengebastelten, halb modernen Aufnahmestudios und das Publikum, diese Flüssigkeit, die sich über den Rand jeder Form hinaus ergießen kann und nichts anderes liebt, als in den Schlaf gesungen oder an verborgenen Stellen gekitzelt zu werden, unser großartiges Publikum mit wenig Geld und wenig Zeit und der erbärmliche Kritikerklüngel, der dem Minderwertigkeitsgefühl, dilettantisch zu sein, niemals entrinnen konnte, und die Freunde und Kollegen, lauter Ba Nhas, geboren ohne Tu Ky, und die ganze nahe und ferne Verwandtschaft mit ihrem Recht des Blutes, das für sich beansprucht, aber nichts versteht, und meine Stimme, die Stimme des Künstlers des Volkes, der für alles singt, nur nicht für mich ... was kann das alles noch retten?

Und so lege ich jetzt meine Hoffnung in dieses Licht des Glücks und des Vertrauens auf einem Mädchengesicht. Würde ich das offen aussprechen, die älteste würde wahrscheinlich erwidern: »Ich kann dir nicht helfen«, und dann verständnisvoll lächeln. Ich müßte dankbar sein, obwohl ich zurückgewiesen worden bin. Die zweite würde wohl sagen: »Danke, mein Lieber, ein andermal«, sie würde zurückweisen und sich gleichzeitig bedanken. Meine Frau würde wahrscheinlich sagen: »O Gott, was ist das schon wieder für eine Geschichte!« und mir damit zu verstehen geben, daß sie von mir in Ruhe gelassen werden will. Wenn man wie zwei Brotfrüchte nebeneinander existiert, dann braucht es keine Verabredungen. Und Vi hat angenommen, ich sagte es bereits, die Jugend macht nur einen Teil dieses reinen Vertrauens aus. Der Rest ist schwer zu erklären.

Ein weiterer Gast, ein junges Mädchen, besser eine Frau, ich mag das Wort »Frau« wegen seines tiefklingenden, graubraunen Widerhalls. Die Haare hängen in nassen Strähnen und heben das Gesicht hervor, bleich, vielleicht schön, wären die Lippen nicht so grell geschminkt. Sie mißt die drei schweigenden Gestalten mit einem flüchtigen, herausfordernden Blick, ruft laut: »Bedienung!« und setzt sich in die Ecke mir gegenüber. Kaum sitzt sie, holt sie Zigaretten aus einer ausgeblichenen sowjetischen Plastikeinkaufstasche. Sie saugt gierig jeden Zug in sich hinein, die beiden an den Mundwinkeln vorbeiziehenden Falten zeichnen sich deutlich im Lichtkreis der Zigarettenglut ab. Ein Zeichen für viele verausgabte Tränen. Das langjährige Liebespaar beginnt sofort, miteinander zu tuscheln, ihr vom Regen triefnasses Gespräch wird getrocknet, sie restaurieren ihr Selbstvertrauen genauso schnell, wie sie es verloren haben. Was interessiert sie der tobende Spätherbsthimmel, was interessieren sie die Mißgeschicke der Menschen, ihre Welt ist wieder rund.

Die junge Frau blickt mich an. Ich entziehe mich, indem ich zum Himmel blicke. Was wollt ihr? Es ist nicht meine Sache, eure Seelen zu analysieren. Im übrigen wäre das auch lächerlich angesichts eines Regens, der jede Kalkulation des Begehrens zunichte zu machen scheint, wie ein Hohn der übernatürlichen Kräfte, der uns lehren will, daß die Zeit reif für uns ist, zu ahnen, was Glaube ist. Es wäre noch lächerlicher, für euch meine Seele zu analysieren. Seit meinem dreizehnten Lebensjahr singe ich für eine Menschheit, die ich von Herzen liebe und zu der auch ihr gehört. Die Menschheit gibt mir dafür Beifall und Geld, das ist nur fair, aber keiner von euch gibt mir dieses arglose Leuchten voll Glück und Vertrauen, das ich vorläufig das Vi-Leuchten nenne. Möge Vi nichts wissen von diesem Beruf, der die Uneingeweihten am meisten betrügt und die Wissenden am meisten fürchtet. Wir Sänger unterscheiden uns kaum von den Kurpfuschern, wenn wir unsere virenverseuchten Stimmen einfach durch die Trommelfelle der Leute bohren. Möge Vi nichts wissen von den Auftritten, auf denen die Sänger des Volkes sich gegenseitig auf die Lippen schauen müssen, um eine zusammengeflickte Harmonie zustande zu bringen. Möge sie nichts wissen von Fließbandproduktion und Massenkonsum Tausender sich wie ein Schwarm Kaulquappen gleichender Lieder. Betrachte nur die Musik eines Landes …

Es schlägt sieben Uhr in meinem Nacken. Ich habe schon größere Warterekorde aufgestellt.

Das erste Mal war, als meine Mutter, die beste Sängerin der Welt, starb. Ich imitierte alle betrogenen Märchengestalten, vergrub mich in die entfernteste Ecke, weinte bitterlich und wartete auf Buddha. Ich weinte sehr enthusiastisch. Als in mir kein Tropfen Wasser mehr war und ich mich so leicht fühlte, daß ich einen Ziegelstein fest umarmen mußte, um nicht davonzufliegen, da schrie ich, und als dann schließlich kein richtiger Ton mehr da war und ich mich aufgerissen wie die gesprungene Oberfläche einer Kupfertrommel fand, so weit, daß ich meinen Mund fest zuhalten mußte, um an dieser häßlichen Öffnung nicht gänzlich zu zerreißen, da stöhnte ich, denn ich mußte unbedingt Buddha herbeirufen, und Buddha hört nur Weinen, Schreien und Stöhnen. Ich hatte alle Signale ausgesandt und wartete vergeblich, meine Mutter wurde in den Sarg gelegt, dann in das Grab, die beste Sängerin der Welt hatte mich verlassen und war in die Erde gegangen.

Beim zweiten Mal war ich bereits erwachsen. Unerwartet traf ich einen lieben Freund auf der Straße. Das war der einzige Mensch, der stundenlang neben mir sitzen konnte, ohne daß ein Wort fallen mußte, und wir fühlten uns trotzdem wohl. Wir blickten uns erstaunt an, nach drei Jahren ohne Nachricht voneinander. Wir lachten, daß die

Straßen widerhallten. Er zog mich in ein Teehäuschen am Straßenrand, sagte, er habe noch etwas in der Nähe zu erledigen, spätestens in fünfzehn Minuten sei er zurück. Ich saß den ganzen Nachmittag und trank Tee, bis in meinen Adern statt Blut tiefgrüner Tee floß. Mein Freund kehrte nie zurück. In der ersten Viertelstunde behielt ich ein Lächeln auf meinen Lippen, in der zweiten wurde ich unruhig, in der dritten besorgt, in der vierten geriet ich in Panik. Dann ein ganzer Nachmittag, an dem ich endlos das Schicksal anflehte, mir nicht so übel mitzuspielen. Schließlich kapitulierte ich, akzeptierte. Von meinem Freund fehlt seitdem jede Spur. Seitdem gibt es niemanden, der stundenlang neben mir sitzen kann, ohne daß ein Wort fallen muß, und uns erfüllt trotzdem Frieden.

Diesmal wird nicht Tee, sondern Kaffee in meinen Adern fließen. Ich weine nicht, schreie nicht, stöhne nicht, ich schweige vollkommen. Warum spielt mir das Schicksal noch einmal so übel mit? Verlange ich denn zu viel, sie braucht nur zu kommen, damit ich mir bestätigen kann, daß ihr junges, einfaches, glückliches und vertrauensvolles Gesicht real ist und keine Abstraktion, kein Produkt gebrechlicher Hysterien, die das Existenzprinzip des unwilligen und unzufriedenen Künstlers bilden, der ich bin. Daß das Lied in meiner Tasche nicht auf Bestellung geschrieben ist. Sie muß kommen, damit ich einmal ohne Umherhüpfen, ohne Scheinwerferlicht, ohne die Begleitung eines rauschenden, wie über alle Gerichte die gleiche Sauce gießenden Orchesters singe.

Acht, neun, dann zehn Uhr versetzen meinem Nacken nach und nach den letzten Schlag. Es regnet weiter, gleichmäßig, als würde der Regen bezeugen, daß der Himmel noch sehr gut in Form ist, der Himmel wird nicht als erster aufgeben. Deshalb darf auch ich nicht aufgeben. Trotz der bösen Ahnung, die sich kalt in meinen Eingeweiden einzunisten beginnt, daß diese ganze unglückselige Verabredung nur an einem unverbindlich dahingesprochenen Satz, an einer Adresse im Irgendwo hängt. Im Trubel einer Party redet man, wie man am Alkohol nippt, man taucht die Lippen hinein und hat schon vergessen, aus welchem Glas man getrunken hat. Es kann sehr gut sein, daß sie in jenem Moment aufrichtig war, dann jedoch mit den Schultern gezuckt oder gar alles vergessen hat. Oder es liegt einfach am Wetter. Die jungen Mädchen sind sehr zerbrechlich. Bei so einem Regen haben sie Angst, geradewegs ins Meer gespült zu werden.

Aber warten zu dürfen ist vielleicht besser, als nichts mehr zu haben, worauf man noch warten kann. Dieser Regen erweist sich gleichsam als Gunst, die mir der Himmel gewährt. Wenn ich mich einmal entschließen sollte, wissen zu wollen, was Glaube ist, dann werde ich zuallererst konkret daran glauben, daß ich als alter Mann noch ein letztes Mal warten darf. Viermal Warten macht die Jahreszeiten eines Lebens komplett.

Der Wirt erscheint finster, raunzt einen Satz, die Zeiten seien schon schwer genug, noch dazu so saumäßiges Wetter, er fordert murrend die Gäste auf, zu gehen, es werde geschlossen, schwenkt den Besen und rückt geräuschvoll Tische und Stühle. Das müde Liebespaar ist sich gegenseitig beim Aufstehen behilflich, sie blickt rasch zu mir herüber, er blickt rasch auf die andere Frau, dann blicken sich beide bedeutungsvoll an. Jetzt gehen sie hinaus in den Regen, auf ihren Fahrrädern werden sie jetzt nach Hause fahren, in ihr trockenes Nest. Nie zuvor gingen die Hanoier so ungezügelt, so um jeden Preis, so lustlos fremd wie heutzutage. Ich suche Schutz unter dem schmalen Vordach, Parfümduft dicht neben mir. Sie entzündet eine weitere Zigarette, sagt nebenher: »Noch keine Lust, nach Hause zu gehen?« Ich schaue genauer hin. Wahrhaftig ein Gesicht, das nur zu gut weiß, was Tränen sind. Und antworte unwillkürlich: »Noch nicht.« Der Parfümduft beginnt, mich einzuhüllen. Sollte das Ende wirklich immer wie in den Kitschromanen sein? Meine Geschichte hat doch gar nicht übel begonnen! Als sie die Zigarette geraucht hat, wirft sie die Kippe in den Regen. Erneut nebenher: »Was ist?« Ich schweige. Soll ich gestehen, daß ich nicht einmal dieses Verlangen mehr habe, und soll ich sie um ein Urteil bitten, ob das so in Ordnung ist oder schon ganz hoffnungslos?

»Gleich in der Nähe …«, murmelt sie, als verliere sie die Geduld, dann jammert sie plötzlich los: »Schade um den Abend …« und geht schmollend davon. Eigentlich ist sie mir sympathisch. Sie investiert Zeit in ihren Beruf, schnappt nicht gierig zu wie die Frauen am See des Stillen Lichts. Diese Frauen verkaufen üblicherweise Zigaretten aus einem Korb, zeigt ein Kunde Verlangen, verlassen sie den Korb und stellen sich hinter einen Baum, nach Erledigung der Sache kehren sie zum Korb zurück, der Kunde nimmt meist noch eine Zigarette, entzündet sie und fährt gelassen davon. Auch die Zigarette wird dem Kunden berechnet. Ich rufe: »Wohin gehen Sie? Es regnet stark!« Sie bleibt stehen, lächelt ermutigend: »Gleich in der Nähe …« Ich strecke die Hand aus, bekomme fünf sehr weiche, sehr weibliche Finger. Als ich beginnne, in Erregung zu geraten wegen dieser selbstverständlichen und folgsamen Finger, zieht sie sich zurück, sachte, behutsam, als fürchtete sie, zurückgehalten zu werden. Drei Schritte von mir entfernt sagt sie: »Bleibe nur bei deinem schweren Herz, mein Lieber, und regnen wird es die ganze Nacht! Mein Herz ist auch nicht gerade leicht!« Ich blicke sie an. Sie blickt mich an. Wir lachen beide auf. Dann stürzt sie sich in den Regen, ihr Mund formt ein »Bye-bye«, ihre Hand winkt zum Abschied.

Ich stehe weiter da, die Füße gelähmt, leer, ohne irgendein Gefühl oder einen Gedanken. Irgendwann schlägt es im Café zwölf Uhr. Vi ist nicht gekommen. Sie ist der Mensch, der am schönsten auf der Welt singt, sie kann stundenlang neben mir sitzen, ohne daß ein Wort fallen muß, und wir fühlen uns trotzdem wohl. Aber sie ist nicht gekommen. Der letzte Regentropfen fällt etwa um zwei Uhr morgens. In solchen kühlen Regennächten schlafen die jungen Mädchen meist sehr tief.

Ein Held

Ich werde diese Geschichte erzählen, indem ich Sie immer wieder frage: Was bleibt mir anderes übrig? Behalten Sie meine Frage wie eine Melodie zum Ende jedes Abschnittes im Ohr, ja, diese Art, eine verfahrene Situation zu präsentieren, diese Art, scheinbar um Entschuldigung zu bitten, manchmal setzt ein ausgeleierter Refrain sich ja doch fest.

Ich beginne mit einer Erinnerung aus meinem siebten Lebensjahr. Darin gibt es eine Mutter, die mich sehr gegen ihren Willen empfangen hatte und sich nun dafür rächt, indem sie bei jeder sich bietenden Gelegenheit ihre hochhackigen Pantoletten auf meinen Schädel schlägt, meine Kopfhaut ist sicher besser als jede andere Sorte Haut, ein ideales Material für das Beschlagen von Absätzen; es gibt einen Vater, der es liebt, in weißen Kleidern auszugehen, und der ständig erschrickt, er erschrickt vor seiner Frau, er erschrickt vor seinem Kind, einzig wenn er diese noble, müßiggängerische Gestalt annimmt, ausgeht, gehüllt in Weiß, ist ihm Ruhe vergönnt; und es gibt eine ländliche Gegend, die ich, der Siebenjährige, kennenlernen darf, wahrscheinlich weil Vater und Mutter ruhelos auf der Flucht sind nach Haiphong, um von dort aus in den Süden zu gelangen. In dieser ländlichen Gegend wird mir zum ersten Mal bewußt, außer meiner farbenfrohen Kopfhaut habe ich noch ein trauriges Gesicht, ein Gesicht wie ein Aufruf, es auszuschließen. Der Beweis: In den Spielen, an denen die Dorfkinder mich sehr großmütig teilnehmen lassen, bin ich immer der Feind, das Schwanzende des

Drachens, derjenige, der auf den Kopf geschlagen wird, der Ersatz für zwei Latschen als Markierung des Tores, die Zielscheibe, die straflos beschossen wird, wenn man nichts anderes zu spielen weiß, und ihr Anlaß, sich zusammenzuschließen. Ich weiß nicht, wie es ist, auf einem Büffel zu reiten, einen Drachen steigen zu lassen, ich komme nicht in den Genuß, eine Heuschrecke auf ein Hölzchen gespießt über einem kleinen, duftenden Strohfeuer langsam rösten zu lassen, niemand lädt mich ein, im Fluß junge Wassernüsse aufzulesen, um sie roh zu essen ... diese kleinen ländlichen Vergnügungen weigern sich entschieden, mir in den Schoß zu fallen. Eines Tages beschließen die Kinder, eine winzige Puppe zu nähen, aus Stroh und altem Stoff, Symbol für das boykottierte Kind. Sie begraben die Puppe, entzünden sogar ein paar Räucherstäbchen, setzen sich um das Grab, nicht größer als ein gefaltetes Händepaar, und rufen weinend meinen Namen. Am Ende wollen sie den Besten wählen, den, der am besten weint, das heißt, ohne Tränen wie echt. Ich sitze zwischen ihnen an meinem Grab und werde nicht gewählt. Die Erinnerung aus meinem siebten Lebensjahr endet in diesem Haus wie ein gefaltetes Händepaar, Rauch erhebt sich aus drei Räucherstäbchen, unter dem Dach liege ich mit ausgestreckten Armen und ungleich langen Beinen, denn auf einer Seite hat der Stoff nicht gereicht.

Nach der Puppenbeerdigung brachten meine Eltern mich zurück nach Hanoi, die Flucht war ihnen nicht gelungen, eine nie mehr verlöschende Lunte an ihrer schlecht vertäuten Gemeinsamkeit, aus der ich hinausgeschoben worden war. Die Stadtkinder zeigten eine Vielfalt von Gesichtern, viele, denen gerade die Milchzähne ausfielen, wirkten bereits ausgesprochen lebensverdrossen, viele sahen aus wie Inkarnationen von Katastrophen. Dennoch war auch hier mein trauriges, mein boykottierenswertes Gesicht von einer anderen Welt. Tagsüber fischte ich Garnelen im Roten Fluß, am gegenüberliegenden Ufer badeten Frauen, die Hände unter dem Brustlatz. Auf meinem Ufer bargen sich Männer in Zuckerrohrstauden, jede Staude in rasender Schwingung, hin und wieder stoppte eine von ihnen abrupt, und ich erntete eine Ohrfeige. Ich machte die Erfahrung, daß mein Gesicht gerade jemandem die Lust verdorben hatte. Jedesmal gab ich meinen ganzen Garnelenfang dem Fluß zurück, dieser Akt, die Freiheit zu schenken, sollte mir ein wenig Glück einbringen. Dann trug ich mein absurdes Gesicht das Ufer entlang, nirgends konnte ich mein Spiegelbild finden, überall nur trübes Wasser, wieso badeten da die Frauen. Aber die Garnelen waren zu klein und zu schwach, sie konnten mein Schicksal nicht ändern. Damals träumte ich davon, Elefanten zu fangen, um sie wieder freizulassen. Diese riesigen Tiere mußten sehr viel Glück bringen. Des Nachts flocht ich hoch in den Bäumen Nester aus Zweigen und Blättern, wahre Wunderwerke auf halber Himmelshöhe, doch keines überdauerte mehr als drei Nächte. Den Erwachsenen erschienen meine Wunderwerke wie ein Schlag ins Gesicht. Wäre ich ein Vogel gewesen, hätten sie mich erforscht und geschützt. Wäre ich eine kleine Blume gewesen, die auf immer süß und niedlich bleiben muß, eine Knospe am Zweig, ein unbeholfener Tanzschritt, ein Bild mit ungelenkem Strich, sie hätten Loblieder auf mich gesungen und mich prämiert vom Herbstpreis bis zum Sommerpreis. Doch ich war nur ein sehr gealterter Junge, der wahre Wunderwerke auf halber Himmelshöhe erschaffen konnte, um darin zu schlafen. Sie zerstörten meine Nester, als wären sie selber niemals sieben Jahre gewesen und hätten niemals einen wohligen Schlafplatz gebraucht.

Soviel Kindheit ist genug. Sie ist nur erwähnenswert, weil dieser festgeprägte Siebenjährige an der Art und Weise, wie ich später Glück und Liebe verschwenderisch verstreute, stets beteiligt war.

Herangewachsen, tat ich alles, meine Lage zu verbessern. Ich kämmte mir die Haare ins Gesicht, um meine seelenlosen Augen zu verdecken. Ich steckte das Hemd in die Hose und gürtete mich wie die anständigen Leute. Ich ruckte hoch, wenn mein Name vor der Menge fiel, ich wrang mich im Tagebuch aus, um herauszufinden, wer ich bin, daß ich ein Leben lang alleine gehe. Völlig vergeblich. Man lag weiterhin den Leuten mit allen zweiunddreißig positiven physiognomischen Zügen zu Füßen. Man vergaß sich selbst vor glatten Gesichtern. Man setzte sein volles Vertrauen in geradlinige Gesichter. Mein Gesicht, das anderen Leuten die Lust verdarb, kam in den physiognomischen Büchern nicht vor. Folglich ließ man mich ständig wissen, ich sei ein fleischgewordenes Gespenst; was niemand beschreiben kann, das ist ein Gespenst. Jeder dahergelaufene Tagedieb durfte mir mißtrauen, nur weil ein Blick in meine Augen ihn von Sinnen geraten ließ ob deren Seelenlosigkeit. Als ich von der Hochschule flog, weil unser Direktor bei einem Weitspuckwettbewerb auf der Dachterrasse des Internats unverhofft einen prächtigen, anonymen Flatschen, und ich, bleich im Vorgefühl meines katastrophenhäufenden Schicksals, selbstverständlich allen Argwohn abbekam und identifiziert wurde als Urheber des wohlplaziert auf dem nur noch spärlich behaarten und folglich errötenden und erglänzenden Direktorenschädel gelandeten, brotkrümelversetzten Speichelflatschens, obwohl ich an diesem Morgen gar kein Brot gefrühstückt hatte, ehrlich gesagt, gar nicht wußte, was frühstücken heißt – da sah ich mein Schicksal klar als einen langsam in den Bahnhof einfahrenden, tiefschwarzen Zug. Ich brauchte nur noch aufzuspringen und tiefschwarz in die nächste Katastrophe zu kriechen. Wäre es ein trauriger, klarer Flatschen

Spucke gewesen, ich hätte nicht gezögert, einen Schritt vorzutreten, vor die Meute der Studenten, jeder im Mundwinkel noch ein paar Brotkrümel, ich wäre vorgetreten, verehrter Herr Direktor, ja, das ist mein Speichel, so traurig und klar. Viele Jahre später traf ich einen der Studenten von der Dachterrasse wieder. Gekleidet in einen groben Sack und Jeans mit abgeschnittenen Beinen, mit obligatorischem Bart, in der einen Hand eine zerlesene Zeitung mit einem Foto von ihm, ein weiteres Musterexemplar der Generation in den Vierzigern, streckte er mir mit der anderen Hand einen himmelblauen Nachttopf entgegen. Er ging überallhin und bat um jedermanns Speichel. Auch mich bat er um einen Flatschen. Ich fragte ihn, ob er damals der Übeltäter gewesen sei. Er nickte genüßlich. Er war ein in das Stadium der Wortwut geratener Bücherwurm. Hätte ich ihn in kleine Stücke geklopft, ich hätte reichlich vierzig Kilo Konfetti erhalten.

Mein Zug kroch im Schneckentempo weiter, ich lag ausgestreckt darauf und lauschte träge dem Geratter, gleich dem Schlag eines fremden Herzens, ich lag mit ausgestreckten Armen, der Zug verblies Rauch aus drei Räucherstäbchen, und meine Beine waren ungleich lang, denn auf einer Seite hatte der Stoff nicht gereicht. Doch wer hätte es gedacht, diesmal trug der Zug mich in den Erfolg und blieb dort unbeweglich liegen.

Es gibt eine sehr schöne Stelle in dem Buch »Der Traum der roten Kammer«, dort spricht die Fee zu Pao Yü, bevor sie ihn in den Gebräuchen des »Wolken- und Regenverkehrs« unterweist: »Ich mag dich, weil du einer der ausschweifendsten Menschen bist, die es je gegeben hat. Die Ausschweifung ist das eine, aber der Geist der Ausschweifung ist etwas anderes. Diejenigen, deren Ausschweifung darin besteht, die Schönheit zu lieben, gern zu tanzen und zu singen, unermüdlich zu Scherzen aufgelegt zu sein, wahllos und maßlos dem Liebesspiel zu frönen und nur die eine Sorge zu haben, es könnte auf der Welt nicht genügend schöne Frauen für ihre flüchtigen Genüsse geben, das sind die von der geistlosen Sorte. Sie kennen nur ein äußerliches Vergnügen. Du jedoch, du bist schon mit einer Liebesglut zur Welt gekommen, die wir »ausschweifendes Herz« nennen. Die Worte »ausschweifendes Herz« kann man nur im stillen begreifen, man kann sie nicht laut aussprechen. Und genau du bist dieser Worte würdig. Im Frauengemach bist du bestimmt ein guter Freund, draußen in der Welt jedoch nennt man dich einen Nichtsnutz, einen mißratenen Kerl, du wirst von hunderten Mündern verspottet, von zahllosen Augen mit scheelen Blicken bedacht.«

Scheinbar war auch ich mit einer solchen Liebesglut zur Welt gekommen. Ich konnte mich vollkommen auf ein Buch konzentrieren oder hingegeben dem Rascheln des Geldes lauschen, aber es brauchte nur eine Frauengestalt vorüberzugehen, mich zufällig mit ihrem Kleid, ihren Haaren, ihrem Hintern zu streifen, zufällig einen gewissen Geruch – den natürlichen Geruch des Körpers, nicht den betrügerischen Duft von Kosmetik – zu hinterlassen, zufällig eine flüchtige Linie in die Luft zu zeichnen, die den Eindruck eines ungemachten Bettes erweckte … und ich war bereit, hinter ihr herzustürzen, vorausgesetzt, sie war noch nicht zu weit entfernt, und wenn ich sie nicht mehr erreichen konnte, verfolgte ich sie hartnäckig in meinen Gedanken, sehr entflammten, sehr abstrakten, sehr unschuldigen Gedanken. Die vorübergehende Frau war nur ein Anlaß. Sie war begrenzt, sie war nichtig, wie konnte sie mein unersättlich ausschweifendes Herz befriedigen? Ich würde mich eine Nacht mit ihr erfreuen, am Morgen respektvoll ihre zerwühlte und unbefleckte Erscheinung genießen, den beiden unermüdlichen Schenkeln danken, noch einmal ihr Fleisch, weich wie eine Baumwollblüte, atmen, noch einmal ihre Brüste, köstlich wie jede Frauenbrust der Welt, streicheln, und ich würde genau wissen, diese Frau füllte mich nicht aus, alle Frauen zusammengenommen füllten mich nicht aus, und ich würde genau wissen, wenn die nächste Frauengestalt vorüberging, würde ich wieder aufgeregt losstürzen. Irgendwie erkannten die Frauen dieses glimmende, beharrlich ausschweifende Herz in mir, das sehr viel Zärtlichkeit versprach. Ich verführte die Frauen nicht. Sie selbst betrieben kollektiv meine Verführung mit all ihrer beherzten Zutraulichkeit. Sie traten mir aus Versehen unter dem Tisch auf die Füße. Sie wechselten ihre Kleider nur durch einen Wandschirm von mir getrennt. Sie fuhren wirbelnd Rad vor mir, mit festgeschlossenen Schenkeln. Ihre Zimmertür blieb angelehnt, und fast alle fielen sie beim Anblick eines Tausendfüßlers in Ohnmacht. O diese Frauen wie Schmetterlinge, die nirgends lange verweilen, was wußten sie in ihrem Eifer und ihrer Kurzsichtigkeit schon von der heiligen Liebesglut in mir?

Die Jahre des Erfolges im Schoß warmer Zutraulichkeit vergingen wie im Flug. Mein Zug wollte nicht mehr weiterkriechen, er wurde an Bettpfosten geparkt, an niedrigen und hohen, jedes Bett forderte einen Tribut, den höchsten entrichtete ich einem Bett, das ich kaufte, um eine sehr liebe, sehr gute und sehr dumme Frau zu heiraten. Wie oft stellte diese Frau die Töpfe auf meine Papiere und legte die tropfenden Windeln auf meinen Schreibtisch. Normalerweise verbrachte sie den Vormittag damit, ein Bündel Wasserwinde zu pflücken, und wenn sie am Abend das Kind badete, übersah sie völlig den Schmutz zwischen Fingern und Zehen. Der Siebenjährige, der ausgezogen war, die Liebe zu suchen, hatte sie schließlich auflesen können. Sie war so stumpfsinnig. Ich betrog, ich spielte den Haustyrannen, ich steuerte geschickt das Familienschiff, ich ergoß zu Hause Woche für Woche das Quantum Sperma, das für die Aufrechterhaltung eines gesitteten Zusammenlebens obligatorisch war, genauso wie ich Monat für Monat Bargeld ergoß, Jahr für Jahr Einrichtungsgegenstände, wie diese Frau sie mochte, ein Inventar, das nach und nach das Haus besetzte und mich daraus vertrieb. Ich schlenderte durch die Straßen und träumte vom Leben der Cham-Männer, die bis in den Mittag hinein schlafen und im Mondschein Flöte spielend ihre Nächte verbringen; wenn es sie nach einer Zigarette gelüstet, lassen sie sich von ihrer Frau ein glühendes Kohlestück reichen, niemals kämen sie auf den Gedanken, die Zigarette selber anzuzünden. Dieser Cham-Traum gleicht dem Traum, Elefanten die Freiheit zu schenken. Es war an der Zeit, meinen Zug stehen zu lassen, nach zwanzigjähriger Fahrt, so viel Nachkindheit war genug.

Vor über achtzig Jahren hat jemand geschrieben: »Man fragt sich, warum vietnamesische Männer zurückgeblieben sind? In einem Menschenleben gibt es nur eine echte Lernphase. In der Kindheit besucht man nur die Vorschule, eine Einführung in das Lernen. Kaum ist man jedoch in die echte, gute Lernphase gekommen, hat man schon für die Familie zu sorgen. Dieses Alter wird auch Alter der Verliebtheit, der schlaflosen Nächte genannt. Wahrlich, gerade die Verliebtheit treibt den Menschen voran. Zwanzigjährige Männer, gebildet und intelligent, noch nicht in einer Ehe gebunden und noch dazu angefeuert durch so manche verstohlen blickende Mädchenaugen, reißen sich nur um so mehr darum, Talent und Kraft zu entfalten. Wahrlich, ob ein Land entwickelt ist oder zurückgeblieben, das hängt auch von seinen Mädchenaugen ab. In unserem Vietnam jedoch erlischt die Flamme der Verliebtheit, kaum daß sie sich entzündet hat. Sich verehelichen ist wahrscheinlich wie Wasser auf dieses Feuer gießen. Im übrigen, gegen Liebeslaster gab es schon immer Belehrungen, und es ist besser, eine Zeitlang im Ruch der Verdorbenheit zu stehen, als ein Leben lang ein Nichts zu bleiben.«

Ich war eine Zeitlang verdorben gewesen, dann eine Zeitlang ein Nichts, deshalb rüstete ich jetzt zum Aufbruch, hastig, als könnte es zu spät sein.

Hastig, als könnte es zu spät sein, opferte ich zwei Stunden der Erforschung meiner Chancen. Das Leben des kleinen Mannes hatte ich geführt, sollte ich nun meine Träume auf das Wohl des Vaterlandes richten? Darum kümmert sich in diesem Land niemand, außer ein paar pensionierten Staatsangestellten und Kriegsveteranen. Deren Lebensabend besteht darin, Nacht für Nacht »die Schritte der Dunkelheit zu belauern« und sich Morgen für Morgen am Ufer des Sees des Wiedergegebenen Schwertes zu versammeln, in Thuong-Dinh-Stoffschuhen und hausgemachten kurzen Hosen, trotzig die letzten noch nicht degenerierten Rückenwirbel auf die Höhe der neuesten Nachrichten reckend, von Zeit zu Zeit die Atemtätigkeit einstellend, die überraschten Arme über dem Kopf vergessen, wie eine erzwungene Kapitulation. Dann schreiben die Angesehensten unter ihnen den ganzen Tag Ratschläge auf und senden sie in Einschreibebriefen an die verschiedenen Leitungsebenen, während die übrigen bei sich daheim sorgenvoll jede Umdrehung des Stromzählers verfolgen. Ich habe nicht diesen gutwilligen, simplen Eifer. Und im übrigen heißt es ja, je mehr Sorge um das Land, desto schlimmer steht es um das Land. Also was soll's. Dieses Land kann sich nur dann wirklich ändern, wenn sich niemand mehr um dieses Land sorgt. Andererseits, der Rest meines Lebens durfte auch nicht still im asiatischen Alles-zieht-vorbei-wie-flüchtige-Wolken-Geist vorübergleiten, wieder und wieder bis zum zigsten Speicheltropfen jene Dosis

»Mein Nachbar, das Gebirge, meine Freunde, die Vögel, meine Gäste, die Wolken, mein Gesinnungsbruder, der Mond« mürbe kauend. Ich zitiere hier nur den großen Uc Trai, weil ich ein Beispiel brauche. Dieses literarische Stillsitzen, ergriffen und jede Feinheit genau registrierend, sehr um sich selbst und um die Welt nur wenig bekümmert, das die Gedichte des in Ungnade gefallenen Meisters beherrscht, lehrte mich sehr gut, daß ich mich nicht so fallen lassen sollte.

Was konnte ich also tun? Ich hatte genügend Berufe, war jedoch in keinem Meister, außer darin, mit Frauen zu schlafen und die Ehefrau zu täuschen. Beides gehörte dem ersten, bereits abgeschlossenen Teil meines Lebens an, aber meine Träume von den Cham und von der Freilassung der Elefanten hingen noch ungepflückt vor mir. Im übrigen, wir Vietnamesen sind nicht nur für eine Sache geboren. Jeder von uns ist ein Depot voller Kleinkramtalente, die würdigsten von uns haben das Gesicht und die Allüren eines erfolgreichen Trödelladenbesitzers. Wir fühlen uns nur dann richtig wohl, wenn wir uns in einem Chaos kleiner Gelegenheiten bewegen. Dort kann unsere Kreativität tanzen, sie ist durch nichts gebremst, wir ernten massenhaft Bewunderung, für unsere Geschicklichkeit, unsere Schlagfertigkeit und unseren Einfallsreichtum. Aber niemals fühlen wir uns heimisch an einem Ort, an dem alles schon seine Ordnung zu haben scheint. Sicher, wir bewundern diese Ordnung, aber gleichzeitig verziehen wir geringschätzig den Mund und sagen, wie langweilig und dekadent. Wie jeder andere Vietnamese verfluche ich bei jeder Gelegenheit mein Schicksal, ein Vietnamese zu sein, aber würde man mir die Wahl lassen, dann würde ich seufzen und mir wünschen, ein Vietnamese zu sein.

Zwei letzte Möglichkeiten sind Geschichten zu schreiben oder das Land zu verlassen. Ich versuchte es zunächst mit dem Grenzübertritt, und eingezwängt zwischen zwei Gestalten, einem auf den Fersen Hockenden und einem Gekrümmten, im Gefängnis, begann daraufhin der Rest meines Lebens. Jetzt möchte ich Ihnen den Schicksalsdeuter vorstellen, den auf den Fersen Hockenden.

Auf einem Markt in einer Kreisstadt, jeden Mittwoch, jeden Sonntag, hockt der Junge, der später einige Monate neben mir verbringen wird, auf morastigem Boden. Diese Hockstellung wird ihn lebenslang verfolgen. Vor sich hat er drei Hühner, um ihn herum die üblichen Tiere, große und kleine, vom Schwein bis zur Garnele, die großen sind gefesselt, die kleinen ungefesselt. Etwas weiter ist das Gemüse, Weißkohlsaison. Nach dem Gemüse kommen die Sachen, Pulloversaison. Auf ewig blau und Rollkragen. Nach den Sachen kommen die kleinen Gaben, ständig Reispuddingsaison. Nach den kleinen Gaben kommt das Gebührenhäuschen, dort gibt es keine Saison, dort ist der Ort ganzjährigen Schreckens und lebenslang eifrig sich krümmender Rücken.

Alles gehört anderen Leuten, der Junge hat nur drei Hühner, verschwindend, mager, verschüchtert, elend, Ebenbild seiner selbst, noch nicht einmal würdig der Anteilnahme der Damen und Herren im Gebührenhäuschen. Noch dazu von gleicher Farbe und Höhe wie die Kothaufen zu Füßen der Schweinehändler. Trotzdem sind sie das kostbarste Kleinod im Besitz der Familie des Jungen, drei heranwachsende Erlöser, imstande, den Jungen verschwinden zu lassen von der Liste der Schulgeldschuldner, die jeden Sonnabend nach dem Moralkundeunterricht in der Klassenstunde vor allen Schülern laut verlesen wird, von einem Menschen, den der Junge bedingungslos verehrt, der Klassenlehrerin. Immer wieder dieses Erschrecken und ein paar schuldbewußte Tropfen im Hosenzwickel, wenn die Namen von einem Anfangsbuchstaben zum nächsten angeklackert kommen. Der Junge haßt den Anfangsbuchstaben, der direkt vor seinem Namen kommt.

Er hockt da, und sein regloser Blick erfaßt die Marktbesucher von den Knien bis zu den Enden der Hosenbeine. Das Verhältnis nackte Füße zu beschuhte Füße ist neunundvierzig zu einundfünfzig. Der große Zeh steht ab bei drei Viertel der Füße. Ein heller Fuß auf neun dunkle. Sieben Frauenfüße auf drei Männerfüße. Zwei lange Hosenbeine auf acht hochgekrempelte. Alle ziehen an dem Jungen vorbei, niemanden juckt die Zunge nach einer Frage, niemanden juckt der Fuß nach einem Tritt. Die Welt schuldet kein Schulgeld und verehrt nicht die Klassenlehrerin. Man geht auf den Markt und gerät in einen Taumel des Feilschens, beim Gemüse feilscht man um den Xu, bei Reis und Schwein um den Dong. Der Markt ist mit Kaufen und Verkaufen beschäftigt und ignoriert die vier Lebewesen, gefangen in einer Pechsaison. Zum ersten Mal bekommt der Junge eine dunkle Ahnung vom Schicksal.

Am Mittag, als keine Menschenseele mehr den Markt bevölkert, stülpt der Junge seine Hosentaschen nach außen, streut einen letzten kleinen Rest kümmerlichen Reises vor die drei Hühner, löst die Stricke von ihren Füßen und geht davon. An der Marktpforte angelangt, krümmt er den Rücken vor dem Gebührendunst, der an Bleistiftstummeln und kalkweißen Passierscheinfetzen hängengeblieben ist, blickt zurück, auf die morastige Fläche, die leblosen Stände in ihren Bambusgestängen, die herumliegenden Abfälle, und auf die drei Hühner, auf denen das schlechte Gewissen, ihre Pflicht, sich zu verkaufen, nicht erfüllt zu haben, schwer lastet, und die so beschämt sind, daß sie nicht einmal die Kraft aufbringen, die soeben von ihrem kleinen Herrn erhaltene Freiheit zu genießen. Dies ist der Akt, Hühnern die Freiheit zu schenken. Der Junge war im Jahre des Huhnes geboren, sein wahres Schicksal hatte mit Hühnern seinen Anfang genommen, er mußte sie zurücklassen und losgehen, um die Schicksale zu begreifen.

Die zweite Gestalt, ein Spezialist im Schlüssellochschauen, hat nur eine Grundhaltung, gekrümmt wie ein überdimensionaler Schlüssel, der von außen im Schlüsselloch steckengelassen wurde. Angefangen hat er als Koch einer in der Provinz stationierten Armeeeinheit, seine erste Leistung vollbrachte er, als er dem Kommandeur eine Mahlzeit aufs Zimmer bringen sollte. Vor der Tür zögerte er, weil er Frauengelächter hörte (später behauptete er entschieden, sie habe gestöhnt), er preßte sein Auge ans Schlüsselloch und erblickte nackte Leiber, einen hellen und einen dunklen, atemlos warf er sich an die Brust des Politoffiziers, meldete, er habe seine Pflicht als Koch nicht erfüllt, weil der Kommandeur sich gerade an etwas anderem sättige, nahm den Genossen Politoffizier, einen kleinwüchsigen Hauptmann mit Blasebalgmund, unbefohlen bei der Hand und zerrte ihn zum Ort des Geschehens.

Vor dem Militärgericht schwor die Krankenschwester heulend, er habe eine so lustige Geschichte erzählt, wenn man ihr nicht glaube, bitte, die Genossen können ihn ja fragen, wenn man ihr nicht glaube, dann solle der Teufel ihr auf die Schulter springen und der Sarg zur Tür hereinfahren, sie habe nur gelacht, wenn man ihr nicht glaube, wolle sie von jetzt an nie wieder lachen. Der Mann war gelassener, er sei erkältet gewesen, sie habe ihm mit einem bronzenen Schlüssel den Nacken behandelt, dazu noch den Rücken, die roten Flecken seien noch da, alles ganz fachgerecht, er habe sich und ihr die Zeit damit vertrieben, eine Geschichte zu erzählen, ihm sei nichts besseres eingefallen.

Man beschloß, die beiden Hosen zu verbrennen, die eine aus Gabardine, militärisch geschnitten, die andere aus schwarzem Leinen, zivil geschnitten. Der Rauch sollte das Urteil fällen. Fast hundert Leute umstanden den Scheiterhaufen mit angehaltenem Atem. Der Genosse Hauptmann Politoffizier zündete an. Militärischer Rauch und ziviler Rauch stiegen stotternd auf, eine Spanne weit zeigte sich kein verdächtiges Zeichen, dann mit einem Mal verschlangen sich beide ineinander, verliebt, leidenschaftlich, vom knatternden Bersten des Stoffes angefeuert, und trugen einander engumschlungen immer höher in die reine ländliche Luft. Sie waren unschuldig eine Spanne weit, um offensichtlich gleich danach dem Laster zu verfallen.

Er zog von einem Schlüsselloch zum nächsten und erfaßte zahllose Gestalten und Geräusche von Mitbürgern hinter den Türen. Mit der entsprechenden Begabung wäre er wahrscheinlich ein ungemein gruselnder Horrorbuchautor geworden. Er ist der Klebstoff, der unser zweigesichtiges Leben zusammenhält. Nur in ihn selbst erhält niemand Einblick. Ich vermute, er mußte einige Monate neben mir sitzen, weil er irgend etwas erspäht hatte, was seine Augen mit Blindheit hätte schlagen können.

Ein auf den Fersen Hockender, ein Gekrümmter, zwei Helden einer Zeit, in der keiner dem andern vertraut, aber alle leicht zu täuschen sind. Der auf den Fersen Hockende lehrt: »Wenn du einfach auf die Straße trittst und ausrufst ›Glaubet mir, ich weiß alles!‹, dann wird man dich bestenfalls für einen Narren halten. Also tritt nicht auf die Straße, gehe nicht zu den Menschen, sondern lasse die Menschen zu dir kommen, und bringe sie dazu, irgendeinen Preis zu bezahlen, keinen zu hohen, damit sie nicht erst überlegen müssen, keinen zu niedrigen, damit sie nicht argwöhnisch werden. Und du mußt sie unbedingt unterhalten. Die Menschen werden es niemals müde, sich zu unterhalten, indem sie sich selbst darstellen oder andere sie darstellen lassen.« Der Gekrümmte lehrt: »Man braucht einen Ort, an dem man einen Moment lang ein vollkommen anständiger Mensch sein kann, das heißt, einen Ort, an dem man sich benehmen kann, als wäre man allein in einer verschlossenen Kammer.«

Ich kehrte zurück und machte mich sofort daran, ein Zentrum zu errichten, einen Ort, an dem man sowohl unterhalten wird als auch einen Moment lang ein vollkommen anständiger Mensch sein kann. Einen Tempel, den ich selber projektierte. Zunächst durchstreifte ich die ganze Stadt und besah mir die lärmend in den letzten Jahren aus dem Boden geschossenen Häuser, keines wie das andere, aber alle gleich in dem peinlichen Bemühen, exklusiv zu wirken ... Hier einige winzige Vogelbauer respektive Gefängniszellen aus Beton, deren Fassaden inmitten der Altstadt mit Dutzenden Sorten Fliesen, Kacheln, Granitplatten pro Quadratmeter protzen. Dort ein Monstrum wie eine Guillotine. Woanders wieder ein tiefsinnendes und selbstzufriedenes Aufschwingen und Niedersinken von Glas, Pfeilern und Bögen. Das werktätige Volk erbaut einmütig sturmsichere, quadratische, kantige, giftgrüne Streichholzschachteln. Häßlich, chaotisch zusammengestückelt und verlogen. Ich erkannte, mein Tempel mußte diesen drei herrschenden Prinzipien folgen, sonst würde ich scheitern. Als nächstes ging ich in die Bibliothek und stöberte in alter, neuer, westlicher und östlicher Architektur. Mein Tempel mußte irgendein provokantes Element enthalten, etwas, was man in keine Kultur einordnen kann, einzig das ist einer unabhängigen Sekte würdig. Damit sollten die Gelehrten zufriedengestellt werden, denn wenn ich und mein Tempel erst einmal zu einem öffentlichen Ereignis geworden waren, würden diese ganz bestimmt in Scharen herbeiströmen. Sie wären dann sehr glücklich, einen Anhaltspunkt zu finden. Diesem Anhaltspunkt gab ich folgende konkrete Gestalt: Statt daß ich zwei komplette, klassische, antike Rundbögen aneinander fügte, sägte ich von jedem ein Drittel der Länge nach ab und fügte beide dann spiegelbildlich zusammen, was einem großen M ähnlich sieht. Die Stelle, an der sich beide Bögen berühren, jene betörende Vertiefung, schmückte ich mit einem Kreis, auf dem Yin und Yang dargestellt sind, ein Symbol, das Sie alle kennen, nur scheint bei mir der schwarze Teil den weißen zu verdrängen; der Kreis ist umgeben von Strahlen, die sich ausbreiten wie auf einer Bronzetrommel, darüber erhebt sich eine runde, mit ineinandergewundenen Schlangen verzierte Säule bis zur Decke. Der Haupteingang wird durch ein ebensolches M gebildet, die beiden Schenkel sind lediglich etwas weiter gespreizt, und darüber bewundern einander viele Drachen, Schlangen und Sonnen. Solche M unterteilen das Innere des Tempels in viele einzelne Räume, insgesamt neun, verteilt auf zwei Etagen. Die Anordnung folgt keinerlei Prinzip. Mein einziges Prinzip ist: einmal hier eingetreten, kann man sofort ans Beten gehen. Gebetet werden kann überall in diesem Tempel. Überall stehen Götter und Heilige bereit. Die Götter sind alle gleich heilig beziehungsweise nicht heilig, wozu anordnen und unterscheiden. Meine Sekte ist eine demokratische Sekte. Gerade die Götterhierarchie ist es, die den Verstand der Gläubigen verwirrt und ihnen ihre Unbefangenheit raubt. Theoretisch sind in diesem Tempel, halb sichtbar, halb verborgen zwischen den M, deren Sinn bisher noch niemand deuten konnte außer einem Professor von kauzigem Aussehen, der der Wahrheit sehr nahe gekommen ist, worauf ich später zurückkommen werde, zwischen den M meiner Sehnsüchte sind theoretisch alle Götter und Heiligen Vietnams versammelt, dazu einige verehrungswürdige Ausländer, die aber vollkommen vietnamisiert worden sind: der heilige Tran, die heilige Lieu Hanh, der Gott des Gebirges Tan Vien, die Geister der Berge, die Geister der

Meere, der König des Dschungels, die heiligen Jungfrauen, die heiligen Jünglinge, die Hung-Könige, seine Exzellenz der Weiße Tiger, die Goldene Schildkröte, der legendäre Hahn, Präsident Ho, der große General Quan Cong … aber praktisch würden diese Heiligen wahrscheinlich sich selbst in den Hunderten von großen und kleinen Statuen nicht wiedererkennen, jede mit einem starren, weder männlichen noch weiblichen Gesicht und einer sehr unsinnigen Tracht nach Art der höfischen Oper. Die Statuen wiederum sitzen und stehen in einem Durcheinander von Lampen, Räucherstäbchen, Glöckchen, Gongs, Truhen, Kästchen, Bettgestellen, Thronen, Schirmen, Ahnentafeln, Bannern, Fächern, seidenbebänderten flachen Hüten, Schwertern, Säbeln, Lanzen, Hellebarden, Klebreiskuchen, Bohnenmehlkuchen, Orangen, Mangofrüchten, Opferreisportionen, Bananen. Ganz wie in einem Supermarkt. Man kommt nicht hierher, um in eine transzendentale, abstrakte Seelenfühlung einzutauchen. Wir Vietnamesen haben nicht die Gewohnheit, solche lästigen Zustände zu kultivieren. Wir sind praktisch und kurzsichtig. Wir nähren einen Glauben im Geiste des Lotteriespiels, wer betet, wird bei den Heiligen schon irgendwann einmal etwas erreichen, wer Enthaltsamkeitsgebote beachtet, wird schon irgendwie geschont, das heißt, es kostet nicht viel, aber im Glücksfall gewinnt man eine Menge. Wir sind bereit, alles zu verehren, an alles zu glauben, es muß nur ein für beide Seiten vorteilhafter Handel sein. Wir brauchen einen handfesten Beweis für diese Gegenseitigkeit, bekommen wir ihn nicht, dann lassen wir es bleiben. Ich frage Sie, haben Sie uns jemals um etwas wie Kraft, der Versuchung zu widerstehen, Glaubensstärke, damit wir lebenslang in Gottes Nähe sein dürfen, oder Erleuchtung, damit wir nicht von der Sünde verblendet werden … beten sehen? Niemals. Das, worum wir beten, ist immer konkret, zählbar, greifbar, wenn es erfüllt wird, gewähren wir dem Gott eine kleine Belohnung, wenn nicht, schmollen wir und lassen es bleiben. Wir bitten den Gott um einen Sohn, als wäre der Gott aus sehr gutem Geschlecht, wir bitten um profitable Geschäfte, einen wunschgemäßen Ehemann, eine ungehinderte Auslandsreise, darum, daß der Alte aus dem Nachbarhaus den Kopf einziehen muß, der Abteilungsleiter diesmal seinen Stuhl räumen muß ... wir reichen Gesuche ein, um das Moped zu verkaufen, einen japanischen Hund zu kaufen, das Haus zu verkaufen, zu heiraten, wir bitten um einen Zauber, der uns von der Trunksucht erlöst, den Mann vom Fremdgehen abhält, uns vor Verkehrsunfällen bewahrt. So und nicht anders liegen wir den Göttern und Heiligen in den Ohren, und niemals quälen wir uns mit der Frage, wer bist Du, Gott, bist Du wirklich allgegenwärtig. Noch weniger beschäftigt uns, was uns nach dem Tod erwarten könnte. Die Aussicht auf irgendeine schreckliche Strafe oder eine dicke Belohnung hat keinerlei Einfluß auf unser irdisches Leben. Manchmal, wenn wir gezwungen sind, etwas unbeabsichtigt Gutes zu tun, trösten wir uns damit, daß wir Verdienste für unsere Kinder und Enkel hinterlassen. Das Gute an sich war für uns noch nie eine Kategorie. Und bei den Toten interessiert uns nur eines, ob sie heilig sind oder nicht.

Mein Tempel entspricht ganz und gar diesem heiteren Religionsverständnis. Alles ist hier genauso leicht zugänglich, genauso chaotisch, genauso nachgemacht wie bei den Leuten zu Hause. Man muß nicht den Atem anhalten oder die Schritte dämpfen. In den Ecken lauern keine leidenden Herzen und keine ewigen Jungfrauengesichter, um meinen Gläubigen Schuldgefühle aufzunötigen. Wie gesagt, hier gibt es nur drollig einfältige und starre Gesichter. Sie ähneln eher Spielzeugen als Andachtsobjekten.

Der größte Teil der Besucher sind Frauen. In unserer

Stadt gibt es für Frauen keinen Ort, an dem sie sich vergnügen können. Wenn ein Mann nicht weiß, wo er sich amüsieren soll, braucht er nur sein Moped herauszuholen und ein paar Runden zu drehen, früher oder später erwischt er ein bekanntes Gesicht, setzt sich irgendwo nieder und schwatzt drauflos, und vor allem läßt er das Straßengeschehen an sich vorüberziehen, so geht ein Nachmittag auch vorüber. Was aber sollen die Frauen tun, damit ihr ganzes Leben vergeht? So kommen sie zu mir. Es gibt nichts, was sie miteinander zu bereden hätten, aber sie brauchen unbedingt Anlässe, um zu zeigen, wie gern sie sich zusammentun. Ich gebe ihnen diesen Anlaß. Ich gebe ihnen praktisch einen Klub, in dem sie das Vergnügen genießen können, außergewöhnlichen Persönlichkeiten zu begegnen, in dem sie sich vollkommen anständig bewegen und vollkommen anständig reden können, als wären sie nicht aus Fleisch und Blut, sondern reine Frömmigkeit und Aufrichtigkeit, als wären Anstand, Feinfühligkeit und Bußfertigkeit alltägliche Gewohnheiten und Lebensmaximen; sie dürfen sich unendlich großmütig erweisen, weil das Glück des Nachbarn nicht die Ursache ihres eigenen Unglücks ist; sie dürfen vor Außenstehenden tief befriedigt glänzen, denn dieser Verkehr ist nicht irgendein gewöhnlicher, sondern ein Verkehr auf dem Gebiet des Glaubens, das heißt, etwas schwer zu Beschreibendes, Geheimnisvolles, ja, Wunderbares; bei jedem Besuch erhalten sie kleine Geschenke als Gnadenbeweis, damit sie sofort das Gefühl haben, daß der Tempel ihnen antwortet und die Götter und Geister ihre Gebete vernommen haben, und von Zeit zu Zeit dürfen sie an einer gesunden Fastenmahlzeit teilnehmen und die zeremonielle Totenbeschwörung am eigenen Leib erfahren. Oh, diese Totenbeschwörungen sind hinreißender als alle Modeschauen. Wie die Augen, junge und alte, bei Lippenstift, Schminke, Brokat, Ärmelvolants, Brusttüchern und Kopftüchern leuchten! Sie haben keine Ahnung, was diese Dinge bedeuten, genauso wie sie nur wissen, daß die Heilige Mutter die Heilige Mutter ist, die Fürstin Lieu die Fürstin Lieu, die Göttin Van Cat die Göttin Van Cat, und wäre ich so dumm, ihnen zu sagen, alle drei sind nur eine Person, man braucht nicht alle drei anzuflehen und dreimal Geld für die Öllampen zu opfern, dann würden sie mich wütend einen Barbaren nennen. Deshalb sage ich ihnen nicht, daß ich diese Tücher und Kleider selber erfunden habe, sie sollen wie Schmetterlinge sein, schön bunt, wann immer es ihnen gefällt, dazu brauchen sie weder Ästhetik noch Überlegungen, denn das wird ihnen nicht lebenslang gewährt. Genauso wie ich niemals ein Wort über meine M verliere, meine verliebten, heiligen M, die M meiner Sehnsüchte, die ich aufgestellt habe zum Gedenken an einen Teil meines Lebens, den ich freiwillig hinter mir gelassen habe.

Der kauzig wirkende Professor, mit einem Gesicht, in dem die Lust zur Provokation geschrieben stand, und der Stimme eines Menschen, der alles weiß, klopfte mir auf die Schulter und verkündete: »Ein Linga, was sonst!« und nach einer Weile bestätigenden Kopfnickens: »Eine Sammlung von Lingayoni.« Woher konnte er wissen, daß dies eine konfuse Ansammlung karrieresüchtiger Berechnungen und aufrichtiger Gefühle ist, ein Schwarzhandel auf der Basis der zärtlichsten Regungen meines Herzens und der grenzenlosen Gefälligkeit der Herzen der Menschen. Ich hatte einst Erfolg gehabt im Schoß warmer Zutraulichkeit und habe nun weiter Erfolg im Schoß grenzenloser Gefälligkeit. Kann man es schaffen, auf einem anderen Gebiet erfolgreich zu sein? Ich behaupte nein. In diesem Land kann es niemand schaffen, auf einem anderen Gebiet erfolgreich zu sein.

Von einem Katastrophenkind, das um die Wette weinte

vor einem Grab, auf dem der eigene Name stand, bin ich zum Vater des Glückes und der Gunst geworden. Der Cham-Traum und der Traum, Elefanten die Freiheit zu schenken, sind vielleicht in Erfüllung gegangen. Ich ließ mir die Fingernägel wachsen, damit sie raschelnd Geldscheinbündel zur Unterstützung von Waisenkindern und Katastrophenopfern zusammenschaben, damit sie an den Bronzeglocken, die ich gießen und weithin verteilen lasse, kratzen, diese Bronzeglocken müssen schnurren vor Wonne, bevor sie meinen unsterblichen Namen den ganzen Roten Fluß entlang verkünden. Ich nehme von den einen, um den anderen zu geben, im Namen eines lebenden Heiligen. Dieses mein Gesicht, das in den physiognomischen Büchern nicht vorkommt, und diese meine seelenlosen Augen sind zu einer Sehenswürdigkeit geworden, die im Besichtigungsprogramm von Touristen aus nah und fern nicht fehlen darf.

Und Nacht für Nacht allein auf meinem vergoldeten Bett, weit hinter mir die Blattnester auf halber Himmelshöhe, die Frauen, die ich geliebt habe, und die Frauen, die ich betrogen habe, stelle ich mir wieder vor, wie mein Zug langsam herankriecht, der Zug, von dem ich mich verabschiedet habe, ich liege wieder darauf, mit ausgestreckten Armen, meine Beine ungleich lang … Das wird nie wieder sein.

Was bleibt mir anderes übrig?

Der Besuch

Wir sind keine Leute, die davon träumen, daß der Alltag durch große Ereignisse auf den Kopf gestellt wird. Bei uns ist die Seele schlicht, und wir leben fast alle gesund und anspruchslos. Fast alle, weil es auch Ausnahmen gibt. Aber ich kann Ihnen versichern, selbst unsere größten Ausnahmen sind nur intern beachtlich, das heißt innerhalb unserer vier Bambustore, über zweihundert Höfe, an die tausend Einwohner, und wir würden es niemals wagen, sie mit den Wundern an menschlicher Kompliziertheit zu vergleichen, die es anderswo geben soll. Ich will auch gleich erklären, warum wir vier Bambustore haben, in jede Himmelsrichtung eines: Wir sind sparsam und geben nicht viel auf Äußerlichkeiten; worauf es ankommt, das ist die Seele, wozu da noch viel Drumherum; aber als der Herr Regierungsinspektor uns das allererste Mal besuchte, faßten wir den Entschluß, unser Willkommen und unsere einmütige Ehrerbietung der Regierung gegenüber zum Ausdruck zu bringen, ohne daß es aufdringlich wirkt. Nun wissen wir leider nicht, wo, in welcher Richtung dieses weiten Himmelsgewölbes die Regierung sitzt. Deshalb gebot uns die Umsicht, vier Bambustore zu errichten, nach Süden, Norden, Osten und Westen, um keine Himmelsrichtung zu vernachlässigen.

Wir leben einträchtig mit der Natur zusammen, deshalb stecken wir unsere Nase nicht in ihre Angelegenheiten. Selbst die Dreistesten von uns würden es niemals wagen, sich mit dem Universum anzulegen, etwa Beobachtungsgläser, mit denen die Sehkraft auf unnatürliche Weise vergrößert wird, auf das Universum zu richten, es auseinanderzuschneiden, aufzuklappen, zu zerlegen oder sich gar an Universum und Natur zu vergreifen. Das ist die Methode der Gelehrten. Nun, wir haben keine Gelehrten. Wenn wir etwas aufschneiden, zerlegen oder uns an etwas vergreifen, dann sind das Hunde, Enten, Hühner und Gänse. Manchmal, wenn der Hunger sehr groß wird, vielleicht auch noch Heuschrecken, Frösche und Mäuse. Das aber ist eine Frage der Ernährung und will auf gar nichts hinaus.

Wir haben auch keine Dichter. Was man als Dichter bezeichnet, kann es bei uns gar nicht geben, denn wir sind völlig außerstande, etwas aus der Luft zu greifen oder der Natur Eigenschaften anzuhängen, die einzig und allein der Mensch besitzt. Die Lauterkeit unserer Seelen verbietet es uns, Sätze nur deshalb höher zu achten, weil sie angeblich schöner klingen, auch wenn sie weit weniger aussagen, genauer gesagt nichts, denn wie könnte man zum Beispiel die Behauptung, das Firmament sei nur blau in den Augen einer Frau, als vernünftig bezeichnen. Ob der Himmel über uns blau ist oder nicht, hängt vom Wetter ab, und das spiegelt sich originalgetreu in allen Augen unserer mehr als zweihundert Höfe, an die tausend Einwohner, ausgenommen diejenigen, die ihr Leben lang mit niedergeschlagenen Augen herumlaufen. Da gibt es für niemanden ein Beschreibungsmonopol. Unsere Tradition der gegenseitigen Fürsorge und Anteilnahme hat es noch keinem verziehen, sich hochmütig abzusondern, um Kunst allein für sich zu genießen.

Und schließlich sind wir es nicht gewohnt, unsere privaten Gefühle in die Öffentlichkeit zu tragen. Da ich das Glück hatte, einige Orte besuchen zu dürfen, kann ich bestätigen, daß wir wahrscheinlich der einzige auf der Welt noch existierende Menschenschlag sind, der häufig errötet. Und auch während ich diese Zeilen niederschreibe, spüre ich, wie ich erröte. Wir sind unverfälscht und schamhaft. Mann und Frau teilen ein Lager, in intimster Vereinigung, trotzdem reden sie niemals über intime Dinge. Sie schließen stumm ihre Augen, selbst im Dunkeln. Wir bewahren Freude, Lust und Kummer in einem eigenen geheiligten Winkel. Wir sehen ein, daß öffentliches Ausbreiten von Herzensangelegenheiten wohl zum ordentlichen Handwerkszeug eines Dichters gehört, bei uns aber vergeht bei so etwas selbst der Schamloseste vor Scham. Deshalb haben wir keine Dichter.

Und genauso kann ich hier gleich bestätigen, daß wir hier keine Abenteurer und Entdecker, keine herumlungernden Müßiggänger, keine Fußball- und Filmstars, keine Weltverbesserer, keine Don Juans, keine Possenreißer und Zauberer, keine transkontinentalen Händler, keine Mafiaclans, keine Märtyrer, keine mannstollen Weibsbilder ... kurz, keine beeindruckenden Gestalten haben, die das Volk, ja, sogar die Menschheitsgeschichte in fürchterliche Begeisterung oder Unruhe versetzen können. Wir haben sie so wenig, daß wir von dieser Menschheitsgeschichte mehr gerüchteweise hören, als daß wir sie persönlich erleben. Durch diese Bande beeindruckender Gestalten kommt es jedoch letztendlich immer wieder zu Komplikationen, die bis in das anspruchslose Leben von Leuten hineinreichen, die wie wir mit dem Fortschritt der Geschichte überhaupt nichts zu tun haben. Wir haben keinerlei Ehrgeiz, keinerlei Traum, keinerlei Sensationsgier, und natürlich lassen wir uns nicht gern Unglück anhängen. Somit kann das Fehlen der genannten beeindruckenden Gestalten in unserem friedlichen Gemeinwesen als großes Glück betrachtet werden. Wir bleiben selbstverständlich wachsam, denn eine einfache Seele kann viel leichter verkompliziert werden, als eine komplizierte Seele zur Einfachheit zurückkehren kann.

Ich habe die Philosophie und die Philosophen bewußt ausgeklammert. Nicht, daß ich nicht wüßte, daß man sich vor den Philosophen am meisten in acht nehmen muß. Die beeindruckenden Gestalten mobilisieren das Volk. Die Philosophen aber mobilisieren die beeindruckenden Gestalten. Sie tun das entweder direkt, von Zeitgenosse zu Zeitgenosse, oder aber erst Generationen später, wenn sich diese sauberen Philosophen mit einem Platz irgendwo im Jenseits begnügen, wo sie, davon bin ich überzeugt, geschwätzig weiterphilosophieren. Dann erscheinen sie auf den ersten Blick harmlos und anonym, vor allem für das Volk. In Wahrheit sind sie die gefährlichsten Aufwiegler. Meist haben sich die beeindruckenden Gestalten bei den Philosophen nur eine leichte Infektion geholt und übertragen diese auf das Volk. Aber schon das hat oftmals ausgereicht, um schwerwiegende Veränderungen auszulösen. Wenn man das bedenkt, kann es in meiner Heimat keine Philosophie geben, und wir dürfen in unserer Gesellschaft keine Philosophen dulden. Und in der Tat, genau diese Auffassung vertreten die Verfasser unserer Nachschlagewerke.

Doch wenn wir uns schon auf ein so hochgestochenes Problem wie die Philosophie einlassen, dann sollten wir vielleicht auch noch ein paar anderen Tatsachen ins Auge sehen. Nur so können wir unseren Scharfsinn davor bewahren, von einer einzigen Tatsache geblendet zu werden.

Es gibt eine andere Tatsache, die viel mehr unterstrichen werden sollte, nämlich daß wir alle hier, jeder Einwohner, Philosophen sind, im weitesten Sinne des Wortes, und an den weiteren Sinn müssen wir uns hier ganz konsequent klammern. Unsere Philosophie findet sich unmittelbar in unserem Respekt vor der Natur, unserer Harmonie mit ihr, unserer Verehrung des einfachen Lebens schlechthin und in unserer unerschütterlichen Zufriedenheit mit allem, was in Reichweite ist. Anders ausgedrückt: Was nicht innerhalb unserer vier Bambustore existiert, das existiert höchstwahrscheinlich nicht. Das ist eine Philosophie, die das Glück an sich und für sich verehrt. Mag sein, daß sie nicht viel zur Erforschung des Bewußtseins beiträgt, des menschlichen und des höheren, das soll ja, wie ich gehört habe, weltweit noch in den Anfängen stecken, aber sie ist ganz klar eine eigenständige Stimme zum Problem des Seins. Sie beantwortet knapp und präzise, ohne Wenn und Aber, die heimtückische Frage dieses Hamlet. Sie stellt einen naiven, ursprünglichen Existentialismus dar, von dem aus wir über die vielkritisierten existentialistischen Tendenzen in anderen Zivilisationszonen verständnisvoll lächeln können. Und, lassen Sie mich auch das noch sagen, unsere Philosophie hat, ohne daß wir irgend etwas dafür tun müssen, einen gewissen religiösen Glanz. Sie besitzt den unübertroffenen Vorzug, den Menschen inneren Frieden zu schenken, fast kostenlos. Wir müssen keine aufwendigen und teuren religiösen Einrichtungen unterhalten. Genausowenig konnten umständliche religiöse Zeremonien jemals unsere lauteren und bescheidenen Herzen wirklich erobern. Es braucht nur eine Geschichte, von den Alten am Herdfeuer erzählt, es spielt keine Rolle, zum wievielten Male, jederzeit gibt es neu hinzugekommene Ohren, und schon sind unsere Herzen wieder durchflutet von Vertrauen und Liebe zum Leben, von Zufriedenheit mit der täglichen Arbeit, wir begehren keine Frau außer der eigenen, und wir möchten auf keinen Fall außerhalb unserer geliebten vier Bambustore sterben.

Und nun sagen Sie selbst, ist das nicht eine bemerkenswerte Philosophie, und tue ich nicht recht daran, sie einen ganzen Abschnitt lang ausführlich zu besprechen?

Als ich auf die Philosophie und die Philosophen zu sprechen kam, ging ich davon aus, daß es sich dabei um eine ganz gefährliche Bande handelt. Das gilt auch für die Philosophie meiner Heimat. Eines Tages, noch ist es nicht soweit, aber eines Tages, sehr gut möglich, eines nicht sehr fernen Tages, man braucht sich ja nur den desolaten Zustand des menschlichen Zusammenlebens heutzutage anzuschauen, eines Tages wird die Philosophie des anspruchslosen Lebens der von allen anderen Philosophien angerichteten heillosen Verwirrung äußerst gefährlich werden. Aufruhr und Chaos, die sich aller Bereiche des menschlichen Lebens bemächtigt haben, werden unsere stabile und harmonische Ordnung als ihren mächtigsten Gegner erkennen. Unsere unerschütterliche Zufriedenheit wird der auf allen fünf Kontinenten grassierenden Unzufriedenheit den Kampf ansagen. Und unser natürliches, bescheidenes Leben wird der monströsesten Krankheit unseres Jahrhunderts, dem Opportunismus, die Schamröte in die Wangen treiben.

Aber bevor dieser große Tag an unsere Tür klopfen wird, müssen wir einen anderen hohen Gast empfangen: den Herrn Regierungsinspektor.

Ich sagte es ganz zu Anfang bereits, wir sind keine Leute, die davon träumen, daß der Alltag durch große Ereignisse auf den Kopf gestellt wird. Aber der Besuch des Herrn Regierungsinspektor ist ein Ereignis, dem wir in unserem ganzen Leben nur ein einziges Mal beiwohnen können, noch seltener als ein Erdbeben. Durch welches Tor er kommt, wird uns nicht mitgeteilt. Wenn er sich dann von uns verabschiedet, fragen wir auch nicht, wann er wiederkommen wird. Nach unserer Auffassung ist es sehr unhöflich, sich in die Angelegenheiten anderer einzumischen. Wir wissen nur, daß er noch viele Jahre nach seinem Besuch unter uns sein wird. Ich sage »unter uns«, obwohl der Herr Regierungsinspektor von oben kommt und wir zum Volk gehören, weil ich mich nicht genauer ausdrücken kann. Den Herrn Regierungsinspektor gibt es nur einmal, wir dagegen sind an die tausend Einwohner, über zweihundert Höfe, das beweist wohl zur Genüge seine außerordentliche Bedeutung.

Aber wahrhaftig, er geht uns noch nach, wenn sein Besuch schon viele Jahre zurückliegt. »Nachgehen« ist natürlich sinnbildlich gemeint. Wenn es soweit kommt, daß wir, schamhafte und unverfälschte Seelen, uns sinnbildlich ausdrücken müssen, dann kann es sich nur um eine gewichtige und schwer zu erklärende Angelegenheit handeln. Er geht uns nach, bis die bedeutsame halbe Stunde, die im ganzen Leben nicht wiederkehrt, unserem tadelnswerten Gedächtnis für immer entfallen ist. Eine halbe Stunde, in der er sich nach unseren Feldern erkundigt, die Steuern anmahnt, den Kindern übers Haar streicht, den Alten die Hände schüttelt und eine Ansprache hält.

Ich muß hinzufügen, daß wir keine Leute sind, deren Gedächtnis lange anhält. Natürlich ist der Herr Regierungsinspektor ein großes Ereignis. Wir empfangen ihn mit der größten Herzlichkeit und mit dem geziemenden Gehorsam des Volkes gegenüber der Regierung, auch wenn wir nicht wissen, wo, in welcher Richtung dieses weiten Himmelsgewölbes die Regierung sitzt. Aber hat es denn einen Sinn, sich ewig an ein Ereignis zu klammern, auch wenn es noch so groß ist? Erinnerungen und von ihnen hervorgerufene Gefühle wie Sehnsucht, Erwartung, Hoffnung … können sich in unseren unverdorbenen, mit Herz und Sinn dem täglichen, gegenwärtigen Leben verhafteten Seelen gar nicht erst einnisten. So einfach bewältigen wir die Vergangenheit.

Andererseits haben wir zu allem, was sich ereignet hat, unseren eigenen, gefestigten Standpunkt. Wir ehren die Tradition. Was die Alten in weisen Worten schon gesagt haben, wozu sollte das in anderen Worten noch einmal gesagt werden? Auch soll man Gesetze, die seit uralten Zeiten bestehen, nicht ändern. Deshalb ist das Wunderbarste am Herrn Regierungsinspektor, daß er bei jedem neuen Wiedersehen kaum gealtert zu sein scheint. Lediglich an seinem Äußeren lassen sich manchmal ganz kleine Veränderungen feststellen. Aber eigentlich kann man auch das nicht so ohne weiteres sagen, denn kaum jemand von denen, die seiner Ansprache fünfzig Jahre früher lauschen durften, lebt noch, um sich über solche nebensächlichen Dinge wie Alter und Aussehen Gedanken machen zu können.

Hauptsache, die Ansprache ist genau wie immer.

Alles hält bebend den Atem an, wenn sich der Herr Regierungsinspektor einmal, höchstens zweimal räuspert, und alles atmet erleichtert auf, wenn er mit »Liebes Volk« beginnt. Das ist sie, die Ansprache! Das ist er, der Herr Regierungsinspektor! Jetzt ist kein Zweifel mehr möglich! Wir blicken uns an und nicken befriedigt, unsere Lippen verfolgen lautlos die Ansprache, die wir auswendig kennen. Hin und wieder allerdings geraten unsere Lippen ins Stokken. Sei es, daß die Jungen in ihrem Ungestüm beweisen wollen, daß sie schon nach den ersten Worten wissen, wie der Satz zu Ende geht. In ihrem Alter können sie noch nicht begreifen, daß auch das der Regierung gegenüber eine Unhöflichkeit ist. Oder es kommt vor, daß der Herr Regierungsinspektor das Ende eines Satzes wegläßt und gleich zum Ende des nächsten Satzes übergeht. Aber sogleich, als hätte er unsere Besorgnis erraten, fügt er an den Anfang des nächsten Satzes das eben weggelassene Ende des vorherigen. So hat alles wieder seine Richtigkeit.

Eines allerdings ist uns sehr unangenehm, der Herr Regierungsinspektor wechselt häufig den Namen der Regierung. Uns ist die Regierung wahrhaftig ferner als das Himmelreich. Die Geschichten, die über sie verbreitet werden, von Korridorputschen, prachtvollen Palästen, Generalinventuren, in geschlossenen Wagen umherfahrenden Beratern, hinter duftenden Fächern verstohlen lächelnden Gattinnen … diese Geschichten hören wir uns zwar an, aber wir nehmen sie uns nicht zu Herzen. Doch wir sind stolz darauf, zum Volk dieser Regierung zu gehören, und den Namen der Regierung, den bewahren wir im Herzen. Es handelt sich schließlich nicht um den Namen eines unserer eigenen Kinder, den man leicht verwechseln kann! Der Herr Regierungsinspektor beendet seine Ansprache immer mit den Worten: »Also, im Namen der Regierung …« Aber statt des Namens, den wir im Herzen tragen, nennt er seelenruhig einen andern. Das macht er ein paar Mal, dann kommt wieder der alte Name. Erlaubt er sich vielleicht einen Scherz mit uns? Oder will er unsere Ergebenheit auf die Probe stellen? Der Name kennzeichnet den Menschen. Das darf nicht als Nebensache betrachtet werden. Andererseits beweist uns das einmal mehr, wie viele Gefahren außerhalb unserer Gemeinde Dinh, außerhalb unserer vier schützenden Bambustore lauern …

Wir sind über die Sache geteilter Meinung. Einige wenige glauben, es handelt sich um eine Initiative zur Belebung der Ansprache. Wahrscheinlich hat der Herr Regierungsinspektor bei Auftritten in anderen Orten die Erfahrung gemacht, daß der Mensch ein abwechslungssüchtiges Wesen ist. Diese Erfahrung ist auf uns leider nicht übertragbar. Wir wollen nicht, daß Einzelheiten verändert werden, wenn es nicht unbedingt nötig ist. Möchte uns der Herr Regierungsinspektor mit winzig kleinen Variationen in seiner Ansprache eine Freude bereiten? Wir sind bereit, den guten Willen anzuerkennen. Als empfindsamer Mensch spürt der Herr Regierungsinspektor natürlich sofort unsere Enttäuschung und benutzt beim nächsten Besuch taktvoll wieder den alten Namen. Die meisten von uns glauben allerdings an eine einfachere Erklärung. Wir denken, der viel zu weite Weg von der Regierung bis zu uns könnte auch den begabtesten Inspektor die ganze Ansprache vergessen lassen. Er dagegen hat, wenn er bei uns eintrifft, nur einen Namen vergessen, ganz am Ende der Ansprache, ohne daß das Ganze beeinträchtigt wird, das verdient unser Verständnis, ja, unseren Respekt. Deshalb werfen wir uns jedesmal, wenn er zu der Stelle kommt, an der er sich irren muß, einen verstohlenen Blick voller Mitgefühl, Verständnis und Bewunderung zu. Wir machen ihn nie auf diesen Irrtum aufmerksam, obwohl er, bevor er sich verabschiedet und sein treues Fahrrad besteigt, uns jedesmal auffordert, wenn wir noch etwas auf dem Herzen hätten, dann nur heraus damit, die Regierung hat für alles ein offenes Ohr.

Aber wir schweigen, denn wir wollen nicht, daß die Regierung sich über so eine Lappalie Sorgen machen muß. Wenn es etwas gibt, was uns noch unklarer ist, dann ist es das folgende: Warum bemüht er sich nicht, den Abstand zwischen zwei Besuchen bei uns zu verkürzen? Warum muß immer genau ein Menschenalter vergehen? Müssen wir etwa, wenn wir seine Ansprache nicht nur einmal für eine halbe Stunde in einem halben Jahrhundert, sondern beispielsweise einmal in einem Vierteljahrhundert hören wollen, dafür sorgen, daß wir nur noch halb so alt werden wie jetzt? Aber auch diese Frage behalten wir für uns. Denn wir wissen, das Land ist groß und weit, und es gibt zahllose andere Gemeinden, in denen er sich nach den Feldern erkundigen, die Steuern anmahnen und eine Ansprache halten muß. So begleiten wir ihn jedesmal nur stumm durch eines der vier Bambustore hinaus. Durch welches, das können wir auch nicht im voraus wissen. Der weitere Reiseweg des Herrn Inspektors ist Sache der Regierung, wir mischen uns da nicht ungefragt ein.

Aber diesmal war alles ganz anders. Wir sind keine Leute, die leicht auf sträfliche Gedanken kommen, wie etwa einen Zweifel an der Regierung. Aber es schien fast unmöglich, daß dieser Inspektor der Inspektor war, der uns die ganze lange Geschichte hindurch immer wieder besucht hatte. Er kam auch mit dem Fahrrad, auch durch ein nichtvorhersehbares Bambustor, erkundigte sich auch nach den Feldern, mahnte auch die Steuern an, strich auch den Kindern übers Haar, aber er erschrak über die Läuse auf ihren Köpfen. Und beim Händeschütteln fragte er die Alten nach ihrem Alter. Dann erklärte er verwundert, in diesem Alter, wo der Lebensdurst am stärksten brennt, die Frauen sich in die weichsten, dünnsten und durchsichtigsten Stoffe kleiden, die Männer Ruf und Position erlangen, setze man sich doch noch nicht zur Ruhe.

Wir blickten uns besorgt an. Was war mit der Regierung geschehen? Niemand anders als der Herr Inspektor selbst konnte diese Frage beantworten, also warteten wir erst einmal ab. Seine Ansprache würde alles klären. Bestimmt hatte dieses Verhalten nichts weiter zu bedeuten. Nach dem gewohnten Räuspern würden die vertrauten Worte erklingen, und wir würden erleichtert aufatmen und lächeln. Und würden unsere Voreiligkeit bereuen. Wir würden ihm unser Mitgefühl, unser Verständnis und unsere Bewunderung schenken, weil er den viel zu langen Weg mit einem Verantwortungsbewußtsein zurückgelegt hatte, wie es nur einem Regierungsinspektor eigen sein kann.

Aber es kam alles ganz anders.

Diesmal nannte er uns nicht »Liebes Volk«, und, um es gleich vorwegzunehmen, in seiner ganzen Ansprache hatte er für nichts ein höfliches Wort. Wie gesagt, wir sind keine Leute, die wegen Förmlichkeiten die Fassung verlieren. Aber wie kam die Regierung dazu, ein derart unhöfliches Verhalten an den Tag zu legen?! Selbst wenn wir die Regierung durch irgendeine törichte Handlung gekränkt hätten, gäbe es doch genügend Wege, das gütiger und wirkungsvoller zu klären. Nicht zu reden davon, daß wir eigentlich nichts anderes tun, als uns nicht am Fortschritt der Geschichte zu beteiligen.

Darüber war der Herr Inspektor erzürnt, aber nicht im Namen der Regierung. Er war eine halbe Stunde lang ununterbrochen erzürnt, auf eine unsinnige Weise, als wären der Herr Inspektor und sein Zorn zwei getrennte Wesen, als handle es sich um einen von der Geschichte, nicht aber vom Herrn Inspektor gewollten Fieberanfall. Wieder warfen wir uns verstohlene Blicke voller Mitgefühl zu. Was will denn die Geschichte? Was wollen denn die anderen Philosophien? Wahrhaftig, eines Tages, eines nicht sehr fernen Tages, man braucht sich ja nur … aber das habe ich schon gesagt … und ich möchte hinzufügen, das unerwartete Verhalten des Herrn Inspektors ist nur das deutlichste Zeichen dafür, daß dieser Tag kommen wird. Ja, eines Tages wird sich alles ändern. Aber wir wollen den Fortschritt nicht erzwingen. Nur Leute mit zu geringem Selbstvertrauen wollen ständig den Fortschritt erzwingen. Vielleicht wollte der Herr Inspektor uns zum Handeln verleiten, obwohl die Verhältnisse noch gar nicht reif dafür waren? Wenn dem so war, hatte er sich geirrt. Seine Erfahrungen mit kollektiven Fieberanfällen können leider nicht auf uns übertragen werden.

Zischend verspritzte er Speichel, um die Verhältnisse in unserer Gemeinde zu geißeln, die er »barbarisch, unvernünftig, rückständig über jede Vorstellungskraft hinaus« nannte. Oje! Wir kniffen uns die Schenkel blau, um uns zu vergewissern, daß wir nicht träumten. Oh, noch nie, niemals zuvor hatten wir uns so unerwartet und so schmerzlich betrogen und verraten gefühlt. In der ganzen langen Geschichte, über unzählige Menschenalter hinweg waren der Herr Regierungsinspektor und wir immer unbeschreiblich einig, glücklich und einander zugetan gewesen. Sein Bild in uns war wie das Bild eines geliebten Wesens gewesen, das man alle halbe Jahrhunderte wiedersieht. Und umgekehrt konnten auch wir annehmen, daß sein Bild von uns nicht das schlechteste gewesen sein konnte. Auf einmal war das alles nicht mehr wahr. Auf einmal Schmähungen und Beschimpfungen. Als hätte die lange Zeit inniger Liebe gar nichts zu bedeuten. Wahrhaft, in Tränen konnte man ausbrechen angesichts solchen schockierenden Widersinns. Aber, wie immer, nur bei dem Verräter saßen die Tränen locker. Und sie flossen reichlich. Wir standen nur stumm, die Mützen in der Hand, wir senkten nur still die Köpfe im schmerzlichen Gedenken an unsere ergebene, unglückliche Liebe. Während er aufschluchzte, vor Tränen überlief, sich schneuzte und mit durchdringender Stimme von Dingen redete, die überhaupt nichts mit uns zu tun hatten. Ganz und gar nichts mit uns zu tun hatten!

Er redete über Hygiene und Verhinderung von Epidemien, Bewässerung und Düngung, das Nachrichtenwesen, Revolution und Kampagnen, sehr viele Kampagnen, und nicht zuletzt über das eheliche Intimleben. Wenn es nach ihm geht, müssen Mann und Frau eingehend miteinander besprechen, ob, wie, in welcher Stellung, mit welchem Ziel und mit welchen möglichen Folgen sie Geschlechtsverkehr aufnehmen. Oh, die ehelichen Intimbeziehungen sind ein Mysterium des Universums, selbst die Alten wagten es in ihren überlieferten Worten nicht, mehr als das Grundlegendste festzustellen: Mann oben, Frau unten. Wie kann die Regierung nur von uns verlangen, so respektlos zu sein! Lieber schneiden wir uns eigenhändig das bißchen Männlichkeit ab, lieber versündigen wir uns an himmlischer Gnade und Wohlgefallen unserer Ahnen, als daß wir, wie es der Herr Regierungsinspektor uns rät, eine diskutierende Ehefrau ertragen. Unsere Frauen werden nur deshalb nicht zu Drachen, wie in vielen anderen Zivilisationszonen, weil sie die Tugend des stillen Sich-Fügens üben. In unserer ganzen Gemeinde gibt es nur eine einzige alte Jungfer. Obwohl sie nicht schlecht aussieht, vielleicht sogar stattlich, muß sie notwendig einsam bleiben, denn sie kennt mehr als die fünfzig für eine Frau im Familienleben nötigen Wörter. Und sie als einzige lächelte dem Herrn Inspektor zu, während wir auf brutal zu nennende Weise von einem Gefühl ins nächste gestoßen wurden. Eben noch von Freude erfüllt, weil wir aus dem Munde des Herrn Regierungsinspektors hören durften, daß die Regierung unsere Ergebenheit sehr schätze, wurden wir plötzlich niedergeschmettert, weil er im nächsten Augenblick von uns forderte, unsere Ergebenheit unter Beweis zu stellen, indem wir gewissenhaft mit der Regierung zusammenarbeiten und unsere derzeitige finstere Rückständigkeit aufgeben sollten. Noch hatten wir die Bitterkeit dieses ungerechten Schimpfes nicht hinuntergeschluckt, da mußten wir fassungslos hören, wie er alle bisherigen Regierungen und Regierungsinspektoren verurteilte. Wie denn? Wollte er uns etwa erneut auf die Probe stellen? Als wäre er nicht der Inspektor, der uns früher immer besucht hatte? Oh, wenn der Verrat einmal beschlossen ist, wird sogar dort gelogen, wo es überhaupt nicht nötig ist!

Da bemächtigte sich unser blitzartig eine furchtbare Erkenntnis und entriß uns dem Chaos von Gefühlen, in das uns der Herr Inspektor gestürzt hatte. Wovon wir nur gelegentlich gehört hatten, zum Beispiel in den Heldenepen vieler anderer Völker, das war plötzlich über uns hereingebrochen, konkret und zum Anfassen nah, in Gestalt des Herrn Inspektors, auf zwei übereinandergestellten Stühlen, kaum eine Armlänge von uns entfernt. Uns wurde klar: Die Regierung befindet sich in einer ernsthaften

Krise. Wer weiß, vielleicht hat es sogar einen blutigen Umsturz gegeben.

Diese gewaltige Wahrheit gab uns die Kraft, die beleidigenden Worte des Herrn Inspektor über unsere Lebensweise zu ignorieren. Wir lächelten nur still, als er schamlose Versprechungen machte. Und als er ausrief: »Alles wird sich jetzt ändern!«, halfen wir ihm noch ehrerbietig wie immer vom zweiten Stuhl auf den ersten und vom ersten Stuhl unversehrt auf die Erde. Ja, alles wird sich schließlich ändern. Aber nicht in Richtung Chaos und Blutvergießen, wie er es sich vorstellt. Im übrigen, reden wir nicht weiter von seiner Vorstellungskraft. Ich sagte schon, eines Tages, eines nicht sehr fernen Tages, noch ist es nicht soweit …

Dann schwang er sich auf sein Fahrrad und galoppierte durch eines der vier Bambustore hinaus. Staub wirbelte auf, somit hatten wir keinen Grund, ihm lange hinterherzuschauen. Im Grunde genommen ist auch er nur ein Opfer des Verrats, der gegenwärtig Unwetter und Sturm über die chaotische Welt bringt, eine Welt, die wir, die Einwohner der Gemeinde Dinh, entschieden zurückweisen. Das Allerwichtigste, was uns in der Seele dröhnt und uns bedrängt, ist jetzt: Wir müssen uns auf den Weg machen und der Regierung zu Hilfe eilen. Wenn es noch nicht zu spät ist!

Wir werden uns in die vier Himmelsrichtungen teilen, um keine Richtung zu vernachlässigen.

Die Republik der Dichter

»Sie errichten (...) eine Exilregierung von enteigneten Intellektuellen, die nicht ihr Land, sondern ihren Intellekt verloren haben.«

Dylan Thomas, »Wales und der Künstler«

»Und er lehrte sie und sprach zu ihnen: Hütet euch vor den Schriftgelehrten, die gerne in langen Kleidern gehen und sich auf dem Markt grüßen lassen und sitzen gerne obenan in den Synagogen und am Tisch beim Gastmahl; sie fressen der Witwen Häuser und verrichten zum Schein lange Gebete. Die werden desto schwereres Urteil empfangen.«

Markus XII, 38–40

Sehr verehrte Damen und Herren, ich beginne, Sie gestatten, mit einem poetischen Vergleich: Heute, der Himmel klart auf (Beifall), und, wie wundervoll, die Luft ist weniger drückend (starker Beifall), heute sind wir zum Kongreß geschart wie Vögel, so laßt uns also die friedvollsten Vögel sein.

Vielen Dank. Sie gestatten, ich komme zur Sache. Der Plan, den wir heute hier vorschlagen, ist Produkt kollektiver Diskussion, geheim abgestimmt. Aufsicht haben Dichter geführt, die moralisch integer und gesund geblieben sind, die Dichtkunst hat viele Höhen und Tiefen durchgemacht, die Zeiten ändern sich ständig, die Menschen wandeln ihren Sinn, ich meine, das sind Dichter, auf die man bauen kann.

Dieser Plan wird, in gewisser Hinsicht, in bestimmtem Maße, wir hoffen, die derzeitige ernsthafte Krise der Regierung überwinden helfen.

Danke. Danke. Danke. Sehr verehrte Damen und Herren, zuallererst, Sie gestatten, man muß sich auf eine Definition einigen, ich stelle fest: Was eine richtige Republik ist, die hat keinen König. Nicht? Was soll uns ein König? Zwischen den Königen und den wahren Dichtern gab es immer, früher wie heute, obligatorische Unverträglichkeit. Ah, keine Rivalitäten unter machthungrigen und auch noch stolzen Männern. Eine zu einfache und uralte Erklärung. In Wahrheit ist es so, wir haben diese um die Wette dichtenden Könige niemals als Kollegen betrachtet. Freilich, sie sind nur zu gut imstande, Hofdichterschulen groß zu mobilisieren, und nicht wenige von uns, kostbare Talente, haben sich verführen lassen, ein Moment der Leichtgläubigkeit, was ist aus ihnen geworden, Versdrechselbänke, jawohl, Gedichte sind doch keine Hobelspäne, jawohl, üble Verflachung und Vergeudung ist das. Das Talent von nicht wenigen von uns ist vergeudet worden für Spielchen, zu deren Zeitvertreib. Die schenken ihre Gunst schäbigen Talenten, und mit den größten Dichtern unserer Poesiegeschichte liegen sie quer, mal wünschen sie einen Beitrag, mal schmeißen sie raus, ohne jeden Grundsatz. Mit Machtkämpfen hat das nichts mehr zu tun. Das fällt unter Bewahrung natürlicher Ressourcen. Umweltschutz. Unser Talent, das ist unbezahlbarste Ressource, von der Natur persönlich an uns verteilt, verantwortungslos verschwendet. Und, wenn es auf uns ankommt, wir verschwenden genauso verantwortunglos.

Fakt.

Was sollen uns königliche Hoheiten? Ist das nicht weniger als ein halbes Jahrhundert her, noch kein Menschenalter, als der letzte den Hut abgab? Das ging geräuschlos ab, geregelter, als man heutzutage eine Mietwohnung bezieht, schwarz, um die zehntausend pro Quadratmeter an den Staat zu sparen. Wir haben den Herrn vollständig vergessen, schneller als eine Kneipenschuld, eine Runde Bier zum Beispiel. Faßbier. Klar. Mit Erdnüssen. Die Vergangenheit, wo es Könige gab, genaugenommen ist das zigmal länger als die Gegenwart, wo es keine Könige gibt. Aber, Himmel, das wiegt auch zigmal leichter. Dieser letzte Herr König kümmert uns überhaupt nicht, der ist blasser als irgendeine kurze Liebschaft. Wir fragen nicht: Seitdem der nicht mehr König ist, wovon lebt der, was macht der den ganzen Tag, wo wohnt der – auch schwarz in einer Mietwohnung, oder hat der ein Haus? Und die Gesundheit? Auf welchem Friedhof darf der liegen? Hat der noch Freunde? Meine Damen und Herren, Sie wissen wohl, unter uns haben wir ein paar Dichter, die für ihren Hang zur Nostalgie bekannt sind. Gut so. Nicht? Die Kunst braucht viele Farben. Aber diese paar Dichter haben eine Nostalgie, die sich auf Tempel und Gräber in alten Königsstädten konzentriert, pausenlos werden da neue entdeckt. Himmel, diese Dinger sind schon so zahlreich, daß man fürchten muß, bei jedem Schritt auf die Knochen irgendeines Königs oder die Reste irgendeines goldenen Throns zu treten. Ich muß sagen, ein sehr beunruhigendes Gefühl. Aber, das ist klar, Tempel und Gräber sind hübscher, und sie stinken weniger als das, was von den Hunderten toten Königen und dem einen letzten Herrn, wo das noch nicht klar ist, übrig ist. Und außer ein paar ganz radikalen Futuristen, ein paar Dichtern von einem Fach, das nicht direkt mit Geschichte zu tun hat, ein paar Satirikern mit dem Hauptverfahren, Epochen zusammenzuwerfen, und ein paar Liebesdichtern, die geschlossen alles daran setzen, ihre Seele an ein einziges Mädchen zu verlieren, kennt die Mehrheit von uns die bekanntesten Könige zwar dem Namen nach, aber wie die aussahen und zusammenhingen, das wissen wir auch nicht. Irgendeinen Kulturkomplex kriegen wir deshalb noch lange nicht. Das beweist zur Genüge den schwachen Stand, Stand kann man das gar nicht nennen, der Herren Könige in unserem Seelenleben. Die Monarchie – Himmel, schon der Name klingt komisch und unverständlich – hat in der Tat einen bleibenden Eindruck hinterlassen, im chinesischen Schach, und neuerdings, zivilisierter, auch im internationalen Schach. Aber jetzt, wo politische Fragen erstrangig drängen, wo die junge Republik eine klare Definition braucht, jetzt haben wir die Dichter aufgerufen, die Welt der Eindrücke und Spiele mal beiseite zu legen. Jetzt ist Handeln, Handeln und nochmals Handeln Ausdruck von Selbstachtung. Die Schönheit wird die Welt retten. Genau. Aber, die Schönheit fällt nicht vom Himmel. Die derzeitige Krise der Regierung kann sehr wahrscheinlich von einem großen Mangel an Schönheit kommen. Ja. Also dann.

(Das Publikum ist unruhig. Man blickt zur Tür. Man schaut auf die Uhr.)

Ich fasse, Sie gestatten, diesen Teil gleich zusammen: Unsere Republik braucht unbedingt keinen König. Das muß öffentlich klar gesagt werden. Die Zeit ist reif, rechnen wir ab, weg mit der Gewohnheit und der Kunst der Anspielungen. Es ist nicht nötig, daß wir die Wahrheit in der Unterhose festhalten und den Leser grinsend wettsuchen lassen. Ein Dichter ist kein Minenleger. Ein Leser ist kein Pioniersoldat. Schluß, fragen Sie einen x-beliebigen hier im Saal, einen, der die nationalen Sammelbände füllt, einen, der schüchtern ein paar Gedichte herumzeigt, sogar einen, der es noch nicht einmal wagt, den Arm zu senken, damit er einen anständigen Vers ins Leben pflanzt; fragen Sie, angefangen bei dem Herrn, der da hinten sitzt, ganz in der Ecke, mit dem Kopf zwischen die Fußknöchel geklemmt, bis zu dem Herrn hier vorn in der ersten Reihe, der sich beherrscht, sich jedes Barthaar einzeln auszupft, statt daß er den ganzen armseligen Bart auf einmal ausreißt; fragen Sie, keiner wird zugestehen, daß er unbedingt irgendeinen kleinen himmlischen Herrn braucht, der sich beim Allerhöchsten für ihn verwendet, einen lästigen Herrn, dem er sich demütig nähert und den er verflucht. Nein! Den Allerhöchsten haben wir selber in uns. Wir verfluchen uns selber, und wir ziehen den Hut vor uns selber, unter normalen Umständen, das heißt, wenn kein Kollege auftaucht, der es wert ist, verflucht oder verehrt zu werden. Das ist, nach meiner ganz persönlichen Erfahrung, so gut wie noch nie vorgekommen.

Weil wir jetzt den ersten Teil so ausführlich diskutiert haben, schlage ich dem werten Kongreß vor, es mit einem weiteren naheliegenden Punkt kurz zu machen: In unserer Republik ist kein Platz für religiöse Organisationen. Der Glaube, meine sehr verehrten Damen und Herren, die Sie Laien und intime Kenner sind, ist unmittelbarer Bestandteil des schöpferischen Rausches. Das Reich Christi beziehungsweise Buddhas Nirwana macht uns pünktlich in der Minute der Inspiration die Tür weit auf. Die Erfahrung lehrt, Kirchen wurden gebaut, um Satan zu vertreiben. Beten kann man überall. Es ist kein Zufall, daß in vielen unserer unsterblichen Gedichte ständig Glocken läuten. Wir sind nicht ungläubig. Unsere Religion ist die Schönheit. Schönheit ist nicht standardisierbar, nicht organisierbar, nicht wie Dutzendware feilbietbar.

(Das Publikum ist verwirrt. Man klatscht enthusiastisch Beifall. Man senkt nachdenklich den Kopf.)

Mit den Gerichten ist das etwas anders. Hier muß man unterscheiden. In unserer Vorbereitungssitzung haben wir uns an diesem Punkt besonders lange aufgehalten, denn in jedem Menschen wohnt ein Richter, das muß angemessen respektiert werden, vor allem in den Bereichen, die zum Problem Gewissen gehören. Aber, es ist nicht allein das Gewissen, worüber in diesem Leben zu richten wäre beziehungsweise ist. Schauen Sie, meine sehr verehrten Damen und Herren, wenn man so um und um denkt, dann ist das Gewissen der kleinste Stein des Anstoßes. Wir glauben, im Zeitalter umfassender Technisierung ist jedes einwandfreie Gewissen mit einem feinen Frühwarnsystem ausgerüstet. Wird das Gewissen ein klein wenig überlastet, klingelt's. Kurz, das Gewissen können wir übergehen. Aber ein buntes Durcheinander von anderen Problemen verlangt dringend nach einem gerechten Urteil. Wir können theoretisch, in gewisser Hinsicht, in bestimmtem Maße, sehr genau, objektiv, unvoreingenommen, mit genügend Fachkompetenz über die Werke von Kollegen urteilen. Ich wiederhole, Sie gestatten, theoretisch. Aber, praktisch, die Praxis, das sind Beziehungen. Das geht beim Stammtisch los. Man lebt in der Gemeinschaft, oder etwa nicht? Wir haben Ansichten, was die Beziehungen betrifft, und nicht, was die Werke betrifft. Dabei reden wir schon gar nicht von eigenen Werken. Dieser Punkt ist sehr diffizil. Das ist der Grund, weshalb wir die Kritiker brauchen. Genaugenommen, auch die können nicht ohne Beziehungen auskommen. Würden wir etwa den eifrigsten Kritiker, versuchsweise, auf eine einsame Insel verbannen, wo er regelmäßig mit Gedrucktem versorgt wird, ich sage Ihnen, der bekäme eine Verwirrung, der würde nur noch stammeln und stottern, der würde es nicht mehr wagen, überhaupt eine Meinung zu haben. Nun gut. Wir sind keine Extremisten. Kritiker sind schließlich, in gewisser Hinsicht, auch Richter. Vor allem weil Kritiker, im Gegensatz zu uns Dichtern, keinen schöpferischen Drang haben. Also, die Gerichte, ein klein wenig anders als die Könige und die religiösen Organisationen, werden dringend benötigt.

(Das Publikum applaudiert geschlossen.)

Aber, meine sehr verehrten Damen und Herren, ich warne Sie: Seid wachsam, hütet euch vor den Organen, solange wir sie noch brauchen. Denken Sie an die literarischen Aburteilungen ohne Richter (eine Stimme aus dem Publikum: Und die unliterarischen Gerichtsverhandlungen!). Denken Sie an die von ungerechter Strafe verfolgten Gedichte. Und, vor allem, denken Sie an die talentlosen Dichter, die die Krone tragen dürfen. Das ist – Sie gestatten, daß ich – entschuldigen Sie – meine Empörung darüber in professioneller Weise ausdrücke. Jawohl, diese unfruchtbaren, hoffnungslosen Experimente, diese gestaltlosen Brechanfälle, diese primitiven Gefühlsrevolten und dann dieser kalte, schwächliche Ästhetizismus ohne Seele und diese kunstlosen Lifereportagen, dieser schlampige Avantgardismus, dieser Gossenexistentialismus und diese sozialpolitischen Spekulationen nach der Fastfood-Methode … diese ganzen Halbwahrheiten, wenn die ein Richter zwischen die Finger kriegt, einer, der vergiftet ist, von der Arroganz der Macht, von noch weniger Bildung als Charakter, von Aufrichtigkeit und gutem Willen, am falschen Platz, unter den Ellenbogenstößen seiner karrieresüchtigen Ehefrau, und vergiftet von, was das Allerschlimmste ist, Fanatismus – diese Halbwahrheiten werden entweder zum absolut herrschenden Zeitgeist (dann wird jede andere Strömung plattgewalzt), oder sofort eingehen, noch ehe sie ein warnendes Beispiel werden für die Unzulänglichkeit in der Kunst, der wir, ungezwungen, unser ganzes Leben weihen.

(Den Zuhörern in den ersten Reihen tritt der Schweiß auf die Stirn. Man blickt wieder zur Tür. Man schaut wieder auf die Uhr.)

Also, provisorisch, bis wir einen durchdachteren Plan haben, schlagen wir vor, die Republik muß mindestens zwei Gerichte schaffen. Das erste Gericht verhandelt wie üblich, und das zweite Gericht fällt ein Urteil über das Urteil des ersten Gerichts. Im Ausnahmefall kann das Militärgericht in Aktion treten, das kommt später. So kann die Gerechtigkeit nirgendwohin davonlaufen. Die Gerechtigkeit ist gezwungen, in unseren Händen liegenzubleiben. Zusätzlich, damit Unantastbarkeit des Denkens, und speziell des persönlichen Erlebens, maximal garantiert sind, gewährt unsere Republik das Recht auf einen Literatur-Privatdetektiv. Das ist neu, jawohl, wenn schon Erneuerung, dann richtig, in diesem Punkt sind wir anders als andere Republiken. Es versteht sich natürlich von selbst, daß diese Detektive nicht unkontrolliert tätig werden dürfen, da muß es schriftliche Festlegungen geben, daran arbeiten wir im Augenblick intensiv. Diesen Detektiven ist es, zum Beispiel, untersagt, Versbau-Geheimformeln, Geheimformeln zum Auslösen von Stimmungsausbrüchen oder Themenwahlpläne des Auftraggebers auszukundschaften, genauso umgekehrt die entsprechenden Geheimformeln der Kollegen. Nein! Die Literatur-Privatdetektive haben einzig und allein die Aufgabe, den Dichter zu schützen, damit uns die Republik nicht verjagt, mit Blumen, wie das ein gewisser verrückter antiker Philosoph gerne hätte. Aber, noch einmal, ich warne Sie: Vorsicht! Das ist eine Republik der Dichter und nicht der Geheimagenten!

Weiter schlagen wir eine Pflichtauswahl der Beisitzer vor, worin den Leservertretern nicht erlaubt wird, in der Überzahl zu sein. Wir respektieren nach wie vor das System der absoluten Mehrheit, aber leider, oder zum Glück, hat die Wahrheit in der Dichtung die schätzenswerte Eigenschaft, nicht unbedingt von der Mehrheit abzuhängen. Das verpflichtet uns, eine geeignete Vorbeugungsmaßnahme zu ergreifen. Wir lassen auf keinen Fall zu, daß sich die bekannte Tragödie einer auserwählten Gemeinschaft, die ihren hervorragendsten Sproß dann doch annageln ließ, wiederholt. Heutzutage muß der Preis der Unsterblichkeit nicht so schmerzensreich sein. Mehr noch, meine sehr verehrten Damen und Herren, sehen Sie, die Wahrheit in der Kunst kann nicht in der Meinung der Masse gesucht werden, denn die lesernahen Gattungen, wie Versepos und Volkslied, stehen nicht mehr in höchster Blüte, und unsere Zeitungen sind noch nicht konsequent in Versform geschrieben. Jawohl, die Schönheit ist nicht wählbar, nicht organisierbar, nicht wie Dutzendware feilbietbar.

(Im Publikum wird getuschelt. Man streitet. Einer droht mit der Faust.)

Warten Sie, meine Damen und Herren, Sie regen sich unnötig auf. Diese Ungereimtheit wird völlig verständlich, wenn Sie sich die Mühe machen, tief in das Wesen poetischer Schöpfung zu blicken. Unsere Kunst, wie ein weiser Mann bereits klar gezeigt hat, redet im allgemeinen nicht über das, was passiert ist, sondern über das, was passieren könnte und würde. Diese prophetische Stärke, die kann natürlich von einer Masse, die an einer konkreten Gegenwart sehr hängt, keine breite Anerkennung erwarten. Wir gehen einen Weg, der die Vertreter der Masse nicht ausgrenzt, ihnen aber auch nicht erlaubt, bei den Beisitzern in der Überzahl zu sein. Am besten werden sie zur dritten Gewalt, zum Zünglein an der Waage, zwischen den beiden anderen Gewalten, die sich in die Waagschalen werfen, den Vertretern der Berufskritiker – ich betone: Berufs – und den Vertretern der Dichter selbst. Ein ideales gleichseitiges Dreieck …

(Das Publikum ist außer Rand und Band. Man beginnt zu schimpfen und ordinäre Reden zu führen. Als ein Jugendlicher mutig aufsteht, einen Schrei ausstößt und sich dann gelassen wieder setzt, wird das Publikum wieder still.)

Ja, Danke, das ist es.

Wir kommen, Sie gestatten, nun zum Thema Armee und Polizei. Die Polizei, da haben wir wirklich noch keine endgültige Meinung. Einerseits haben wir die Literatur-Privatdetektive, sehr passend zum privaten Charakter der schöpferischen Tätigkeit. Darüber hinaus ist Ihnen wohl bekannt, bei einem Dichter, da kann man nicht sauber trennen zwischen dem, was sein kann, und dem, was nicht sein kann. Wir sind unberechenbar. Ja, wenn schon, dann erst recht. Welches Gesetz könnte uns stoppen? Hier sind Hunde verboten, dort ist Markt untersagt, woanders darf man, pardon, nicht austreten gehn. Wo aber würde man es wagen, das Reimen zu verbieten? Es gibt Knüppel, mit denen kann man verdroschen werden, Bußgeld, das kann einem aus der Tasche gezogen werden, wenn es ganz schlimm kommt, dann wird man für ein paar Jahre aus der Gemeinschaft entfernt. Doch Dichtung, Dichtung, die sieht Verbotsschilder nicht. Ich meine, Dichtung, die wirklich von Herzen kommt. Dichtung, die sich erstmal umsehen muß, um zu wissen, wo es langgeht, von der reden wir hier nicht. Doch andererseits, die Schönheit, die uns Ziel, Mittel und Stärke ist und einzige Schwäche, nicht wahr, die Schönheit ist etwas, worauf ganz schnell herumgetrampelt wird, etwas zutiefst Verletzbares, Zerbrechliches, Wehrloses. Sie gehört unter den Schutz eines Sicherheitssystems gestellt, das nicht umfassend genug sein kann. Die Dichter haben keinerlei Leibwächterausrüstung bekommen, die sie bräuchten, um die Schönheit zu schützen, damit diese auf die Straße gehen kann, ohne angepöbelt oder zumindest verleumdet zu werden. Also, solange nicht jeder Dichter offiziell mit Knüppel, Pistole und Strafzettel ausgerüstet ist, dazu noch eine Trillerpfeife, solange sich die Gesellschaft noch nicht an dieses Bild gewöhnt hat, Dichter, die nebenberuflich Hüter der öffentlichen Sicherheit der Schönheit sind, schlagen wir vor, provisorisch, wir behalten das System der Polizei bei. Dieses System wird nach und nach durch Dichterwächter ersetzt. So beseitigt es sich Schritt für Schritt selber. Ja, Logik!

(Der Herr, der ganz hinten sitzt, den Kopf zwischen die Fußknöchel geklemmt, fragt schüchtern, unter schallendem Gelächter des Publikums: »Könnte ich auch eine Pistole haben?«)

Das nächste Problem, die Armee. Dasselbe wie eben, noch wird eine provisorische Republikarmee gebraucht. Aber, langfristig, wenn die primitiven Schlachten aus der Mode gekommen sind, wenn die Menschen allmählich sensibilisiert worden sind, so daß sie eine Stufe erreicht haben, wo der Tod nicht mehr zwangsläufig in gewohnter Weise eintritt, dann wird Dichtung, jawohl, Dichtung selbst zur Waffe. Die Abrüstung, von uns voll und ganz mitgetragen, wird diese Richtung nehmen. Praktisch gibt es diese Tendenz, in embryonaler Form, schon lange, nämlich seit Gedichte auf Gewehrkolben geschrieben wurden und auch in der beachtlichen Menge Sprengstoff, die unsere berühmtesten Gedichte enthalten. Das ist nur noch eine Frage der Zeit. Wir hegen die Hoffnung, daß dieser Prozeß, die Ablösung der provisorischen Republikarmee durch die Poesie, für die Poesie zum Quell einer heroischen Begeisterung wird, einer noch nie dagewesenen, o ja, einer Romantik, echt, frisch, kraftvoll, die uns davor bewahren wird, das gleiche finstere und krankhafte Schicksal zu erleiden wie der weitaus größte Teil der Dichtkunst, der, ausgelaugt und erschöpft, woanders noch existiert. Dann erst bilden Dichter und Kämpfer ein echtes dialektisches Begriffspaar. Und, es bleibt dabei, die Dialektik, da geht nichts drüber. Sie weiß auf jeden Fall eine Antwort. Wird die Schönheit am dialektischsten begriffen, wird sie ganz selbstverständlich die moderne Welt beherrschen, eine

Welt, in der wir, wohin wir auch blicken, nur fürchterlich Häßliches entdecken.

(Das Publikum lärmt.)

Verzeihung, meine sehr verehrten Damen und Herren, so ist das nicht gemeint, wir haben keinerlei Absicht, an Sie zu denken. Zurück zur Armee. Die Poesie rüstet die Armee ab, gleichzeitig werden wir, die Dichterreihen, konsequent dialektisch das bewundernswerte und absolut hervorragende Organisationsmodell der Armee uns zu eigen machen und benutzen. Diese Idee ist nicht neu. Viele Kollegen auf der ganzen Welt haben seit langem diesen Vorschlag gemacht, nur hatten sie, leider, leider, keine Möglichkeit, ihn zu realisieren. Als erstes unterscheiden wir Poesiesoldaten und Poesieoffiziere. Bei den Poesieoffizieren wiederum gibt es Reserveoffiziere, Unteroffiziere, Stabsoffiziere, Generäle und Marschälle. Ein Stab, ein Oberkommando mit ein oder zwei, besser mit zwei, ja, mit zwei Oberbefehlshabern über die Welt der Poesie. Jedes Jahr wird als höchste poetische Auszeichnung der Orden »Held der Kunst« verliehen. Gleichzeitig, denken wir, sollte es eine angemessene Beihilfe für invalide Dichter geben, wir denken da natürlich an seelische Wunden. Zur Struktur: Die poetischen Streitkräfte werden unterteilt in reguläre poetische Einheiten, mit allen überregionalen Dichtern, und regionale Dichterwehren für die regionalen Dichter. Wir können sogar das Prinzip der Waffengattungen poetisch nutzen, um die Reihen der höchsten aller Künste zu stärken. Wir werden Führungsstabspoesie haben, Rückwärtigedienstepoesie, Fliegerabwehrpoesie, Kulturensemblepoesie, Spezialeinheitspoesie, Artilleriepoesie, Kamikazepoesie, Panzerpoesie … also sehr vielfältig. Ein eigenes Berufsgericht, jawohl, das Militärgericht, wird sich darauf spezialisieren, Verletzungen der Rangordnung und der Dienstvorschriften in den Reihen der Dichterkämpfer zu untersuchen. Ich muß sagen, dieses Organisationsmodell wird nicht nur die Disziplin festigen, jawohl, die schöpferische Disziplin ist sehr streng, sondern es wird viel mehr noch das Leistungsstreben jedes einzelnen schöpferischen Individuums stimulieren. Diffuse Gleichsetzung von Talent und Dienstalter wird es nicht mehr geben. Regulär wird alle fünf Jahre befördert. Bei nachgewiesenen Werken außer der Reihe schon nach drei Jahren. Schluß ist auch mit dem endlosen Gezänk, wenn ein nationaler Sammelband ansteht. Erstklassige Schönheiten, zweitklassige Schönheiten bis hin zu letztklassigen Schönheiten werden nicht mehr zu einer einzigen Brühe verrührt wie in einem staatlichen Fischsaucenbottich. Die gegenwärtige Krise der Regierung kommt sehr wahrscheinlich daher, daß die Schönheit nicht sehr ordentlich eingestuft wurde. Aber, wir warnen Sie: Hütet euch vor den Einstufungen, solange wir sie noch brauchen. Einstufungen gehen Hand in Hand mit Interessen. Ein Umsturz in der Armee oder im künftigen Königreich der Schönheit könnte der jungen Republik ernsthaften Schaden zufügen. Wir rufen Ihnen zu: Üben Sie Selbstachtung!

(Das Publikum ist endgültig müde und überdrüssig. Ein Teil ist unruhig, wird aber von anderen durch Zeichen zum Schweigen gebracht.)

Meine sehr verehrten Damen und Herren, um den Armeeteil zum Abschluß zu bringen, wir stellen uns vor, eines nicht sehr fernen Tages, noch ist es nicht soweit, werden Schriftzüge oder Unterschriften berühmter Dichter, statt Orden, auf der Brust der Bürger unserer Republik funkeln; Gedichte, in Versalien, gerahmt, werden die Urkunden an den Zimmerwänden der Kriegsinvaliden- und Gefallenenfamilien ersetzen. Auch das ist eine Art Dank des Vaterlandes, nicht wahr. Aber, aber, meine Damen und Herren, ich darf um etwas mehr Ruhe bitten. Nein, natürlich erdreisten wir uns niemals, die Seelen Ihrer für das Vaterland gefallenen Söhne und Töchter anzutasten. Was sagen Sie? Wir stimmen gegenwärtig völlig zu, das System der Privilegien aufrechtzuerhalten, jawohl, auch die Privilegien beim Kauf von Zug- und Busfahrscheinen, alle Privilegien für Familien von Armeeangehörigen und Kriegsversehrten. Oh, niemand will Ihre heiligen Gebeine entweihen. Ihre Ehre bleibt unangetastet an der Wand. Einverstanden. Die Ehre ist das Höchste. Sehen Sie, meine Damen und Herren, wir phantasieren nur … schlagen nur vor … schlagen Ihnen nur einen geeigneten Plan vor … genauer gesagt, wir träumen nur etwas … bisher haben Träume niemanden beleidigt … Wie? Das System der Pensionierung der Armeeangehörigen, ja? Wir werden das klären. Obwohl, kein Dichter geht jemals in Rente. Die Schönheit geht niemals in Rente. Die Schönheit kennt kein Gehalt, ist nicht organisierbar, nicht wie Dutzendware feilbietbar. Dennoch aber. Oh, meine Damen und Herren, ich bitte Sie …

(Das Publikum verläßt fluchtartig den Saal. Stühle stürzen durcheinander. Man spuckt auf den Boden.)

Macht nichts. Das heißt.

(Einzig der Herr mit dem zwischen die Fußknöchel geklemmten Kopf ist noch im Saal. Er steht auf und wiederholt zögernd seine Frage: »Könnte ich auch eine Pistole haben?«)

Die Geschichte von Meister A. K., dem Intellektuellen von Hanoi

Von Meister A. K.s berühmten Obsessionen

An jenem Morgen erwacht Meister A. K. und ist maßlos enttäuscht, weil er sich nicht zu einem ungeheuren Ungeziefer verwandelt findet, wie in der Geschichte, die er letzte Nacht mit Eifer gelesen hat. Eigentlich gefällt ihm diese trockene Geschichte nicht besonders gut. Warum muß sich die Hauptfigur so ohne jeden Anlaß reinkarnieren. Allerdings, der Autor ist auch schwach, er hat es nicht verstanden, die Gelegenheit zur Diskussion tieferer Probleme zu nutzen. Das Hin-und-her-gerissen-Sein des Menschen zwischen menschlicher Seele und animalischem Leib zum Beispiel. Oder die Seelenwanderung. Und Schlußfolgerungen, da hat er überhaupt nichts herausholen können, schade um das Thema. Trotzdem hat Meister A. K. mit Eifer gelesen, weil er nicht ohne Eifer lesen kann. Meister A. K. beim Lesen gähnend oder sich die Schenkel kratzend, das ist völlig unvorstellbar, einfach inakzeptabel.

Eigentlich will Meister A. K. an jenem Morgen nicht unbedingt zu einem Ungeziefer werden, und wäre er tatsächlich zu einem Ungeziefer geworden, wer weiß, ob er davon sehr angetan wäre. Das Ungeziefer ist nur einer von seinen zahlreichen Morgenträumen, und die zahlreichen Träume sind nur eine einzige Sehnsucht, eine Sehnsucht, die ihn nun mehr als die eine Hälfte dieses Lebens geplagt und dieser reichlichen Hälfte des Lebens einen Sinn gegeben hat: etwas tun, etwas werden, egal was, wenn es ihn nur aus diesem ganz und gar unwürdigen Leben befreit. Eine freilich weltweit verbreitete Sehnsucht, aber Meister A. K., der sich zu einer kleinen, erlesenen Minderheit zählt, die nicht unbedingt die Mentalität der großen Masse teilen muß, ist zutiefst überzeugt, daß dies eine Sehnsucht der Sonderklasse ist, die nur in edlen Einsamkeiten haust. Aber ein ihm vage aus der Ferne zuwinkendes Etwas hat sich bisher nicht deutlich zeigen können, wie auch, wo es doch, unter größter Kraftanstrengung wankend, zahllose Möglichkeiten einander näherbringen muß, eine weit entfernt von der andern, noch weiter als Meister A. K. von seiner Frau, Frau Meister A. K.. Wenn wir gleich noch verraten, daß Meister A. K.s morgendliche Ambitionen gewöhnlich dem Kulturschatz der Menschheit entnommen sind und daß er sich mit Vorliebe die außergewöhnlichsten Fälle zu eigen macht, dann ist sofort klar: Unter den Hanoier Intellektuellen gibt es keinen, der ähnlich berühmte Obsessionen kennt, wie Meister A. K. sie Morgen für Morgen zum Frühstück genießt.

Er hat sich zum Beispiel schon vorgestellt, plötzlich geblendet zu sein, um das Leben in einem völlig anderen Licht sehen zu können. Dann würde er durch die Welt ziehen und Epen singen wie der große Homer, ein asiatischer Homer, der das grobe Prosazeitalter hinter sich gelassen hat, um in das Buch der Literaturgeschichte von der ersten bis zur letzten Seite herrliche Verse zu verstreuen. Oder gelegentlich sieht er sich voll Rührung bereit zum Sprung in den Fluß, den Mond zu umarmen, aufzuschluchzen und für immer Abschied zu nehmen von diesem irdischen Dasein, das keinen göttlichen Dichter wie den edlen Li Bai ertragen will. Ein andermal hat er sich vorgenommen, sich im Land der Pfirsichblüten zu verirren und dieser gemeinen, kotdampfenden und einfach Brechreiz verursachenden Welt ein für allemal den Rücken zu kehren. Nach

Afrika gehen und Elefanten jagen, auch das wäre konsequent. Er hat noch weitere erregende Möglichkeiten ins Auge gefaßt, wie zum Beispiel mitten in der Nacht hinters Haus pinkeln zu gehen und mit nichts als Unterhemd und Unterhose auf dem Leib spurlos zu verschwinden. Oder mit dem Blechgeschirr loszuziehen, um Reisschleim mit Blutwurst für die kranke Frau zu kaufen, unterwegs einem Gleichgesinnten zu begegnen und niemals zurückzukehren. Frau Meister A. K. hat es nicht anders verdient. Dieses Leben hat es nicht anders verdient.

Mit einem Wort, es handelt sich immer um Träume vom Fortgehen. Meister A. K.s Verlangen ist das Verlangen, fortzugehen. Wir könnten noch Dutzende Seiten mit Meister A. K.s berühmten Obsessionen füllen, sind jedoch der Meinung, der gebildete Leser kann ebensogut ein geeignetes Lexikon oder eine literarische Zitatensammlung aufschlagen.

Von Frau Meister A. K.

Zum Zeitpunkt unserer Geschichte ist Frau Meister A. K. etwas von Kopf bis Fuß Hühnerfettgelbes mit Spitzenbesatz. Auf den ersten Blick wagt niemand mit Sicherheit zu sagen, ob sie wohlhabend oder arm, interessant oder gewöhnlich ist. Was sie anzieht, ist aus gutem Stoff, aber nach der langweiligsten Massenmode geschnitten, und sie trägt es außer Haus, in der Küche und im Bett. Vom Hals an abwärts besteht sie aus lauter Fragen ohne Antwort, vom Hals an aufwärts ist sie eine Antwort auf alle Fragen, eine fürchterliche Antwort, leer und ohne einen Ton. Manchmal sagt sie ungewöhnliche Sätze, aber es ist, als hätten diese nichts mit ihr zu tun, sie sind wie das Säuseln des Windes, das Zuschlagen einer Tür, das Klacken von zwei hölzernen Kochlöffeln, die über einem blubbernden Reistopf zusammenschlagen, Geräusche, die an einer unverwarteten Stelle, ihrem Mund, entstehen und hinter denen man nicht zuviel vermuten sollte. Und Meister A.K., der ist für sie Meister A.K., nicht etwa irgendein Kerl mit spärlich sprießendem Bart, aber gerade das hat sie so satt, daß sie ihn in den letzten drei Jahren nicht einmal angelächelt hat. Und wäre er an jenem Morgen wirklich zu einem Ungeziefer geworden, wahrscheinlich würde sie das nicht als nennenswerte Veränderung empfinden. Mit einem Wort, Frau Meister A.K. ist ein kompliziertes Wesen. Ihre Kompliziertheit unterscheidet sich von Meister A.K.s Kompliziertheit. Meister A.K. kompliziert von innen nach außen, das muß auf das monotone Leben draußen treffen, deshalb verlangt es ihn fortzugehen. Frau Meister A.K. kompliziert von außen nach innen, das muß auf eine schlichte Seele treffen, ihre Seele kann nirgendwohin fortgehen, deshalb verlangt es Frau Meister A.K., es sein zu lassen. So erklären sich die beschriebenen kleinen Widersprüche in ihr, und größeren Widersprüchen gegenüber verhält sie sich nicht anders. Sie ist ein Wunderwerk unvorhersehbarsten Benehmens, schreibt ihr Leben in einem antigrammatischen Stil und trotzt der Rechtschreibung, aber hin und wieder brilliert sie mit vollendeten, glänzenden Zeilen. Das allerdings erscheint nur uns und dem unvoreingenommenen Betrachter so. Meister A.K. sieht in ihr nichts Wunderwerkähnliches und nichts Unvorhersehbares. Beide erwachen Morgen für Morgen auf ihren persönlichen Schweißflecken. Beide schlafen Nacht für Nacht in getrennten Traumzonen. Sie haben einander mehr als satt und ertragen einander beharrlich. In der gemeinsamen Waschschüssel sehen ihre Kleidungsstücke aus, als drängten sie einander widerstrebend an den Rand, ihre Eßstäbchen und Schälchen stoßen niemals über dem gemeinsamen

Eßtablett aneinander, ihre drei Kinder sind drei Brückensegmente, die einmal baufällig das eine Ende der Liebe mit dem anderen Ende der Liebe verbunden haben, jetzt aber nur noch zwischen Trümmern stehen. Auch das ist weltweit verbreitet, in Meister A. K.s edler Einsamkeit jedoch muß das eine Tragödie der Sonderklasse sein.

Und fünfzehn Jahre früher, als Meister A. K. noch keine eigenen Schüler hatte und selber sein einziger Meisterschüler war, da war die zukünftige Frau Meister A. K., noch nicht von Kopf bis Fuß hühnerfettgelb mit Spitzenbesatz, ein hingebungsvolles junges Mädchen. Sie besaß ein Vokabular, das gerade ausreichte, um den Frieden in der Liebe nicht zu gefährden, obwohl sie sehr schwatzhaft war und gewöhnlich alle Sätze mit wiederkehrenden Wörtern versah. »Das gibt's doch nicht!« schrie sie auf, dabei tropften Tränen auf die Spitzen ihrer Brüste, die Stellen ihrer Person, materiell und spirituell, die am bemerkenswertesten hervorragten, und über zehn Fingerspitzen schmolzen zehn magere Eis am Stiel, als Meister A. K. verhaftet wurde. Das Beweisstück war eine Ausgabe der Tageszeitung »Das Volk«, noch unzerknittert, weil die beiden noch nicht ganz saßen. Aber die Zeitung war auf dem Gras am See des Wiedergegebenen Schwertes ausgebreitet, und die Absicht, sich darauf zu setzen, konnte nicht geleugnet werden, denn Meister A. K.s geflickter Hosenboden war von der Schlagzeile über den Friedensvertrag nur noch einen halben Zentimeter entfernt. »Das gibt's doch nicht!« schrie sie erneut auf, am nächsten Morgen, als sie den soeben wieder auf freien Fuß Gesetzten empfing. Diesmal wippten die Spitzen ihrer Brüste den Takt zu ihrem Lachen, einem Lachen, so hingebungsvoll wie die Frau. Meister A. K. war durch eine Entscheidungsnacht gegangen, in einem Raum, von dem wir annehmen können, daß er leer war bis auf ein paar gerahmte Fotos an den Wänden – und Mücken.

Wie diese verabscheuungswürdigen Tiere zwischen der Hand und der Stirn des Meisters den Heldentod starben, um ein Beispiel abzugeben für eine Einstellung zu Sein und Nichtsein, das wurde festgehalten im berühmtesten Poem des Meisters, »Das Mückenorakel«, nach Meinung der Meisterschüler mehrere Nobelpreise wert. Ein sehr eigenwilliges Werk, wegen seiner traumsüchtig dahindämmernden Atmosphäre. Seither ist traumverlorenes Dahindämmern das beliebteste Kriterium der Hanoier Intellektuellen für Genie und Lebenserfahrung oder, wie sie gern sagen, die Schule des Lebens. Meister A. K. begann also seine Intellektuellenlaufbahn traditionsgemäß mit Dichten und Deuten. Er wurde über Nacht berühmt, im wahrsten Sinne des Wortes. Und die zukünftige Frau Meister A. K. stürzte in einen Abgrund. Ihr blieben exakt fünf Minuten Zeit, um auf die Knie zu fallen und händeringend zu dem Messer, das ihr Vater in die Tür gerammt hatte, emporzuflehen. Ihr Vater war ein in den Norden versetzter Südvietnamese. Er hegte seine spezielle Verachtung für Intellektuelle aus dem Norden. Eine erbliche Verachtung, wie sich herausstellen sollte.

Frau Meister A. K.s Verstand gleicht einem Geldgürtel. Im Unterschied jedoch zu Leuten, die emsig Bildung zusammensparen, steckt sie nur hin und wieder ein paar Wörter hinein, und sie läßt diese dort auch nicht lange liegen, sondern zückt sie bedenkenlos bei jeder sich bietenden Gelegenheit, um sie zu verschleudern, oft genug am falschen Platz. Es kommt jedoch selten vor, daß ihr Leben der Worte bedarf. Somit ist diese leichtsinnige Verschwendung keine große Tragödie. Frau Meister A. K. ist nur eines von vielen Fadenenden, die aus einem Knäuel herausragen und von dem aus wir Meister A. K.s Tragödie in drei Akten – Erster Akt: Engagement, Zweiter Akt: Fortgehen, Dritter Akt: Ankunft im Hafen – verfolgen können. Im übrigen wäre, im Geist der zeitgenössischen vietnamesischen Literatur, für die Geschichte von Meister A. K. eigentlich ein Titel wie »Der Hafen«, »Ufer des Geistes«, »Ufer der Illusion« oder »Die Hölle ist noch fern, das Himmelreich noch nicht gekommen« angemessener.

Zurück zu Frau Meister A. K. Die Wörter, die sie speichert und bei sich bietender Gelegenheit zückt, um alle Sätze mit ihnen zu versehen, sind gewöhnlich den Disputen zwischen Meister A. K. und seinen Schülern entnommen. Den Inhalt dieser Dispute werden wir später, wenn Meister A. K. mit seinem zwölften Schüler auf abenteuerliche Wanderschaft geht, eingehender betrachten. An dieser Stelle nur soviel: Ihr zentrales Thema ist Gott. So hat Frau Meister A. K. beispielsweise den Satz »Gott an sich und Gott für uns« gespeichert, um dann, auf Meister A. K. weisend, zu den Schülern zu sagen: »Seht ihr, Gott an sich und Gott für mich.« Eines Tages erschien Gott in den Disputen als »haarbüscheltragendes Wesen«, ein Übersetzungsfehler, richtig müßte es wohl »geflügeltes Wesen« heißen. Und so kommt es, daß Frau Meister A. K., als sie mit ihrem ersten Kind schwanger ging, für ihren Mann keinen Kosenamen passender, ausdrucksvoller, leidenschaftlicher und liebevoller fand als diesen. Danach war Meister A. K. der Reihe nach ein Abenteurer auf den Fingerspitzen, eine verirrte Seele, ein einsamer Tyrann, ein Ritter von der traurigen Gestalt, ein absonderlicher Reisender, ein letztes Glockengeläut …

Seit drei Jahren ist Meister A. K. ein Glorreiches Tier, und das Vater-Tochter-Problem ist versöhnlich beigelegt. Am Todestag ihres Vaters schwingt Frau Meister A. K. geschäftig über dem Hackbrett das blitzende Messer, danach hält sie verschwörerisch flüsternd Zwiesprache mit dem auf dem Hausaltar aufgestellten Foto ihres Vaters, eines sehr aufrecht, in exakter Parallele zu den Räucherstäbchen stehenden Herrn.

An jenem Morgen, während sich Meister A. K. nicht von seinem persönlichen Schweißfleck erheben kann, weil er bangend und hoffend auf eine Verwandlung in letzter Sekunde wartet, sagt Frau Meister A. K. in die Stille hinein: »Nun, Glorreiches Tier, wird heute nicht ausgegangen?«

Von Meister A. K.s Schülern

Es vergeht kein Morgen, an dem er nicht ausgeht. Selbstverständlich stellt er sich nicht die gewöhnliche Frage »Wohin«. Auch auf lateinisch bleibt das eine gewöhnliche Frage. Man muß in Hanoi leben, es einatmen, durch Mund und Nase, deutlich spüren, wie es im Hals steckenbleibt, langsam in die Lungen einströmt, im Bauch rumort wie ein ungeborenes Kind, prickelnd die Schenkel herunterrinnt, bis es sich herzlich von einem oder man sich von ihm verabschiedet mit einem Furz wie ein Seufzer; wenn man so ein Verhältnis zu Hanoi hat, nun, dann fragt man nicht mehr, wohin. Vor vielen Jahren hatte Meister A. K. einen ehrwürdigen Intellektuellen so reden hören. Da dieser nun schon seit langem unter der Erde liegt, ist Meister A. K. zweifellos der legitime Erbe dieser Offenbarung. Ein fahrender Ritter aus Gallien, von La Mancha oder des Phoebus schwingt sich flugs auf sein Pferd und reitet los, um Siege zu erringen. Ein Bruce Lee kommt ohne Pferd aus. Und ein Hanoier Intellektueller schwingt sich Morgen für Morgen auf sein Fahrrad, das führt ihn ganz von selbst zu irgend etwas Bemerkenswertem. Dieses Bemerkenswerte ist mit größter Wahrscheinlichkeit ein anderer Intellektueller, denn in Hanoi sind außer dem See des Wiedergegebenen Schwertes und der Ein-Säulen-Pagode einzig die Intellektuellen Sehenswürdigkeiten von Rang. Alle zehn Jahre einmal kann es vorkommen, daß uns in Hanoi nicht ein einziger Intellektueller begegnet, dann schütteln wir verständnislos den Kopf: Nanu, jetzt ist Hanoi aber leer!

Jeden Morgen geht Meister A. K. aus. Bei seinem Erscheinen beginnen die Straßen und Gassen still und gedankentief zu schimmern, das entspricht genau dem Geist, der in allen bekannten Büchern über Hanoi herrscht. Dieser Geist verklärt die Körbe an den Tragestangen, eingelegtes Gemüse, Schrott, Tofu, als wären sie geweihte Gefäße, wir brauchen uns nur vorzustellen, all die vielen Menschen, die den Gehweg verstopfen, auf den wimmelnden Kreuzungen ganze Sinfonien von Polizeitrillerpfeifen auslösen, kopflos vor dem Regen aus Strafzetteln für illegalen Marktbetrieb fliehen, steigen mitsamt ihren Körben senkrecht in die Höhe und werden irgendwo oben von einer vielfarbigen Wolke erwartet, von der sie noch höher getragen werden, und wir werfen unsere Köpfe in den Nacken, um ein Abschiedswinken zu erhaschen. Dieser Geist durchtränkt die Abfälle der Stadt und die grobkörnig hinter den Tuk-Tuks, Lastern und Treckern aufwirbelnden Staubwolken mit einem Anschein von Liebe, wir finden uns ergriffen in den überall herumliegenden Bananenschalen wieder, in den Bananenblättern, die von den Klebreiskuchen gerissen wurden, und in dem selbstbewußten Gestank. Wir fühlen uns schrecklich gelassen, diese Stadt, die nichts von einer Stadt an sich hat, schlägt uns nicht nieder. Einzig die Anwesenheit der Intellektuellen auf den Straßen bewirkt, daß Hanoi gleichzeitig von einem tiefen Geist beseelt und familiär vertraulich ist. Wir können uns unschwer vorstellen, wenn die Intellektuellen nicht mehr durch die Straßen spazieren würden, um einander zu begegnen, dann stünden wir da mit der nackten Realität, wir würden in rasendem Tempo mit den Staubwolken unter die aufgezählten Fahrzeuge gezogen, und wenn uns diese Katastrophe noch verschonen würde, dann kämen andere Katastrophen, unser

Leben ließe sich bald mit den Körben am Tragholz vergleichen, morgens voll und abends leer, manchmal mit saurer Miene liegengeblieben, und nirgendwo stünde eine vielfarbige Wolke bereit. Sehr beängstigend.

Letzten Endes führen alle Wege Meister A. K. zum Teehäuschen unter dem Banyan-Baum. Dieser Name hört sich ländlich an, die Hanoier Intellektuellen schätzen das Ländliche sehr, wie wir noch sehen werden, aber das Teehäuschen steht im Stadtzentrum, vom See des Wiedergegebenen Schwertes nur einen Katzensprung entfernt, und es ist umgeben von einem lebhaft besuchten Markt, auf dem mit Eßwaren und Schuhen gehandelt wird. Es gibt zwei abgetrennte Bereiche, ein überdachter Teil von sechs, sieben Quadratmetern Größe ist dem gemeinen Volk vorbehalten, ein größerer Teil unter freiem Himmel ist der bevorzugte Aufenthaltsort der Intellektuellen. Denn diese lieben die Freiheit und jeden unmittelbaren Kontakt zum grünenden Baum des Lebens.

Vom frühen Morgen an lagern Meister A. K.s Schüler mit übereinandergeschlagenen Beinen und düster wabernde Rauchwolken ausstoßend um die winzigen, mit einem Durcheinander von halb ausgetrunkenen Teetäßchen bedeckten Tischchen. Im Hintergrund steht ein ebenfalls winziger, niedriger Ausschank, das vertraute Gesicht des Wirtes scheint aus dem unvermeidlichen Glas mit den kandierten Erdnüssen herauszuragen, der Wirt selbst ist offenbar auch ein potentieller Intellektueller, der gerade mit etwas Gewaltigem schwanger geht, man betrachte nur seine ununterbrochen arbeitenden Kaumuskeln, sehr engagiert! Hier steckt ein seltsamer Kauz seine Nase in die Literaturzeitschrift, dort malt ein ehemaliger Ökonomiestudent versunken auf der mit Teeringen übersäten Tischplatte. In Hanoi können sich einzig die Dichter und Maler mit den Sand-Anschwemmungen des Roten Flusses vergleichen, massenhaft und unerschöpflich. Ein paar Schritte weiter ist Kieu Mai, die jüngste Schülerin des Meisters, gerade im Begriff, blindwütig im Angriffsdrang der Wahrheit, die anwesenden Männer davon zu überzeugen, daß alle Männer dieses Landes nichtsnutzig sind. Sie ist erst vor zwei Wochen zu dem Kreis gestoßen. Ihre Art, sich mit unvermutet bitterem Biß über alles lustig zu machen und gleichzeitig einen unbeschreiblich romantischen, sanft und lieblich im Feuer brutzelnden und duftenden Herzenserguß nach dem anderen zu servieren, ist ungemein erregend. Dazu kommt, daß sie gut aussieht, als wäre sie soeben einer Modezeitschrift entsprungen und würde sich in spätestens fünf Minuten in ein Abenteuer stürzen. Also einfach zum Anbeißen und Verlieben. Allerdings käme, nach den Begriffen des Meisters, kein anständiger Mann auf die Idee, um ihre Hand anzuhalten. Und je näher man ihr kommt, desto stärker befällt einen ein aberwitziges Verlangen, ihre Hand zu halten, nur ihre Hand, denn alle anderen Körperteile verschließt sie mit Reden, die einem vollkommen die Lust nehmen, ein Mann zu sein. Frauen dieser Sorte tauchen neuerdings auf wie eine Heuschreckenplage, man bringt es nicht übers Herz, sie davonzujagen, weil sie so klein und hübsch sind, und hat man die Gelegenheit einmal verpaßt, prasseln sie einem ins Gesicht, eine fröhlich lärmende Gattung – hält man sie von sich fern, giften sie über einen her, läßt man sie in die Nähe, werden sie übermütig.

Meister A. K.s Schüler sind ausnahmslos außergewöhnliche Erscheinungen. Intellektueller Nr. 1 ist eine Figur mit sehr rebellischem Bart, und als Lebensatem ist ihm überdimensionale Ungeduld eingeblasen worden. In seiner Nähe wiegen wir uns in dem leichten Rausch, gleich Zeugen eines genialischen Aufblitzens werden zu dürfen. Dieser blendende Lichtstrahl wird einen Regen von duftendem Ruhm und schönem Geld niedergehen lassen, den wir niemals ganz auflesen können. Wir warten und warten vergeblich, schließlich geben wir es auf und wenden uns wieder unserem Alltagsgeschehen zu, werfen jedoch hin und wieder einen Blick zu ihm hinüber, um den Augenblick nicht zu verpassen. Währenddessen steht er auf, setzt sich nieder, geht hinaus, kommt herein, schreibt ein paar Zeilen, pinselt ein paar Striche, liest ein, zwei halbe Seiten, verkündet noch ein paar klangvolle Ideen mehr und sagt von Zeit zu Zeit einige erschöpfende Worte über das Leben und die Kunst, die uns aufhorchen lassen. Nur die darbendsten und leidgeprüftesten Seelen können solche bitteren Seufzer hervorbringen. Es ist uns vergönnt, zu erfahren, daß er der Schöpfer eines Werkes sein wird, das mit jeder einzelnen Zeile alle Bücher, die wir im Lauf unseres ungeleiteten Lebens verschlungen haben, nichtig werden läßt. Vorläufig allerdings läßt er alle Werke unvollendet, er schafft nur zahllose Skizzen und Entwürfe. Wir wagen es nicht, ihm Faulheit vorzuwerfen, denn unser stupider Fleiß ist keineswegs etwas, worauf man stolz sein kann. Verbissen auf den Augenblick des Wunders warten, ohne sich so weit zu erniedrigen, etwas zu tun, sich so weit zu erniedrigen, ins Detail zu gehen, das ist ein nobles Prinzip, das nicht im gewöhnlichen Menschen haust.

Intellektueller Nr. 2 ist nicht weniger ungeduldig, jedoch arbeitsamer. Er hat sich die Zeit genommen, die Werke aller bekannten Gegenwartsschriftsteller zu lesen, und erkannt, so zu schreiben ist nicht weiter schwer, die Seele sprechen lassen ist alles, man erzähle einfach drauflos, irgendeine belanglose Geschichte, wie sie jeder zu Hunderten kennt, und dann lasse man die Seele recht angenehm plaudern. Wortwahl frei nach Belieben, Bilder ein wenig eigentümlich, Aufbau frei nach Einfall. Nachdem er mit ein paar von diesen Schriftstellern ein Glas Eiskaffee getrunken hatte, wurde er nur noch selbstbewußter, alles gewöhnliche, langweilige Leute, die vom Glück wohl über Gebühr begünstigt worden waren. Er begann unverzüglich, Seite um Seite die Seele sprechen zu lassen, im stillen über die Schriftsteller lachend, die von Ehrfurcht vor den Worten faselten. Was für eine Albernheit, Ehrfurcht müssen die Worte ihm gegenüber zeigen, er braucht nur mit dem kleinen Finger zu schnipsen, und sie strömen scharenweise herbei, um sich vor ihm aufzureihen. Zum Zeitpunkt unserer Geschichte hat er fast tausend Seiten Seele sprechen lassen. Auch in seiner Nähe wiegen wir uns in dem milden Rausch, den wir weiter oben schon beschrieben haben. Er sagt niemals, ach was, ich schreibe zum Vergnügen, na ja, ich schreibe des Geldes wegen, wißt ihr, die Zustände diktieren mir die Worte, er sagt niemals etwas dergleichen, und so sehen wir uns nicht genötigt, jemals einen größeren Betrag an Toleranz für künstlerische Mängel auszugeben, falls es solche bei ihm überhaupt gibt. Eine wahrhaft generöse Haltung!

Intellektueller Nr. 3 sieht aus wie ein zusammengedrehter Strick, in seinem Inneren wringt es noch gewaltsamer. Vor ihm, diesem vollständig aus verwirrend sich ineinander windenden und einander umschlingenden Leiden zusammengesetzten Gebilde, fühlen wir uns unsagbar oberflächlich und unverantwortlich. Er ist Maler und zusätzlich Bildhauer, und er hat bereits eine eigene Ausstellung gehabt. Sehr gewichtig. Seine Bilder sind Symbole mit vielen Bedeutungsschichten, die es im Gefängnis von Papier, Leinwand, Farbe, Rahmen nicht aushalten und sich deshalb fest zusammenschließen, um die Flucht zu versuchen in Bildtitel, die Zitate aus dem Schriftgut eines fremden Planeten zu sein scheinen und deren Assoziationskraft eindeutig nicht mit den in unserer Zivilisation gebräuchlichen Maßeinheiten erfaßt werden kann. Seine Skulpturen sind die wunderbar progressivsten Verkörperungen des Inneren, wenn man von diesen frenetischen, stein-, bronze-, keramik- und eisenzeitlichen Sexorgien umgeben ist, wird einem erst bewußt, wie zusammengeklumpt und blatternnarbengesprenkelt, wie sehr einem gegrillten Stück Fleisch das eigene Innere ähnlich ist. Beim Verlassen des Ausstellungsraumes fühlten wir, es war an der Zeit, zu leiden. Eine Minute vorher hatten wir nicht den Mut aufgebracht, etwas ins Gästebuch einzutragen, in das ein anonymer Besucher hineingeschrieben hatte, daß die weiblichen Akte in dieser Ausstellung genauso verlogen seien wie die politischen Parolen. Oh, also war das wohl Leiden als Akt, wie blind wir doch sind, und die berühmten Namen im Gästebuch, die hatten kein Wort über Akt oder Leiden verloren, die waren alle sehr angetan und blütenfrisch erfreut.

Intellektueller Nr. 4 gibt sich wie Laotse, hochgradig nichthandelnd, nicht einmal mit den Knien unter dem Nachmittagshimmel wippend; liebt wie Konfuzius, in verständnislosem Entsetzen: »Ich habe noch niemanden gesehen, der innere Werte genauso liebt wie äußere Schönheit«; ißt und trinkt wie ein Buddhist, ausschließlich vegetarisch und hauptsächlich erbettelt; und redet genau wie ein Christ, ununterbrochen leiernd: »Ich bin nichtig, ich rufe aus der Tiefe, meine Kräfte sind gering, mein Geist ist schwach, ich habe schwer gesündigt, mea culpa, mea maxima culpa.« Er ist ein Religionenquartett. Seine Bescheidenheit erfreut sich großer Beliebtheit, sie breitet sich schneller aus als eine Epidemie, am Morgen hören wir einen einzigen Intellektuellen jammern, er sei ein niedriger Kerl, am Mittag singt ein ganzer Intellektuellenhaufen: »Wir sind sooo niedrig!«, am Abend drücken sie sich gewählter aus: »Wir sind nur Staubkörner.« Und ganz Hanoi stöhnt auf: »Erbarmt euch uuunser …« Man hat uns darüber aufgeklärt, daß dieses Sich-von-vornherein-Geschlagengeben in

Wahrheit ein Sieg ist, geboren aus der Weisheit Asiens, nach der das Weiche das Harte besiegt, vietnamesisch ausgedrückt: »Eine weiche Bambusfaser bindet fest«, und verschwägert mit dem Verfahren des Sieges im Geiste, das Onkel Ah Q aus China berühmt gemacht hat. Wahrhaftig, es gibt in diesem Leben nichts Anrührenderes und Verehrungswürdigeres als einen Intellektuellen, der mit weinerlichem Lächeln beteuert, wie unendlich schuldbeladen und schwach er ist.

Demgegenüber vertritt Intellektueller Nr. 5 die Auffassung, daß alle Übel immer bei den anderen zu finden sind. Wenn man Zeit hat, kann man endlos den definitiven Urteilen dieses Mannes lauschen. Es beginnt abstrakt, etwa in der Art, die anderen sind die Hölle, dann wird es mit jedem Tag konkreter, DIE sind ja so gemein, DIE vergiften die Atmosphäre, DIE lassen einen nirgends in Ruhe, DIE sind ein Kübel Dreck, DIE machen vor nichts Halt, DIE sind strohdumm, mißgünstig, eine ungebildete Bande, DIE sind einfach indiskutabel. Bei der Frage, wer sind DIE, schrecken wir unwillkürlich zusammen, aber wir dürfen sofort wieder erleichtert aufatmen, denn wir sitzen ja hier, unter seinen Zuhörern, und wir nicken unablässig mit unseren Köpfen, wir sind nicht DIE, niemand von denen, die hier sitzen, sieht aus wie DIE, wie angenehm, dieses Gefühl, ein Huhn unter Hühnern zu sein, beruhigt ungemein. Und still dazusitzen und sich vorzustellen, daß es da irgendeine üble Bande gibt, die für alles verantwortlich ist, das ist ebenso gut wie schnell der Gerechtigkeit entgegenfliegen. Dieser Vernichtungsgeist erfreut sich ebenso großer Beliebtheit wie die bereits beschriebene Methode des Sich-von-vornherein-Geschlagengebens. Wenn wir deshalb einen Intellektuellen einen jammernden Satz über seine eigene Schlechtigkeit sagen hören, dann wird er garantiert im nächsten Satz DIE beschimpfen, und wenn er als erstes

DIE beschimpft, wird er auf jeden Fall mit einer Generalverfluchung seiner selbst enden. Dieses dialektische Vorgehen hat den unübertroffenen Vorzug, daß die Schuld nirgendwohin entweichen kann. Soweit der Normalfall. Und bei einem reumütigen Intellektuellen oder einer reumütigen Bewegung von Intellektuellen, ein jeder wirft sich Fehler vor und wirft den anderen Fehler vor, ein jeder bekennt und klagt an, was für ein Mut und was für ein Eifer, da bleibt uns einfachen Leuten, die wir nichts von Gesinnungswechselhaftigkeiten verstehen, nichts weiter übrig, als gar nichts mehr zu begreifen.

Intellektueller Nr. 6 hat ein intelligentes und tatkräftiges Gesicht, auf dem wie in einem alternativen Stadtplan von Hanoi die größten Berühmtheiten der Intellektuellenszene dieser Stadt vollständig verzeichnet sind. Diese begnadeten Menschen stolpern oft durch das Leben, sie benehmen sich schlecht, haben keine Erfahrung mit öffentlichen Auftritten und sind gänzlich außerstande, eine Legende um ihren Glanz zu weben. Das aber ist das Allerwichtigste. Das Genie des Intellektuellen Nr. 6 besteht darin, ihnen zur Überwindung dieser Hemmnisse zu verhelfen und so ihr Format zu vollenden. Er versteht sie besser als sie sich selbst. Wenn er der bewundernden Menge verkündet, sie können in diesen Tagen nicht schlafen, dann wälzen sie sich ganz selbstverständlich die ganze Nacht von einer Seite auf die andere. Ihm verdanken sie zahlreiche neue Anekdoten über sich. Sie dürfen freudig zusammenkommen wie die letzten Saurier auf Erden, nach ihnen wird sicher nur noch ein barbarischer Wind über todtraurige Menschenwüsten pfeifen. Oh, was wäre die Welt ohne ihn? Wohin würde der Rote Fluß fließen, und die Geschichte? Gewiß würde die geschäftig in den Straßen und Gassen und in den täglich etwas mehr absackenden, fünfgeschossigen Neubauten wimmelnde Masse die Berühmtheiten der

Hanoier Intellektuellenszene verschlingen. Sie raunen sich oft zu, daß ihre große Zeit längst vorbei ist und daß sie schon völlig verblaßt sind, aber sie wissen genau, die Legenden bleiben und veralten nie. Darum hat der Intellektuelle Nr. 6 ständig alle Hände voll zu tun und ist berühmter als sie alle zusammen. Er leuchtet im Glanz ihres Glanzes, er entscheidet das geistige Leben von Hanoi, nicht diese prominenten Leute, und man reißt sich darum, auf seinem intelligenten und tatkräftigen Gesicht eine Adresse zu hinterlassen.

Auch Intellektueller Nr. 7 hat die bedeutenden Persönlichkeiten im Kopf, allerdings, ein klein wenig anders als bei Nr. 6 sind bei ihm alle schon tot und beschränken sich nicht auf die vier Stadtviertel von Hanoi. Wenn wir ihn profund über sie reden hören, packt uns das grausige Gefühl, jene unheimliche, groß und klein Furcht einflößende Gestalt aus dem Jenseits vor uns zu haben, denn nur Jener kann so detailgetreue Kenntnisse über Leichen haben. Betrachten wir jedoch genauer die streng zurückgekämmten Haare und das Gesicht, das, wohin es auch geworfen wird, nicht die stolzen Falten der Gelehrsamkeit verbergen kann, dann erkennen wir mit Erleichterung, daß Satan und alle Teufel, selbst wenn sie sich noch so geschickt zu verstellen wissen, doch niemals diese ehrenwerte, akademische Erscheinung annehmen können. Und daß das eben Gehörte nur ein winziger Bruchteil des gewaltigen Wissens dieses Mannes ist. Er kann uns im Schlaf die Meinungen der größten, uns fremdesten Geister über die kleinsten Kleinigkeiten hersagen. Alte und neue, westliche und östliche Philosophiegeschichte durchpulsen ihn in mächtigem Strom, der Schatz der Menschheitskultur füllt ihn prall an, wir brauchen nur einen Finger leicht hineinzustupsen, und schon schießt aus dieser überreifen Frucht endlos der Saft, wer sich vor Spukgestalten ängstigt, dem wird ein Schreck in die Glieder fahren, von dem er sich nie wieder erholt, und er wird keinen noch so kleinen Rest von seinem bißchen Gewicht retten können in diesen blitzschnellen Rededuellen, Rede und Gegenrede, »Voltaire sagt Goethe wiederum bemerkt aber Han Fe Dse meint und Dante hat bereits ausgerufen während Tagore denkt und Guo Muoro wiederum disputiert so Max Weber andererseits das Suttapitaka dagegen meint Georg Lukács Doppelpunkt aber man höre Rousseau und Gramsci schließlich aber Sokrates hat trotzdem Recht jedoch Marx ...« Zwischen diesen schreienden unterweltlichen Kriegern bewegt sich Intellektueller Nr. 7 wie ein professioneller Discjockey, und uns wird klar, daß unsere Dummheit nicht umerziehbar ist.

Aber wenn man ständig mit Intellektuellen zu tun hat, macht man bald die altbekannte Erfahrung, daß jedes Ding zwei Seiten hat. Intellektueller Nr. 8 ist unzweifelhaft ein echter Gelehrter, Doktor A Dozent stellvertretender Institutsdirektor, trotzdem hat er keinen dringlicheren Wunsch, als den glanzvollen Packen Wissen, den er mit schaufelnden Händen in den Papierkorb befördert hat, von wo wir ihn blöde wieder aufklauben, zu vergessen. Niemand wagt es, ihn mit seinem offiziellen Titel oder seiner staatlich zuerkannten Position gemäß anzureden, denn dann wäre er zutiefst beleidigt, seine Wangen würden erglühen, seine zehn Finger und sein Kopf würden fahrig die Luft zerhacken. Am Besten nennt man ihn einen umherschlendernden Müßiggänger oder Dichter, das ist beides dasselbe. Wir haben unter den Intellektuellen ausgesprochen viele umherschlendernde Müßiggänger getroffen, doch das macht diesen Titel nicht weniger attraktiv. Wenn wir nicht mit unseren täglichen Pflichten mittrotten müßten, dann würden auch wir sehr leicht übermütig und zu großartigen umherschlendernden Müßiggängern. Der Intellektuelle Nr. 8 setzt seinen Fuß in keine Bibliothek, er hat keine

Ahnung, nach welchen Prinzipien gegenwärtig die Katalogkärtchen in dieser Stadt gestaltet sind, aber er kann uns auf Anhieb sagen, an welcher Straßenecke ein nettes Café zu finden ist. Und wir sehen ihn schlurfenden Schrittes sämtliche literarischen Salons durchwandern. Dort ist er sehr willkommen, denn der größte Teil der Intellektuellen hat niemals irgendeine Schule abgeschlossen, sie erklären alle, ihre Hochschule sei das Leben, und sie messen das Lebenskapital gewöhnlich an Erfahrungen im Krieg und auf der Straße. Er liest ihnen seine neuesten Gedichte vor. Diese drücken immer eine Reihe von Wünschen aus, etwa die Feder fortwerfen und ein Schmetterlingsdasein führen, die Seele zu Füßen einer Frau ausrollen, ein Blatt in der Wüste sein, die Sterne pflücken und mit ihnen Mah-Jongg spielen wollen, die unseren rational fixierten Köpfen wirklichkeitsfremd erscheinen, bei denen jedoch die Intellektuellen, diese Lebensklugen, entzückt aufjauchzen. So ist die Welt trunken, der Mathematiker geht malen, der Maler geht Häuser bauen, der Bauingenieur geht Filme drehen, der Filmregisseur geht in die Ökonomie, der Ökonom geht komponieren, der Komponist geht wahrsagen, der Wahrsager geht Krankheiten heilen, der Arzt geht dichten, alle gehen sie dichten, und der wahre Dichter, der geht einsam sein. Wahrhaftig, eine trunkene Welt!

Der Intellektuelle Nr. 9 paßt eigentlich nicht zu diesen abwegigen Gestalten mit ihren verdrehten Skandalgeschichten. Er ist ein kräftiger, gutmütiger Bauernbursche, bei dem wir unwillkürlich an frisches, knackiges Gemüse denken müssen. Wir wissen nicht, was ihn von seinen Wurzeln fortgetrieben hat. Jetzt ist er glücklich, sich unter den Intellektuellen zu finden, ihren verrückten Reden zu lauschen und sich in ihren verqueren Gewohnheiten zu üben. Sein Vater, würde er von den Toten auferstehen, könnte die Augen sicher kein zweites Mal schließen, wenn er sähe, wie weit sein Sohn es gebracht hat. Wir können nicht erklären, wodurch die ehrenhafte Kontinuität der Familie abgeschnitten wurde. Es kann sein, daß das Hanoier Intellektuellenleben aberwitzig kompliziert und in unseren gewöhnlichen Augen nicht sehr gesund ist, aber hier ist der Mittelpunkt der Welt, hier geschieht die mysteriöse Wandlung des Lebens; zweifellos sind die Unsitten und Laster dieses Haufens tadelnswert, aber wie kitzeln sie unsere erstarrte Phantasie; die Träume dieser Leute sind einfach lachhaft, aber sie entfachen in uns eine romantische Sehnsucht, von der wir schon geglaubt haben, sie sei in den langen Jahren der Leblosigkeit verdorrt; und das chaotische Schicksal der Intellektuellen wollen wir keinesfalls teilen, aber es pocht an die verschlossene Tür eines sentimentalen Winkels unserer Seele, so daß diese nicht anders kann als erbeben. Hat all das diesen sanftmütigen Burschen betört? Er sitzt nur verehrend da, er ist nicht schlagfertig, kann kein einziges Volkslied singen, keinen einzigen Sechs-Acht-Vers zusammenreimen, nicht einmal einen halben Witz erzählen, kein einziges Zeugnis für Trinkfestigkeit oder Liebesaffären vorweisen; er sitzt nur da, voller Verehrung, sein geräumiger Körper ist das ideale Gefäß für grenzenlose Verehrung. Er ist die beliebteste Figur in den Hanoier Intellektuellenkreisen. Und wenn sie, die Berühmtheiten, die sich niemals um Geldangelegenheiten kümmern, einer nach dem anderen aufstehen, dann bleibt er sitzen, um alles zu bezahlen.

Im Intellektuellen Nr. 10 schließlich finden wir doch noch die Verkörperung der naheliegendsten Vorstellung von einem Hanoier Intellektuellen. Blaß, schmal, ungemein feinfühlig, Kunstkritiker. Eigentlich gibt es an unserer Kunst nichts zu kritisieren, sie ist in ihrer Art vollkommen, ihr zu noch größerer Vollkommenheit zu verhelfen ist unmöglich, man könnte sie nur auflösen und durch eine andere Kunst ersetzen, aber das hieße umstürzen und rebellieren, und nichts ist dem Intellektuellen Nr. 10 fremder als diese beiden grauenhaften Verben. Er ist in Hanoi geboren und aufgewachsen, seine Seele liegt als seidiger Teppich aus Moos auf alten Ziegeldächern und zieht als flüchtiger Nebel über den Westsee, wie könnte er sich erlauben, an rohen Handlungen beteiligt zu sein. Seine Schriften über die Kunst erobern uns durch uferlose Poesie, für ihn ist der Himmel hier blauer als blau, der Wind nicht einfach nur ein Wind, sondern ein zart die Autorenseele behauchender Atem, hier ist ein Gefühl vielschichtig gedankendurchsetzt und vagabundierend nuanciert, dort rührt sich ein Lüftchen kühlenden Herbstwindes, und alles einhüllend erglüht die Seele ... wir müssen zugeben, wenn wir ihn lesen, wissen wir erst, wie armselig und provinziell unser Wortschatz ist. Auch seine Feinfühligkeit ist wahrhaft uferlos. Um uns in keiner Weise zu bevormunden, verzichtet er vollständig auf den Indikativ und verweilt statt dessen gern im Konjunktiv: Es könnte sein, daß... vielleicht... möglicherweise... angenommen, daß... als ob... in gewisser Weise... und benutzt vollkommen unprätentiöse Überschriften: Einige Gedanken über... Einige Zeilen zu... Ein Versuch der Annäherung... Erste Gedanken betreffend... Plaudereien über... Und er gibt nur einen einzigen Rat, einen Rat wie Gold, das auf die zerwühlten Haare der Intellektuellen herabregnet: Übt Toleranz! Kaum jemand weiß um die große Tragödie dieses feinen Menschen. Wie oft hat er inmitten dieser rechthaberischen und krakeelenden Intellektuellenbande gestanden und im stillen aufgestöhnt: »Wie satt ich euch habe!« Und genauso oft hat seine goldene Toleranz gesiegt, er hat sich wieder zu ihnen gesellt, um sie eine Minute später wieder satt zu haben.

Damit sind zehn Exemplare komplett, dazu die kleine Schülerin Kieu Mai, das macht elf, in Kürze werden wir sehen, wie Meister A. K. seinen zwölften Schüler findet.

Jetzt kommt man mir bestimmt mit der Frage: Was denn, die Hanoier Intellektuellenschaft soll nur aus solchen Gestalten bestehen? Unmöglich! Wo bleiben die Kulturfunktionäre, die fleißig wirkend durch die Widerstandskämpfe gegangen sind und jetzt im Frieden die Feder abgelegt haben und ruhen? Wo bleiben die Führer des radikalen Flügels, die ab und zu zum Schwarzen Fluß ziehen, um dort Bier zu trinken und ihren Zorn über die Gipfel der Berge auszugießen? Wo sind sie geblieben? Wo bleibt das Gesindel und die Meute von Spitzeln, das Heer von Ausposaunern und scheinheiligen Vermittlern? Und die pausenlos besserwissenden und pausenlos gnädigen Lektoren? Und die schlotternden Cheflektoren? Und die in Wortwut geratenen Bücherwürmer? Und die zurückgezogenen Dichter? Und die Enthüllungsjournalisten? Und die Romanautoren, die in Eiterbeulen stechen? Und die Romanautoren, die Kriegswunden verbinden? Und die verbannten Geister, die trotzdem immer noch sehr intensiv denken? Und die Professoren, die sich distanzieren? Und die Professorenminister? Und, und, und … wer könnte sie alle aufzählen. Doch sie gehören alle in eine andere Geschichte, die zu erzählen ich ein andermal Gelegenheit finden werde. Denn jetzt ist es höchste Zeit, zurückzukehren zu Meister A. K., der die Qualitäten aller elf Schüler und noch dazu berühmte Obsessionen besitzt.

Von Meister A. K.s zwölftem Schüler und dem Aufbruch von Meister und Schüler zu abenteuerlicher Wanderschaft

Als an jenem Morgen Frau Meister A. K.s Worte eine Verwandlung in letzter Sekunde vollständig zunichte gemacht haben, bleibt Meister A. K. nichts anderes übrig, als aufzustehen und wortlos das Haus zu verlassen. Wie in einer unbewußten Vorahnung nimmt er versonnen sein Fahrrad beim Sattel und streichelt es. Wenn dieses den Kopf senken und mit den Augendeckeln klappern könnte, würde ihm sicher ein sentimentaler Ausruf entfahren. Dann nimmt er es, entgegen seiner Gewohnheit, nicht mit und macht sich zu Fuß auf den Weg. Sein Kopf ist leer, alle alten Gedanken sind restlos evakuiert, neue Gedanken sind noch nicht aufgetaucht. Seine Seele ist ebenfalls gähnend leer. Beim Wasserhahn am Ende der Gasse lachen ihn ein paar junge Mädchen an, weißschäumende Zahncreme auf entblößten Zähnen, aber die Idee der persönlichen Hygiene der menschlichen Rasse erscheint ihm in diesem Moment schwer erträglich, o Mann, Frau Meister A. K. beschmiert sogar die dunkleren Stellen ihres Körpers mit Creme.

Die Gewohnheit trägt seine Füße geradewegs zum Teehäuschen unter dem Banyan-Baum. Normalerweise würde er dort beim achten Täßchen Tee mit Gott als Gegenstand fertig sein und zum nächsten Thema übergehen, Wohin geht die vietnamesische Literatur. An diesem Morgen aber bleibt er fünfzehn Meter von den sehr entblößten Schultern seiner jüngsten Schülerin Kieu Mai entfernt stehen, tut, als interessiere er sich sehr für einen Stand mit Schuhen und linst verstohlen durch die Schnürsenkel hindurch. Alles ist vertraut, vertraut bis ins Mark, erschreckend vertraut. Meister A. K. erschrickt also und macht auf dem Absatz kehrt.

Bis zur nächsten Straßenkreuzung, wo er auf den dort planlos herumstehenden und in den Ohren bohrenden Sohn des Wirtes trifft. Das ist ein junger Mann, der gerade die Hochschule, Fachrichtung Geschichte, abgeschlossen und noch keine Arbeit gefunden hat. Die beiden begrüßen einander. Ungewollt entschlüpft dem Meister die Frage, ob der junge Mann ihm folgen will. Wohin, fragt der zurück.

Das werden uns unsere Füße sagen, antwortet der Meister. Prima, jauchzt der junge Mann. Der Meister fragt weiter, ob der junge Mann sein Schüler werden will. Was springt für mich dabei heraus, fragt der zurück. Das muß dein Kopf selber wissen, anwortet der Meister. Auch prima, jauchzt der junge Mann noch einmal und sagt auf der Stelle ja. So bist du also mein zwölfter Schüler, du sollst Zwölf heißen, sagt der Meister. Zwölf kennt die Verrücktheit der Intellektuellen genau, ein paar von ihnen waren an der Hochschule seine Lehrer, er weiß, das Meer ihres Verstandes besteht zu hundert Prozent aus Tee, den sein barmherziger Vater bewußt schwach zubereitet, um Schäden von ihren unberührten Mägen abzuwenden. Da Zwölf aber für jeden Spaß zu haben ist und auch gerade nicht weiß, wie er am besten die Zeit toschlagen soll, läßt er sich gern auf das Abenteuer ein. Er denkt flüchtig an ruhmreichere Namen, Yan Hui, Sun Wukong, Mahakassapa, Paulus, Sancho Pansa, das sind richtige Namen für einen Schüler, aber na ja, Zwölf ist auch nicht ohne, wenn man den Sonntag als den ersten Wochentag nimmt, dann ist der sechste, also Freitag, genau die Hälfte von zwölf, und Freitag war schließlich der treue Gefährte von Robinson, außerdem ist Zwölf der Name jenes dreisten Betrügers, der gerade in Ho-Chi-Minh-Stadt für großes Aufsehen gesorgt hat. Also geht das schon in Ordnung. Außerdem wird er, wenn nötig, Meister A. K. immer noch leicht zu einem anderen Namen überreden können, denn er weiß genau, daß die Intellektuellen zwar verrückt, aber geistig erhaben sind und sich an solchen Kleinigkeiten nicht weiter aufhalten. Unverzüglich beginnt er sein Schülerleben mit einer eifrigen Frage: »Verehrter Meister A. K., müssen wir uns nicht eine kleine Ausrüstung zusammenstellen?« Und er erinnert daran, daß man selbst ins Gefängnis Handtuch und Zahnbürste mitbringen muß.

Meister A. K. kehrt seine beiden Handflächen nach oben, damit Zwölf klar sehen kann, daß sie leer sind: »Sieh her, Zwölf, wir Intellektuellen haben kein Gepäck. Wir selbst sind unser Gepäck. Hast du jemals einen Intellektuellen gesehen, der mit etwas anderem als seinem Herz und seinem Verstand ausgerüstet war?«

Zwölf antwortet ehrerbietig, daß er schon viele Intellektuelle gesehen hat, jedoch bisher noch nicht wußte, daß sie diese beiden Kostbarkeiten besitzen. Wenn man allerdings beides besitzt, dann braucht man nichts anderes mehr, ja, wenn man auch nur eines von beiden hat, dann ist das schon mehr als genug.

So machen sich Meister und Schüler voller Elan auf den Weg.

Sie gehen sehr lange. Am späten Nachmittag haben sie die Stadt hinter sich gelassen, aber sie gehen immer weiter. Jede Szene, die ihnen auf der Straße begegnet, versetzt Meister A. K. in beglückten Überschwang. Aus den Seitenfenstern verschiedener hitzeflimmernder Fahrzeuge recken die Beifahrer ihre Hälse heraus und winken aufgeregt. Tief bewegt hüpft Meister A. K. ebenso aufgeregt umher und winkt ihnen nach, noch niemals haben ihm wildfremde Menschen so viel ofenwarme Liebe entgegengebracht. Währenddessen versucht Zwölf, ihm klarzumachen, daß diese Leute nur Fahrgäste einfangen wollen, um kräftig abzukassieren. Als sie auf einer Fähre über den Fluß setzen, rückt ihnen eine Schar bauchladenbewehrter Kinder auf den Leib und drängt ihnen geschältes Zuckerrohr und äußerst zweifelhaft aussehende Süßigkeiten in die Hand. Von Kindern wurde Meister A. K. bisher noch niemals so selbstlos umsorgt, die Stadtkinder wissen einfach nicht, was sich gehört, sind rücksichtslos und egoistisch, also legt er von Liebe gerührt die Hand auf die Brust, eine Geste des Dankes und der Würdigung, die er für sehr kultiviert hält. Die

Kinderschar jedoch wird wütend, die einen beschimpfen ihn, die anderen drohen, ganz wie auf einer Demonstration. Zwölf zieht den Meister eilig hinter einige Säcke mit Spreu ganz am Ende der Fähre und erklärt ihm tröstend, daß die Kinder Arabisch sprechen, das muß man nicht unbedingt verstehen.

Nach mehreren ähnlichen kleinen Ereignissen wird der Meister ein wenig nachdenklich und Zwölf so hungrig und müde, daß er zu bereuen beginnt und sich furchtbar nach einem die Kehle hinabgleitenden städtischen Eisstück sehnt.

Da taucht vor ihnen ein Bambustor auf, grob zusammengezimmert und schief, aber unverwechselbar ein Bambustor, so unverwechselbar wie Meister A. K. und sein zwölfter Schüler. Voll unerwarteter Freude beschleunigt Meister A. K. seinen Schritt und blickt um sich. Saftig grün breiten sich Felder aus, friedlich fließt ein Fluß, hinter der Bambuseinfriedung lugen einige Dachfirste hervor, und der Himmel ist noch ein Himmel, keine Handvoll Hysterie wie in der Stadt. Eine Szenerie, die es ganz und gar würdig ist, daß Meister A. K. die Hände in den Taschen vergräbt, das Gesicht in die Höhe reckt und einen Vers deklamiert:

»In den Roten Bergen grüne Wälder, blaue Wasser
Dort findest du den idealen Ort für einen Eremiten.«

Vom ersten bedeutenden Ereignis auf der abenteuerlichen Wanderschaft von Meister und Schüler: Der Zaubertempel

Zu diesem Zeitpunkt sehnt sich Zwölf nicht nur nach einem Eisstück, sondern außerdem noch nach einer weißschimmernden Vinataba. Er brummt: »Von wegen Rote Berge, nichts als flaches Land, wie überall, wenn nicht noch schlimmer. Wenn Sie sich hier niederlassen wollen, bitte schön, ich sehe nur, daß wir hier verhungern werden.«

»Also Zwölf, rede nicht so einen Unsinn. Siehst du denn nicht die fruchtbaren Felder und die frischen Wiesen? Mein Herz findet sanfte Ruhe. Wahrhaft der ideale Ort, um ein neues Leben zu beginnen. Wer weiß, aus diesem Ort kann durchaus eine ländliche Kooperative werden, gelobt sei der große Fourier.«

»Reden Sie nur weiter ausländisch. Ich bin zwar ungebildet, aber meine Augen sind zum Glück noch gut genug, um zu sehen, daß der Boden hier schon ausgetrocknet ist, bevor es richtig heiß ist, und schon versumpft, bevor es richtig regnet. Und Ihr verheißungsvolles Grün da ist völlig ungenießbar, wir sind schließlich keine Grasfresser.«

»Also Zwölf, was hat dich so verhärtet? Wenn dieses Land Bewässerungsanlagen braucht, dann werden wir eben das Werk des sagenhaften Shun und des großen Yu fortsetzen. Ich weiß, du bist hungrig, mir selbst geht es nicht anders, denn ich bin ja kein Heiliger, aber leihe mir dein Ohr, denn ich will dir von Siddharta erzählen, dem Brahmanen, der drei Künste beherrschte, die Kunst des Denkens, die Kunst des Wartens und die Kunst des Fastens, dank derer er jedes Ziel erreichen konnte.«

Zwölf lobt, das sei sehr interessant, aber sein verehrter Meister möge ihm doch sagen, bis zu wie vielen von diesen mörderischen Künsten er es in der Praxis schon geschafft habe. Meister A. K. antwortet mit großem Ernst, er verstehe zu denken, zu warten und das Frühstück auszulassen; er hege die Hoffnung, bei der jetzigen günstigen Gelegenheit zu lernen, auch noch das Mittagessen auszulassen und nach und nach schließlich das Abendessen, das sei dann die höchste Vollendung. Zwölf begreift, daß es außerhalb seiner Macht steht, diesen Verrückten zur Vernunft zu bringen. Zudem scheint weiter vorn lieblicher blauer Rauch aufzusteigen, also beschleunigt er seinen Schritt. In der Tat raucht es blau, aber aus einer riesigen Opferschale voller Räucherstäbchen. Die Opferschale steht auf einer Steinplatte, die Steinplatte liegt auf einer weiteren Steinplatte von der Größe einer Fußbodenmatte, alles zusammen steht halb verborgen im Inneren eines Tempels, und der Tempel steht halb verborgen zwischen üppigem, aber menschenverlassenem Grün. Zwölf ruft schnell den Meister herbei. Meister A. K., herbeigeeilt, betrachtet die Tempelinschrift, eine Reihe verstümmelter altchinesischer Schriftzeichen, er kann nur die beiden Schriftzeichen »Großer Herrscher« entziffern, alles andere ist unleserlich, sehr verworren. Er sagt: »Das scheint mir ein verlassener Tempel zu sein. Man achte die Geister, halte sich aber von ihnen fern. Am besten gehen wir hinein, entzünden ein Räucherstäbchen und ziehen weiter. Außerdem ... das hier sieht aus wie ein typischer Schauplatz aus der ›Pilgerfahrt nach dem Westen‹.«

»Verehrter Meister«, antwortet Zwölf, »wo Geister hausen können, da können wir auch hausen. Der Himmel ist unser Zeuge, daß wir müde und voller Eifer sind.« Dann tut er genau das, was die beliebteste Figur aus jenem endlosen Roman immer tut, das heißt, er springt mit einem Satz in den Tempel und durchstöbert alle Ecken nach etwas Eßbarem. Er findet ein paar winzige Schnabelschuhe aus Papier und mehr als ein Dutzend Kalktöpfchen. Als der Hunger in seinem Bauch gerade wütend aufknurrt, entdeckt er einen Teller Klebreis. Der Klebreis ist zwar hart wie Stein, aber trotzdem Klebreis, und nach einem tragischen Seufzer akzeptiert Meister A. K. die kleinere Hälfte. Die größere überläßt er seinem Schüler. Was ihm Frau Meister A. K. zu Hause als Mahlzeit vorsetzt, ist eigentlich auch nicht viel genießbarer. Als rücksichtsvoller Mensch vergißt Zwölf die Sache mit der Kunst des Fastens und dem Sich-Fernhalten von den Geistern. Während Meister und Schüler essen, unterhalten sie sich angeregt. Meister A. K. entwickelt den Gedanken, man solle an diesem stillen, verborgenen Ort bleiben, den Tempel betreuen und sein Leben einzig der Erlösung widmen. Zwölf antwortet, der Gedanke gefalle ihm sehr gut, er hasse das Arbeiten sehr, hin und wieder ein paar Räucherstäbchen anzünden und ein wenig den Besen schwingen, ansonsten sich den Bauch mit Klebreis und Bananen vollschlagen, das sei wirklich nicht übel, aber, »verehrter Meister, unser neues Leben wird erst mit einem Spendenkasten richtig losgehen, denn der Mensch braucht nicht nur Nahrung, sondern auch ein bißchen Kleingeld, nicht wahr? Dazu benötigen wir aber die staatliche Bescheinigung, daß dieser Tempel ein schützenswertes Kulturgut ist. Im Augenblick wissen wir ja noch nicht einmal, was wir hier anbeten sollen. Aber ich denke, für Ihren hochgelehrten Kopf ist es eine Kleinigkeit, genügend historische Nachweise zu erfinden. Am besten denken wir uns irgendeine Generalin der zwei Schwestern Trung aus, damit kommen wir auf jeden Fall durch. Wir brauchen schließlich auch ein paar weibliche Geister, um uns mit ihnen zu amüsieren. Ich bin zwar ungebildet, aber meinen Pu Sung Ling habe ich doch gelesen.«

»Also Zwölf, wenn du mein Schüler bleiben willst, dann mußt du lernen, deine Worte etwas bedachtsamer zu wählen. Die Welt wird sonst nicht über dich, sondern über mich lachen«, schilt Meister A. K.

»Jawohl, mein sehr verehrter Meister A. K., ich werde mich um die Wahl meiner Worte bemühen. In bestimmten kritischen Situationen, wenn ich befürchte, daß Ihre Gedanken sich im Kreis drehen, werde ich schnell gewöhnlich reden, dann können Sie mich leichter verstehen. Aber wenn wir uns irgendwo gesetzten Gemütes niedergelassen haben, dann werde ich die herrlichste Sprache entfalten.«

So entgegnen sie einander eine Weile, dann strecken sich beide auf der großen Steinplatte aus und schlafen friedlich ein.

Als Meister A. K. erwacht, sieht er sich mehreren Dutzend sehr fremdartigen und absolut stummen Menschen gegenüber. Lauter Gesichter und Gestalten, wie er sie Zeit seines unerschrockenen Engagements im städtischen Alltagsleben nie zu Gesicht bekommen hat. Sie bieten ein Bild offensichtlichen Elends, für das niemand Anteilnahme zeigt. Während man aber bei den Menschen, die in der Stadt im Elend leben, wenigstens noch an ein paar Dingen erkennen kann, daß sie an sich selbst anteilnehmen, indem sie zum Beispiel den Nagel des kleinen Fingers lang wachsen lassen oder überall am Körper Plastikreifen tragen, nehmen diese Menschen hier nicht einmal mehr an sich selbst Anteil. Als hätten sie mit sich selbst nichts zu tun. Riefe irgendein Fremder sie beim Namen, sie stünden wahrscheinlich lange stumm da und sähen sich erstaunt um, als müsse der Ruf etwas anderem gelten. Einige Dutzend solcher Menschen starren Meister und Schüler an. Meister A. K. bleibt erst einmal liegen, reißt nur stumm die Augen auf und fragt sich, ob diese schrägen, stummen Gestalten real sind. Reale Menschen können nicht so kollektiv schräg stehen. Es dunkelt bereits, das Zwielicht macht alles noch unheimlicher. Er geht in Gedanken noch einmal den Pu Sung Ling durch, aber so viele Geister auf einmal sind nirgendwo erwähnt. So faßt er sich an die Stirn, kneift sich in den Schenkel und setzt sich auf. Der schräge, stumme Haufen vor ihm regt sich noch immer nicht. Meister A. K. rutscht von der Steinplatte herunter, macht ein paar Schritte und streckt versuchsweise die Hand aus, um das nächstliegende Gesicht zu berühren. Aber er zieht die Hand sofort wieder zurück, die Wimpern in diesem Gesicht haben einmal geschlagen. Im selben Augenblick weicht die Menge zurück, und ein Kind beginnt, fürchterlich zu schreien. Meister A. K. wird plötzlich klar, daß diese Menschen alle Angst haben, genauso wie er selbst, alle haben Angst, das ist verrückt. Der Menschenhaufen beginnt zu tuscheln. Einer rät: »Die Polizei rufen.« Ein anderer: »Zum Vorsitzenden bringen.« Wieder ein anderer fordert entschieden: »Überlassen wir sie SEINER Strafe!« Dieser letzte Vorschlag scheint der einleuchtendste zu sein, mehrere Dutzend Münder skandieren: »Überlaßt sie SEINER Strafe! Überlaßt sie SEINER Strafe!« Und die starren, einander aufs Haar gleichenden Gesichter erglühen mit einem Mal in einem Licht aus Furcht und Erregung, das Meister A. K. das Herz zusammendrückt.

Der Lärm weckt Zwölf. Meister A. K. sieht gerade noch, wie sein Schüler elektrisiert auf- und mitten in die Menge springt, bevor er fast ohnmächtig wird von einem plötzlichen Schmerz, der vom Bauch ins Gehirn schwillt, aus dem Gehirn wieder in den Bauch zurückfließt, dann vom Bauch wieder hochsteigt, wie Ebbe und Flut. Der Meister erbricht einen fürchterlichen Haufen, sinkt um, bleibt zusammengekrümmt liegen und wartet auf den Tod, denn wenn japanische Samurais den Tod finden, indem sie sich den Bauch aufschlitzen und ihre Eingeweide herausholen, dann kann er, nachdem er sein gesamtes Inneres durch den Mund ausgespien hat, wohl kaum weiterleben. Sicher wird seine Seele nur noch einige wenige Augenblicke in dem ausgeräumten Körper hängenbleiben und dann ins Nichts verschwinden. Was für ein bedeutender Moment, aber o weh, er ist außerstande, sich einen herausragenden Satz auszudenken. Die Unsterblichkeit des Menschen gründet sich vor allem auf seine letzten Worte, alles ist verloren! In auswegloser Verzweiflung schlägt er die Hände vors Gesicht und bricht in Tränen aus, und als Zwölf ihn an den Schultern rüttelt, schluchzt er nur noch stärker auf, weil er glaubt, es ist soweit, der Tod legt Hand an ihn. »O Herr, ich bitte Sie inständig um ein paar Minuten Aufschub«, fleht er und verliert den letzten Rest von Hoffnung, weil Frau Meister A. K., ganz Hühnerfettgelb mit Spitzenkante, in der einen Hand ein Bündel Kürbisblätter, in der anderen fünf Knoblauchzehen, unversehens riesenhaft sein gesamtes Hirn ausfüllt. Und wenn Frau Meister A. K. erscheint, ist es aus mit edlen, großen Gedanken. Er kapituliert und sagt: »Mein Herr, ich bin bereit, Ihnen zu folgen.«

»O nein, Meister, hören Sie auf, mich Herr zu nennen. Wir müssen sofort von hier verschwinden, leeres Bereitsein nützt überhaupt nichts.« Zwölf packt den Meister unter den Achseln und stemmt ihn hoch.

Meister A. K. öffnet bestürzt die Augen. »Zwölf, du hier? Ist Er schon wieder gegangen?« fragt er.

»Wer?«

»Der Tod. Ich bin ihm soeben begegnet.«

»Das halte ich nicht aus! Ein bißchen Bauchschmerzen und tut gleich, als ging's ans Sterben. Dabei lebt diese Intellektuellenbande zäher als das Gras.«

»Zwölf, was brabbelst du da? Wo sind wir?«

»Hochverehrter Meister A. K., ich verfluche nur den Teller Klebreis, und ich verfluche den verdammten Morgen des heutigen Tages, an dem ich Ihnen an der Kreuzung beim Teehäuschen unter dem Banyan-Baum begegnen mußte. Wir sind hier im Tempel eines Schlangengottes, den die Einheimischen als IHN verehren. ER kennt viele Wege der Strafe, und wir haben IHM alle Opfergaben weggefressen, auf SEINEM Altar gepennt, und wir waren drauf und dran, aus SEINER Wohnung ein Bordell für zwei arbeitsscheue Typen und eine Generalin, die niemals eine Schlacht geschlagen hat, zu machen. Wenn wir der himmlischen Gnade teilhaftig werden wollen, dann können wir in Kürze ein neues Leben im Jenseits anfangen. Wo sich Ihre Seele gerade aufhält, das weiß ich nicht, meine ist vollständig da hineingerutscht.« Dabei weist er auf einen zweiten Haufen Erbrochenes, etwas größer als der von Meister A. K. Zwölf hatte ja die größere Hälfte gegessen.

»Ich erinnere mich. Aber diese … schrägen Menschen? Waren das Menschen oder Gespenster?«

»Menschen, mein Meister. Die Leute hier leiden zu viel Hunger, deshalb stehen sie nicht sehr aufrecht und sehen so schräg aus. Sie wollten uns erst zum Gemeinderat bringen, weil sie Angst hatten, ER könnte erzürnt sein und Unglück über sie bringen. Als sie aber gesehen haben, wie hart wir gestraft wurden, sind sie zufrieden wieder gegangen.«

Meister A. K. äußert betreten Mitleid mit den Einheimischen, aber Zwölf fordert kategorisch, er solle zuallererst mit sich selber Mitleid haben, indem er schleunigst diesen heiligen Ort verlasse, jetzt begreife er erst, wie gefährlich Glaubensdinge sein können und warum Gott das Hauptthema der Intellektuellen sei. Meister A. K. entgegnet, daß sein und seiner Schüler Gott nichts mit diesem Schlangengott gemein habe, den Unterschied könne man allein schon daran sehen, daß über Gott zahllose Bücher geschrieben worden sind, über diesen Schlangengott jedoch noch kein einziges. Zwölf antwortet, er werde im hohen Alter eines schreiben, damit die beiden Götter einander näherkommen, besser spät als nie. Diskutierend eilen sie davon. Die Umgebung ist bereits in Dunkel gehüllt.

Vom zweiten bedeutenden Ereignis der abenteuerlichen Wanderschaft von Meister und Schüler: Der nichtangekündigte Tod

Als sie etwa drei Kilometer davongeeilt sind und mit ziemlicher Sicherheit den Machtbereich des intoleranten Schlangengottes verlassen haben, beschließen Meister und Schüler, sich einen Schlafplatz zu suchen. Was für ein Glück für sie, unmittelbar vor ihnen erscheint ein Licht, es ist das Haus eines frischverheirateten Bauernpaares. Als die jungen Eheleute die beiden Städter in ihrem kläglichen, von Hunger und Vertreibung gezeichneten Zustand erblicken, heißen sie diese eilends und aufs wärmste in ihrem Haus willkommen, was Meister und Schüler augenblicklich und vollständig alle Herausforderungen und alles Ungemach des ersten Tages ihrer abenteuerlichen Wanderschaft vergessen läßt. Meister A. K. konstatiert, das Leben sei im Grundsatz lebenswert; Zwölf antwortet, man behaupte zwar oft, daß die Jugend voreilig sei, aber bei all seiner Unwissenheit und Voreiligkeit suche er doch nicht gleich den Tod, bloß weil er Bauchschmerzen habe, auch wenn der Schmerz pulsiere wie Ebbe und Flut, und genausowenig preise er gleich das Leben, bloß weil der Hausherr in der Küche ein Huhn schlachte. Aber wie dem auch sei, er sei mit dem Meister einer Meinung, diese unerwartete Wendung des Schicksals sei durchaus angenehm.

Nachdem sie einander fertig zugestimmt haben, gehen sie sich waschen. Berauscht vom erdigen Duft des Brunnenwassers denkt Meister A. K. beseligt, der Mensch gleicht wahrhaftig einem Vogel, Gott ist wahrhaftig ein geflügeltes Wesen. Am Morgen noch so ausweglos, unfähig zu einem Entschluß, überzeugt, er werde schließlich in jenem persönlichen Schweißfleck ersaufen, werde zu grauer Asche verglimmen und zwischen jenen niedrigen Tischchen als Unrat liegenbleiben, und ihm werde ein Fell wachsen bei jenen zum Erschrecken vertrauten Disputen. Und jetzt liegt all das schon weit zurück, weiter entfernt als Frau Meister A. K. Wie unverschämt kommen ihm jetzt die Lichter der Stadt vor, die Häuser sind nur zum Anschauen gut, die Luft ist schwer und stickig, das Leitungswasser stinkt, die Menschen sind alle kerzengerade. Und würde er sich nicht mit einem Schaudern an den Gezeitenschmerz erinnern, er würde sich unwillkürlich im Schräggehen üben.

Wir brauchen keine Worte, um zu verstehen, wie das Gastmahl dieses Tages, ein ganzes gekochtes Huhn, dazu Suppe mit ländlichen, selbstgeschnittenen Nudeln, zum üppigsten Mahl im Leben von Meister und Schüler wird. Obwohl die Hausherrin in der Frische ihrer zwanzig Jahre erblüht, das aus den Nähten und Knopfleisten drängende, duftende Fleisch läßt Zwölf an eine Zuckermelone denken, ist sie doch nur eine ganz gewöhnliche Frau vom Land, etwas plump, ihre Antwort auf jede Frage der Gäste ein Kichern. In Meister A. K.s Augen allerdings gleicht sie einer Nymphe, von der nach Heide duftenden und barfüßig umherspringenden Sorte, rein und gesund. Neben ihr erscheint Frau Meister A. K. wie eine wäßrige Pho-Suppe mit Fettrand, und die Journalistin Kieu Mai ist ein Schälchen Fischsauce, scharf und bitter. Meister A. K. kürt diese Nymphe unverzüglich zu seiner Muse. Und drückt sich fortan derart blumig aus, daß selbst Zwölf, der doch die wolkigen Reden der Intellektuellen zur Genüge kennt, erschrickt. Als der Meister seiner Muse die Schale hinhält, damit sie ihm Reis nachfülle, sagt er: »Ich weiß nicht, wie dieser ungehobelte Kerl, dieser Vagabund, dieser in Leid und Elend Versinkende zu dem Glück kommt, diese unschuldigen, vollendet geformten Reiskörner die tragische Leere in seinem Innern füllen zu sehen. Und verrieten mir diese Hände, unschuldiger noch als die Reiskörner, doch, was für Gedanken und Hoffnungen sie hegen!« Und als er ein Hühnerbein zum Mund führt, sagt er: »Ruhmreicher Bruder, Gewissen jedes Morgens, unermüdlicher Wecker der Menschheit aus tiefer Nacht, aus Alpträumen und Illusionen, gehe in mich ein und sorge dich nicht, denn ich sage dir, der nach dir kommt, ist hundertmal größer als du.« Angesichts dieser Aufführung beeilt sich Zwölf, den Hausherrn über Meister A. K.s große Berühmtheit in Hanoi zu informieren. Der Hausherr, ein schüchterner und naiver Bauer, ist gewaltig beeindruckt. Er schenkt den Gästen ununterbrochen nach und stottert: »Eine zu große Ehre für uns, die Herren Professoren verzeihen hoffentlich, wenn es an irgend etwas mangelt, wir leben hier auf dem Land sehr beschränkt.« Und er wünscht inbrünstig: »Mögen sich die Herren Professoren wie zu Hause fühlen.«

Das Haus ist klein, der Hausherr nötigt Meister und Schüler, in dem noch nach frischem Holz duftenden Ehebett zu schlafen. Er selbst zieht sich mit seiner Frau in eine Kammer zurück, die als Lagerraum für Kartoffeln, Reis und alte Kleider dient. Jedoch als Meister und Schüler sich kaum niedergelegt haben, erscheint er wieder, vollständig angezogen, in der Hand eine Laterne, und bittet darum, ihn zu entschuldigen, er müsse wegen einer unvorhergesehenen Angelegenheit sofort ins Nachbardorf. Die Herren Professoren mögen sich nicht beunruhigen und sich keinen Wunsch versagen.

In der Kammer läßt die junge Frau eine Lampe für den heimkehrenden Ehemann brennen. Im Zimmer, hinter dem Vorhang aus geblümtem Mischgewebe, 80% Nylon, 20% Baumwolle, erhebt sich folgendes Geflüster zwischen Meister und Schüler:

»Mein lieber Zwölf, seit jeher habe ich mich nach einem einfachen Landleben gesehnt:

»Ein Pflug, eine Hacke, die Freuden des Landmannes
Chrysanthemen neben Orchideen, dazwischen Bohnen
Wenn Gäste kommen, freuen sich die Vögel, und plötzlich regen sich die Blumen
Erlesener Tee, Wasser holen und den Mond ins Haus bringen.«

Vielleicht sollten wir hier bleiben und an diesem Ort unser neues Leben beginnen.«

»Verehrter Meister, das gefällt mir auch sehr gut, aber das hier sieht nicht wie eine Neue Ökonomische Zone aus. Hier sitzt auf jedem Quadratmeter Boden schon ein Bauer. Ich meine, wir sollten morgen früh zeitig aufstehen, uns bei unseren Gastgebern bedanken und dann schleunigst verschwinden, bevor sie merken, daß wir nur zwei herumstrolchende Schnorrer sind. Für uns sind Enttäuschungen etwas Alltägliches, aber für sie ist so etwas sehr schlimm. Ich fürchte, wir könnten ihr Leben ruinieren.«

»Tss, Zwölf, du hast keine Ahnung von der Gastfreundschaft und dem Stolz der Landbevölkerung. Wenn wir sie verlassen, werden sie sich gekränkt fühlen, und das wird sie schmerzen. Damit ruinieren wir erst recht ihr Leben.«

»Also, was wir auch tun, wir ruinieren ihr Leben. Ich denke nicht daran, den Weltverbesserer zu spielen, aber um eines bitte ich Sie, hören Sie auf, der Frau einzureden, daß sie mehr sei, als sie ist. Unter dieser Bedingung bin ich bereit, drei Tage zu bleiben, denn am vierten Tag fangen wir an zu stinken.«

»Welcher Frau?«

»Gütiger Himmel, Ihrer Muse, wem denn sonst.«

»Oh, ich muß sagen, diese Frau hat mich tief beeindruckt. So etwas ist mir noch nicht begegnet. Heilig und voller Segen, jedes Weib übertreffend, grenzenlos gütig und mild ...«

»Verehrter Herr Professor, trotzdem ist sie schließlich nur eine Ente, die schon jemandem gehört. Es stimmt, auch mir ist so etwas Appetitliches noch nicht untergekommen. Während Sie, verehrter Herr Professor, vollkommen damit beschäftigt waren, ihre göttlichen Hände zu rühmen, habe ich sofort ein paar noch viel rühmenswertere Stellen entdeckt. Und der verliebte Gatte kennt garantiert noch eine ganze Menge mehr davon. Das ist es aber auch schon, und es reicht aus, damit die Frau ihr ganzes Leben in Ruhe und Glück verbringen kann. Ich fürchte, wenn sie noch mehr von Ihrem Unsinn hört, dann wird sie schon nach drei Tagen in Aufruhr geraten und die Befreiung der Frau fordern. Am Ende wird sie sich in ihre Kammer einschließen und es mit sich selbst treiben, und das wäre glatte Verschwendung.«

»Zwölf! Unglaublich! Was für ein gemeiner Blick und was für eine bösartige Zunge! Diese Frau wird eine Madame Bovary werden, eine Anna Karenina!«

»Reden Sie nur weiter ausländisch. Wenn Sie allen Ernstes aus ihr eine feine Dame machen wollen, dann müssen wir uns überlegen, wie wir sie nach Hanoi entführen können. Dort treiben sich massenhaft heruntergekommene ländliche Nymphchen herum, die ihre keifende Zunge für städtisch halten, mit ihren Hinterbacken wackeln und einen ungenießbaren Satz nach dem andern von sich geben. Dann aber, verehrter Meister, werden wir wohl auf das einfache, ländliche Leben hier verzichten müssen.«

Diese Aussicht läßt Meister A. K. einen tiefen Seufzer ausstoßen, von dem er hofft, daß seine Muse in der Kammer ihn hört. An dieser Stelle muß der Leser wissen, daß Meister A. K. in der Liebe sehr erfahren ist, allerdings nur in einer Art bürokratischer Liebe, auf dem Papier. Seine Äußerungen über die Liebe wirken sehr bewandert und professionell, die Frauen erscheinen unter jedem denkbaren

Blickwinkel, und zahllose seiner Liebesgedichte müssen in der Schublade schmoren, weil sie für die sittsame Poesie unserer Zeit zu gewagt sind. Und auch in der Praxis, in seinem seelenvollen Leben, ist Meister A. K. neben Frau Meister A. K., deren Andersgeschlechtigkeit er seit dem dritten Kind nicht mehr wahrgenommen hat, noch vielen anderen Frauen begegnet, aber er hat sich völlig mit feinen Anspielungen, gewittrigen Blicken, leichten Berührungen und im Höchstfall einem leisen Kuß zufriedengegeben. Ein einziges Mal hat er wirklich mit einer Geliebten geschlafen, weil beide das Gefühl bekommen wollten, *ein* Fleisch zu sein, aber danach haben sich beide unverzüglich voneinander getrennt, sie konnte ihre Enttäuschung nicht verbergen, während er gewohnt war, Idol vieler zu sein. Nach und nach schlug er einen puritanischen Weg ein, und das macht uns verständlich, warum der enthaltsame Meister an diesem Abend in solche Erregung geraten ist: Seine Muse hat es nicht nur auf sich genommen, ihn zu inspirieren, was ja eine ganz normale Angelegenheit ist, ohne das wäre sie keine Muse mehr, sie hat außerdem plötzlich mit Macht den Mann in ihm geweckt. Wahrhaftig, sie ist segensreicher als jedes Weib.

In der Kammer brennt noch immer Licht. Auf dem noch nach frischem Holz duftenden Ehebett murmelt Zwölf im Traum, einzig Meister A. K. liegt schlaflos, zur einen Seite eine Reihe von Versen, in denen die reine, keusche Erscheinung dieser Nymphe besungen wird, und zur anderen Seite ein Paar Brüste, die noch Brüste sind, keine verlogene Handvoll wie meist in der Stadt. Wahrhaft, Meister A. K.s Schultern haben schwer zu tragen. Würde die Frau ein nächtliches Bad auf dem Hof nehmen und der Nachtwind sie zusammenschaudern lassen, würde sie sich auf der knarrenden Bambusliege drehen, würde sie zwei-, dreimal husten, die Geschichte würde eine andere Wendung nehmen. Aber das Licht in der Kammer brennt still die ganze Nacht, deshalb verläßt unser rücksichtsvoller Meister irgendwann seine Muse und sinkt in einen Schlaf, den er nach diesem ereignisreichen Tag redlich verdient hat.

Wir brauchen keine Worte, um zu verstehen, wie dieser Schlaf der friedlichste Schlaf im Leben des Meisters wird, er verkündet vorauseilend, daß der Meister sich am nächsten Morgen in nichts mehr verwandeln muß. So enden Meister A. K.s berühmte Obsessionen.

Doch andere Ereignisse nehmen ihren Lauf.

Es beginnt mit einem seltsamen Morgen. Zwar gibt es frühe Lichttropfen, die sachte durch irgendwelche Löcher im Dach fallen, zwar zwitschern Vögel, und Meister A. K. sieht sich vage im Morgentau eines Gartens lustwandeln, es fehlt nicht viel, und er würde die Stimme heben und deklamieren:

> »Nach einem dreißigjährigen Schlaftraum in dieser Welt
> dringt plötzlich wieder ein Hahnenschrei ans Ohr.«

Aber er wartet noch auf einen Hahnenschrei, einen richtigen Hahnenschrei, nicht die rasselnde Folge schriller Klänge des Weckers, Marke »Der Hahn«. Schließlich zerreißt kein Hahnenkrähen, sondern ein markerschütternder Schrei die Stille. Zwölf stürzt zur Tür hinaus, und Meister A. K. rutscht unter das Bett, zwischen einen Plastiknachttopf und Holzlatschen. Ein endloses Jahrhundert vergeht, dann wagt er sich vorsichtig nach draußen. Die Morgensonne ist noch immer sanft, noch immer zwitschern die Vögel. In der Küche liegt des Meisters Muse auf dem Fußboden, mit aufgelösten Haaren und zerrissenen Kleidern, auf ihr der zwölfte Schüler des Meisters, mit aller Kraft pumpend. Aber der Meister findet keine Zeit, dieses Bild eingehender zu hinterfragen, denn ein eindrucksvolleres Bild drängt sich ihm mitten in die Augen: Von oben herab baumelt, über einen Balken im Küchendach geschlungen, ein dickes Seil, der Hausherr starrt ihn unverwandt an, ein Blick voller Leid und Trauer. Der Hausherr ist tot.

Der Meister sucht wieder seinen Platz zwischen Holzlatschen und Plastiknachttopf auf, dann wird er von dort hervorgezogen und auf die Straße gezerrt. Meister und Schüler rennen etwa zehn Kilometer um ihr Leben, dann halten sie an. Zwölf berichtet kurz, was er dem Gestammel der wiedererweckten Muse entnommen hat. Offensichtlich war der Hausherr zum Schluß gekommen, daß die beiden Professoren Gefallen an seiner Frau gefunden hatten. Er hatte deshalb eine Gelegenheit gesucht, aus dem Haus zu verschwinden, damit die Herren Professoren sich keinen Wunsch versagen mußten. Die Eifersucht hatte ihn jedoch gequält, er war bis zum Morgen herumgelaufen und dann heimgekehrt, um sich umzubringen.

»Aber wir haben die Frau überhaupt nicht angerührt!« protestiert der Meister.

»Den Teufel haben wir angerührt! Statt die beiden Herren Professoren beim Kragen zu packen und aus dem Haus zu werfen, hat dieser Kerl sich selbst den Hals geschnürt. Nennen Sie das etwa die Gastfreundschaft und den Stolz der Landbevölkerung?«

»Oje, woher soll ich wissen, daß der Mensch so dumm sein kann?«

»An allem sind ganz allein Sie schuld. Die Leute sind naiv, aber Sie müssen unbedingt nuscheln ›was diese Hände für Gedanken und Hoffnungen hegen‹, wie soll er da nicht denken, daß Sie mit seiner Frau flirten. Und dann ›der nach dir kommt, ist noch hundertmal größer als du‹, wie soll er sich da nicht minderwertig fühlen gegenüber den zwei hohen Gästen, die seiner Frau offenbar viel würdiger sind. Wirklich, wenn man euch Intellektuelle reden hört, dann kann man nur noch zum Strick greifen. Das ist Mord ohne Waffen.«

»O weh, mea culpa, mea maxima culpa! Wir müssen der Frau helfen! Wir müssen der Frau helfen!«

»Den Teufel werden wir helfen! Der Mann ist sowieso schon tot, und die Frau wird die beiden Herren Professoren bestimmt nicht wiedererkennen. Außerdem haben wir keinen Xu in der Tasche. Wollen Sie vielleicht hingehen und ein paar kristallklare Tränen vergießen? Oder vielleicht noch mehr blumige Reden führen? Und dann ab ins Gefängnis? Wenn ich Staatsanwalt wäre, würde ich in diesem Fall lebenslänglich fordern.«

»Und was sollen wir dann tun?«

»Oh, wir sollten ein einfaches, ländliches Leben beginnen:

Überdrüssig des Drängens nach Gewinn und Ruhm
Erfreut man sich an Chrysanthemen, Bambus, Wind und Mond.«

»Schluß jetzt, Zwölf, vergiß nicht, auch du steckst mit drin. In Wahrheit gehört allein die Dummheit der Menschen auf die Anklagebank. Unsere Schuld besteht nur darin, daß wir ins falsche Jahrhundert geraten sind … Jawohl! Denn dieses Volkes Herz ist verstockt, und ihre Ohren hören übel, und ihre Augen schlummern … daß ich ihnen hülfe?«

»Wenn Sie die Heilige Schrift zitieren, dann antworte ich Ihnen mit der Heiligen Schrift: Wer ein Weib ansieht, Ihrer zu begehren, der hat schon mit ihr die Ehe gebrochen in seinem Herzen.«

Während sie sich weiter so streiten, gabelt sich vor ihnen der Weg. Meister A. K. zitiert wieder: »Gehet ein durch die enge Pforte. Denn die Pforte ist weit, und der Weg ist breit, der zur Verdammnis abführet; und ihrer sind viele, die darauf wandeln. Und die Pforte ist eng, und der Weg ist schmal, der zum Leben führet; und wenige sind ihrer, die ihn finden.«

Und so wählen sie den schmaleren und holprigeren Weg.

Vom Kampf von Meister und Schüler mit den Räubern

Ich werde dieses Ereignis nicht ausführlich schildern, denn wenn der gebildete Leser einmal bis hierher gekommen ist, dann kann er sich wahrscheinlich deutlich genug ausmalen, wie ein Kampf zwischen Meister A. K. und Räubern ausgeht. Die Hanoier Intellektuellen lieben Ritter- und Heldengeschichten über alles, wenn darin Prügeleien fehlen, dann verliert ihr Idealbild eines Edlen voller Lebensweisheit enorm an Poesie und Überzeugungskraft. Ich überantworte also dieses Kapitel der Phantasie des Lesers und seiner Vorstellung von den asiatischen Kampfkünsten zur freien Gestaltung. Ich gebe nur eines vor: Am Ende wanken Meister und Schüler blutüberströmt und sich gegenseitig stützend auf dem selbstgewählten, schmalen und holprigen Weg weiter.

Wie Meister A. K. heilt und lehrt

Im nächsten Dorf werden Meister A. K. und sein Schüler sehr für ihren Mut bewundert und erhalten fürsorgliche Pflege. Zwar sind ihre Wunden nur äußerlich, aber beide sind völlig entkräftet, deshalb müssen sie sich entschließen, eine Weile zu bleiben. Als Meister A. K. hört, daß die Dorfschule gerade schließen mußte, weil der einzige Lehrer im Dorf seinen Beruf aufgegeben hat, um sich dem grenzüberschreitenden Bananenhandel zu widmen, beeilt er sich, den vakanten Posten zu übernehmen. So erklimmt Meister A. K. das Lehrerpult, Zwölf fegt den Hof und schlägt den Gong.

Als er vom Lehrerpult herabblickt, überkommt den Meister eine tiefe Rührung. Ein solches Publikum ist ihm bisher noch nicht vergönnt gewesen. Kinder wie weiße Blätter, auf die er Zeilen schreiben wird, die nie verblassen werden; er wird in diese aufgesperrten Münder das gesamte außerordentliche Wissen der Menschheit gießen; er wird auf und ab gehen, die Hände hinter dem Rücken verschränkt, er wird sich nach links wenden, er wird sich nach rechts wenden, er wird über diese verlausten und verdreckten Köpfe streichen, damit diese Kinder den absolut vertrauenswürdigen Freund in ihm erkennen. Diese ihn jetzt einfältig anstarrenden, ausdruckslosen und einander gleichenden Gesichter werden hell aufleuchten. Oh, wie wahr, ihrer ist das Himmelreich.

Und er beginnt: »Liebe Kinder, ich beglückwünsche euch, daß ihr hierhergefunden habt, um den Fuß auf die Schwelle zur Welt des Geistes zu setzen. Oh, das ist eine geheimnisvolle Welt, zugleich tolerant und streng, strahlend und finster, endlos und begrenzt, sie erlöst und verdammt, stützt und versucht, sie duftet köstlich und stinkt übel, sie facht die Seele an und schlägt die Seele nieder, ist leicht wie eine Vogelschwinge und schwer wie ein Felsbrocken, klar und trübe, schlicht und konfus, gut und böse, wahr und trügerisch, gastlich und kalt, zahm wie eine Taube und wild wie ein Stier, real wie Reis und Baumwolle und irreal wie gespenstische Schatten, geradlinig und gewunden, formlos und gestaltet, heute süß und morgen bitter, sie schließt dich heute ins Herz und zeigt dir morgen die kalte Schulter, ist offenherzig und teilnahmslos, friedlich und voller Fallen ... (Meister A. K. benutzt noch viele eigenwillige Vergleiche, um den Zauber der Welt des Geistes zu beschreiben, wir ersparen es uns, sie vollständig aufzuzählen.) Ob ihr diese Welt erobern könnt oder nicht, das hängt ganz allein von euch ab, denn ich bin nur ein Boot, das nötig ist, um euch die ersten hundert Meter zu tragen, und das ihr dann verlassen werdet, um allein weiterzugehen; irgendwann werdet ihr euch an diese Unterrichtsstunde erinnern, so wie ihr euch an eure erste Regung im Mutterleib erinnert. Was euch erwartet, kann ich nicht wissen, denn jeder von uns Menschen ist eine Variable sich selbst gegenüber. Vom heutigen Tag an besteht meine bescheidene Pflicht lediglich darin, euch bei der Hand zu nehmen und über die Schwelle in diese geheimnisvolle Welt zu geleiten. Ich hoffe auf eine erfolgreiche Zusammenarbeit, möget ihr euch als die fruchtbarste Saat für die morgige Ernte erweisen!«

An dieser Stelle schlägt der Gong, gefolgt von einem ganzen Wirbel von Gongschlägen. Die Kinder bleiben totenstill auf ihren Plätzen sitzen, der größte Teil von ihnen hat sich irgendwann in die Hosen gemacht. Als Meister A. K. den weißumwickelten Kopf zum Abschiedsgruß senkt und nach draußen schreitet, da schluchzt das Kind, das als letztes noch einen langen, innigen, alle Hoffnungen auf Zusammenarbeit und Ernte ausdrückenden Blick vom Meister empfangen hat, bitterlich auf. Zwölf empfängt den Meister feixend und erkundigt sich nach den ersten Früchten des Werkes der zivilisatorischen Aufklärung.

»Oh, sehr vielversprechend, sehr vielversprechend. Ich würde sagen, ich habe Eindruck hinterlassen. Aber, mein lieber Zwölf, warum hast du den Gong so früh geschlagen? Die Stunde ist noch lange nicht um.«

Zwölf antwortet, er selbst habe dem Meister nur fünf Minuten zuhören können, dann sei ihm schwindlig geworden. Länger als zehn Minuten würden die armen Kinder nicht durchhalten, deshalb müsse der Unterricht auf täglich maximal zehn Minuten begrenzt werden. Die Weisheit und die herausragenden pädagogischen Fähigkeiten des Meisters vermögen ja ganze Jahrhunderte der Menschheitsgeschichte, die sich viel zu lange hingezogen hätten, in zehn Minuten ausgezeichnet zusammenzufassen.

»Nun gut, aber was tun wir in der verbleibenden Zeit?«

»Oh, Kultur- und Bildungswesen gehen üblicherweise Hand in Hand mit dem Gesundheitswesen. Fehlt eines von den dreien, engagieren wir uns disproportional. Gehen wir Krankheiten heilen, verehrter Meister.«

So stürzen beide in die Bauernhäuser und machen Jagd auf Krankheiten. Sie brauchen nicht lange zu suchen, zahllose Krankheitsbilder flattern vor ihren Augen auf, es wimmelt überall von Krankheitserregern, aus allen Richtungen seufzt es. Wahrhaft ausreichend Betätigungsfelder für ihre wild auflodernde, enthusiastische Einsatzbereitschaft. Man ist unterernährt und hat entzündete Augen, man kratzt sich, hat Bauchschmerzen, Durchfall und Masern, leidet an Epilepsie, Uterusblutung und Tetanus, Rheumatismus und Windpocken, giftigen Winden, plötzlicher Stummheit, Würmern, Rachitis, Debilität, Blinddarmentzündung, Gerstenkorn, Leichtgläubigkeit, Kropf, Krebs, Grippe, Naivität, Zahnfäule, Harndrang, Schwindsucht, Wassersucht, Nachtblindheit, Nachkommenslosigkeit, Seelenfäule, Haarausfall, Alpträumen, Verdauungsstörungen, Mundgeruch, Ejaculatio praecox, Verstopfung, Appetitlosigkeit, Blutarmut, Malaria, Stottern, grundlosem Lachen, Mumps, Syphilis, Herzerweiterung, Bandscheibenschäden, Angst vor Gespenstern, Hirnblutung, Sadomasochismus, Nierensteinen, Lebensüberdruß, Tollkühnheit, Menstruationsstörungen, kaltem Schweiß, verborgenem Muskelschwund, Ohnmachtsanfällen, Lepra, Paralyse, Blindheit, Stummheit … (Meister A. K. findet noch viele Krankheiten, wir ersparen es uns, sie vollständig aufzuzählen.) Jedesmal fühlt Meister A. K. den Puls und diagnostiziert: »Ein Problem der Nieren.« In komplizierteren Fällen erweitert er seine Diagnose: »Yin und Yang sind aus dem Gleichgewicht geraten, ein Problem der Zirkulation.« In besonders komplizierten Fällen erklärt er: »Nichts als Hitze, Kälte, Mangel, Überschuß.« Meister A. K.s Rezepte umfassen dreierlei: Yoga, abgekochtes Wasser und Tigerbalsam. Obwohl er die Namen zahlloser Heilkräuter aufzählt – Plantago major, Zingiber officinale, Artemisia vulgaris, Xanthium strumarium, Dioscorea tokoro Makino, Pollen typhae, Piper lolot, Allium fistulosum, Saccharum officinarium, Leonorus sibiricus, Streptocaulon juventus, Bombax malabaricum, Vigna cylindrica, Rhizoma cyperi – verordnet er doch schließlich immer nur dieselben drei Dinge, um welche Krankheit es sich auch handelt. Zwölf ist von der Gelehrsamkeit des Meisters über alle Maßen begeistert, er äußert unverzüglich die Absicht, die Namen all dieser heiklen Arzneimittel auswendig zu lernen. Dann habe er einen Beruf, der ihn nähre, sein Geschichtsmist bringe nirgendwo etwas ein. Der Meister spricht: »Mein lieber Zwölf, ich bin nicht so kleinlich, dir einen Beruf verwehren zu wollen. Aber Krankheiten Heilen ist wie Feuer Wehren, Arzneien muß man handhaben wie Armeen, dazu braucht man Schlauheit und Kühnheit. Du siehst mir recht kühn aus, aber dir fehlt es noch an Schlauheit. Und das Allerwichtigste ist, man muß den rechten Glauben haben. Ein Glaube so groß wie ein Senfkorn reicht schon aus, um Besessenheit, Tuberkulose, Blindheit und Lepra in die Flucht zu schlagen. Aus diesem Grund verordne ich dem Volk nur diese drei gewöhnlichen Dinge. Sie können nämlich auf keinen Fall schaden. Und wenn sie strikt befolgt werden, mit täglich wachsendem Eifer, dann bleibt der Krankheit nichts anderes übrig, als das Weite zu suchen.«

Am nächsten Morgen kommen nur wenige verschüchterte Kinder in Begleitung ihrer Eltern zur Schule. Einer der Väter beginnt, und alle stimmen ein: »Unser Kind kann kaum rechnen, bringen Sie es ihm doch bitte bei.« Meister A. K. ist ein wenig verärgert, die Leute hier tun gerade so, als zähle im Leben nur die Mathematik, als wüßten sie nicht ganz genau, daß ihre Vorfahren allesamt mit einer Chinesisch-Fibel aufgewachsen sind. Aber Volkes Wille ist Himmels Wille, und so erklingt aus des Meisters Mund ein zehnminütiges Loblied auf gerade Zahlen und ungerade Zahlen, dynamische Zahlen und statische Zahlen, die Zahl Pi und die Zahl Unendlich, die Zahl Null, die machtvoll Weltanschauung und Lebensanschauung zugleich in sich trägt, die wunderbar schwierige Variable X, die Zahlen der Erde und die Zahlen des Himmels, die Zahlen des Schicksals und die Dezimalzahlen, die arabischen Zahlen, die römischen Zahlen, die chinesischen Zahlen mit den durchgehenden und den unterbrochenen Linien, die niemals endenden natürlichen Zahlen, Differential und Integral, die wesentlichen mathematischen Gesetze und Gleichungen, Trigonometrie und Geometrie, Algebra und Topographie, Wahrscheinlichkeitsrechnung und Statistik ... schlüge Zwölf nicht den Gong, wir könnten dem Loblied des Meisters nicht mehr folgen.

Diesmal machen sich die Kinder nicht in die Hosen, sie rasen nach draußen und verschwinden unglaublich schnell hinter Büschen und verfallenen Mäuerchen. Auf dem Schulhof erglüht herrlich der Flamboyant. Die frühsommerlichen Zikaden verstummen vor der pädagogischen Tragödie des Meisters. Und einen Moment später, als Meister A. K., allein hinter dem Lehrerpult, den Kopf noch immer weiß umwickelt und das Gesicht noch immer zerbeult, die Arme ausbreitet und zu sprechen beginnt, in das leere Klassenzimmer hinein, vor den stummen, schiefen

Bänken, den Schultischen, aus denen die Ablagefächer herausgebrochen sind, den Dachziegeln, die herabfallen werden … da setzen die Zikaden wieder ein, um Meister A. K.s edle Einsamkeit zu lindern.

Meister A. K. hält folgenden Vortrag: »Ihr Kinder, wie könnte ich mich zu einer Klage hinreißen lassen, nur weil eure Eltern mathematikbesessen sind. Die Menschen begehren ja noch viel katastrophalere Dinge. Ich komme nicht im Namen der Kultur, das wäre zu anmaßend. Tragt ihr doch in euch die höchste Kultur, die Kultur des Daseins, und das Dasein unter diesen harten Bedingungen muß ein grandioses Dasein sein. Nein, ich bin gekommen, um dieses Dasein zu vollenden, dadurch zu vollenden, daß ich die Flamme des Geistes und der Wahrheit entfache, jene Flamme, die in den großen Städten vergeblich gebrannt und nichts anderes hervorgebracht hat, als die Menschen zu schmutziger und sinnloser Asche zu verbrennen. Ich habe inbrünstig gehofft, hier, wo vom Morgen an die Sonne lacht, und wenn die Nacht hereingebrochen ist, dann lacht der Mond, hier, wo sich die Sprache noch ihre primitive, aber kraftvolle Ursprünglichkeit bewahrt hat, wo der Mensch stets auf festem Grund steht, auf der ewigen Mutter Erde, hier, wo Laster nicht schneller wachsen können als Reispflanzen, habe ich inbrünstig gehofft, hier würde diese Flamme die dunklen Schatten der Menschen erhellen, die schwachen Seelen stärken, die Erkalteten erwärmen, die Wankelmütigen festigen, hier würde diese Flamme fröhlich tanzen und den Gang der Zeit weniger trist und alltäglich gestalten. Oh, ich habe gehofft, Himmel und Erde würden hier mein gewaltiges Sehnen bezeugen. Sollte ich zur falschen Zeit gekommen sein? In mir tobt so einsam der Sturm, jedoch: Dieses Volkes Herz ist verstockt, und die Ohren hören übel, und ihre Augen schlummern … daß ich ihnen hülfe? Ihr Kinder, ich führe keine Klage, daß eure Eltern mathematikbesessen sind, nur ach, wie unendlich einsam ich bin …«

Käme in diesem Moment nicht Zwölf herein, Meister A. K. würde seinen Vortrag mit einem zweiten Teil fortsetzen, darin würde er die Spiegel der gescheiterten Helden einen nach dem andern vom Staub befreien, um sich darin zu betrachten. Der Schüler tröstet seinen Meister: »Verehrter Meister, genug geseufzt, in Ihrem weiteren Leben wird es nicht an Gelegenheiten zum Lehren fehlen.«

Kurze Zeit später bringt man Meister A. K. einen Patienten, der an Durchfall leidet, sehr entkräftet ist und deshalb kein Yoga üben kann. Meister A. K. verordnet prompt, der Patient solle einen Liter sauberes, abgekochtes, abgekühltes Wasser trinken und seinen Bauchnabel mit Tigerbalsam einreiben. Der Durchfall verschlimmert sich, und zwei Stunden später macht der Patient seinen letzten Atemzug. In der Gegend ist die Cholera ausgebrochen, aus allen vier Himmelsrichtungen dringt Klagegeschrei. So stehen Meister und Schüler die Haare zu Berge, sie halten sich den Bauch und nehmen Reißaus.

Vom letzten Ereignis: Die Wahl und die Verfolgungsjagd

Sie laufen und laufen, bis sie vor sich erneut ein Bambustor erblicken. Auch dieses ist grob zusammengezimmert, aber hier ist alles voller Fahnen und Spruchbänder. Von weitem hören sie eine Nylonplane knattern, Musik lärmen und ein Megaphon röhren. Zwölf verkündet frohlockend: »Gleich sitzen wir in Buddhas Schoß. Bisher wurden wir immer bewirtet, mußten abhauen und wurden dann wieder bewirtet. Beim letzten Mal sind wir freiwillig gegangen, bestimmt lädt man uns zu einem Festessen ein.« Und so bringen sie ihre Kleider in Ordnung, lösen die Binden von ihren Köpfen, nehmen eine gelassene, selbstbewußte Haltung an und gehen hinein.

Das Volk in dieser Gegend geht an diesem Tag wählen. Als man die beiden fremden Städter sieht, glaubt man, daß sie von oben kommen. Aufregung, Handtücher, Tee und Zigaretten, Kuchen und Obst, Ehems, Händereiben, Verbeugungen, Begrüßungen, auch hier sind alle sehr angetan und blütenfrisch erfreut. Ehe sie es sich versehen, finden Meister und Schüler in ihrer linken Hand Eßstäbchen und in ihrer rechten Hand eine Schale, ihre Nase in einem Eßtablett voll fettem, gekochtem Schweinefleisch und in ihren Ohren lauter unbekannte und zufriedene Titel und Funktionen. Zwölf flüstert dem Meister zu: »Es wird alles herauskommen. Wir sind bisher jedesmal entlarvt worden. Aber was soll's, schlagen wir uns erst den Bauch voll, erst kommt das Fressen, dann kommt die Moral.«

»Zwölf! Schweig! Ich kann mir schon denken, wenn es in den Kampf geht, dann bist du eines von diesen Elementen, die sich feige in die Büsche schlagen. Vielleicht ist das hier nur ein Mißverständnis, aber vielleicht ist es auch eine Eröffnung des Schicksals. Die Leute hier wählen ihren Führer. Wie sollte ich nicht bereit sein, diese noble Aufgabe zu übernehmen?«

»Sie wollen kandidieren?«

»Jawohl. Ich fürchte, ich werde nicht anders handeln können.«

»Und ich fürchte, die haben hier alles schon vor Wochen abgemacht. Sie brauchen nur noch eine wirklich bombastische Rede zu halten, und dann hauen wir schleunigst ab, bevor alles rauskommt.«

»Zwölf! Ich kann dich kaum noch ertragen. Warum nur betrachtest du das Leben ständig mit einem so erbarmungslosen und vernichtenden Blick?«

Zwölf brummt, wenn man innerhalb von zwei Tagen

zwei Leichen auf dem Buckel habe, dann sei die Frage der Humanität wohl eindeutig beantwortet. An dieser Stelle muß gesagt werden, daß Meister A. K. zeit seines unerschrockenen Engagements für schwierigste politisch-kulturell-soziale Probleme noch kein einziges Mal wählen gegangen ist. Sei es, daß man vergessen hatte, ihn in die Wählerlisten einzutragen, sei es, daß er die Wahl über irgendeiner Beschäftigung vergessen hatte. Im übrigen ist er der Meinung, daß sein einzelner Stimmzettel gegenüber Millionen anderen wohl kaum einen Sinn hat, wir leben schließlich im Zeitalter der Demokratie. Alles in allem weiß Meister A. K. bis heute nicht, wie ein Stimmzettel aussieht und was mit ihm geschieht. Wie äußerst beschämend für einen so außergewöhnlichen Geist! Er fragt deshalb Zwölf nach dessen Erfahrungen mit Wahlen, vorsichtig, denn eine solche unverzeihliche Bildungslücke darf er seinem Schüler gegenüber auf keinen Fall eingestehen! Zwölf antwortet, daß er viele Male durch Heben des Armes zwecks Auszählung der Stimmen gewählt habe und daß er einmal auch einen Stimmzettel abgegeben habe, wobei er die zwei letzten Namen auf der Liste durchgestrichen habe, weil das alle so gemacht hätten, außerdem habe er mit keinem der Namen etwas anfangen können, er habe sowieso nicht gewußt, wer ist wer. Meister A. K.s Züge verfinstern sich, er bringt keinen Bissen mehr hinunter. In diesem Moment werden beide zu einem »vertraulichen Gespräch im Kleinen Kreis« gebeten.

Der Kleine Kreis sitzt stumm vor Flaschen mit Mineralwasser »Kim Boi«, einheitlich mit Zahnstocher im Mund. Eine sehr aufrechte Gestalt im cremefarbenen Pseudojournalistenanzug beginnt zu berichten. Genossen, ich kann berichten. Ich kann berichten, hundert Prozent, hundert Prozent, hundert Prozent, Plansoll hundertprozentig erfüllt, Kennziffern hundertprozentig erfüllt, umfassende Erfolge.

Das haben wir erreicht, indem wir, indem wir, indem wir unter anderem eine Initiative ›Familienkennziffer‹ entwikkelt haben. Um den Verlust von Stimmen zu vermeiden, denen es um einen Arbeitstag auf dem Feld leid tut oder die öffentliche Orte ängstlich scheuen, haben wir jeweils eine ausgewählte Person ideologisch geschult und dieser dann die Verantwortung für die Stimmzettel der ganzen Familie übertragen. Beifall. Auch Meister und Schüler klatschen eifrig mit. Zwölf raunt dem Meister erneut zu: »Habe ich es nicht gesagt! Alles schon abgemacht. Sprechen Sie ihnen Ihr Lob aus, und dann nichts wie weg.«

Meister A. K. fragt schnell, dann gäbe es also keinen unabhängigen Kandidaten? Der cremefarbene Pseudojournalistenanzug antwortet, so etwas sei zwar im Gesetz vorgesehen, aber praktisch habe sich seit Dutzenden von Jahren niemand erdreistet, etwas so Nichtswürdiges zu tun, die Bevölkerung hier sei sehr gutwillig und kooperativ.

»Ich muß mit dem Volk reden«, fordert Meister A. K. vor dem flehendem Blick seines Schülers und dem verwunderten Kleinen Kreis. Der Meister eröffnet seine Rede vor mehr als hundert eilig zusammengerufenen Kindern und Erwachsenen folgendermaßen: »Hallo, hallo, eins zwei drei, liebe Mitbürger, ich spreche zu euch im Namen einer großen Tragödie der Menschheit, der Tragödie, nicht wählen zu dürfen. Wir werden geboren und wir sterben, zufällig, vollständig unabhängig von unserem Wollen. Ist auch nur ein einziger unter uns des Glückes teilhaftig, Ort, Stunde und Art und Weise seines Hineingeworfenwerdens in und Hinausgeworfenwerdens aus diesem Leben zu wählen? Wir leiden sinnlos, wir träumen und stellen unzählige Fragen, wir begehren auf und rebellieren, wir erdichten ein anderes Leben, wir fliegen in den Weltraum und tauchen in die Tiefen der Meere, wir phantasieren in Romanen von anderen Existenzen, wir berauschen uns an Zeremonien, wenn ein Mensch geboren wird und wenn ein Mensch in die Grube fährt … nichts geschieht außerhalb jener großen Tragödie, von der wir wissen, daß wir sie akzeptieren müssen. Aber, liebe Mitbürger, ich spreche zu euch auch im Namen einer großen Sehnsucht der Menschheit, jener Sehnsucht, das eigene Leben selbst zu bestimmen …«

Immer so weiter, sehr logisch und beredt, entwickelt Meister A. K. die vornehmsten Themen der Hanoier Intellektuellen und rollt Schritt für Schritt das Problem der Wahl auf, »das in uns Menschen mit Selbstachtung brennt«. Er doziert über Freiheit und Demokratie, wirft einen beißend kritischen Blick zurück ins Mittelalter, springt plötzlich nach Europa hinüber, um die großartigen Wahlen und Volksentscheide dort zu preisen, und kommt schließlich weit oben auf einer sehr lichten Zukunft zum Stehen, von wo aus er ausruft: »Deshalb, liebe Mitbürger, im Namen der Tragödie und im Namen ihres Gegenteils, im Namen eines selbstgewählten Schicksals und im Namen des Mutes, die Gelegenheit zu ergreifen, die jetzt gekommen ist, und damit wir später nicht bereuen müssen, Barrabas gewählt zu haben, deshalb, liebe Mitbürger, fordere ich euch auf, diese Wahl noch einmal von vorn zu beginnen! Keine Vorschlagslisten mehr! Schluß mit den zwei armen Namen am Ende der Liste! Vor der Wahlurne sind alle Menschen gleich! Um mit gutem Beispiel voranzugehen, stelle ich mich als Kandidat zur Verfügung.«

Zwölf hat den Meister reden lassen, weil Dinge geschehen, die seine Aufmerksamkeit stärker in Anspruch nehmen als die kulminierende Verrücktheit des Meisters. Eine Gestalt in grüner Armeeuniform beobachtet den Redner und unterhält sich dabei leise mit dem cremefarbenen Pseudojournalistenanzug. Das Hauptproblem ist, daß sie nirgendwo einen Obrigkeitswagen erblicken können. Außerdem geben die blauen Flecke auf den Gesichtern von Meister und Schüler sehr zu denken. Sie beschließen, höflich nach Obrigkeitspapieren zu fragen, und, wenn mit diesen etwas nicht in Ordnung sein sollte, die Obrigkeit geschickt aufzufordern, im Gästehaus, das eine scharfe Bewachung durch die Volksmiliz erlaubt, eine Erfrischung zu sich zu nehmen. So kommt es, daß Meister A. K. seine Kandidatur fordert und im selben Moment von seinem Schüler einen kräftigen Stoß in den Rücken erhält. Er stürzt vom Podest, einem wachstuchbespannten Stuhl. Die Füße, die er eben zu einem historischen Schritt aufgefordert hat, stehen jetzt bedrohlich vor seiner Nase. Er zwingt sich, aufzustehen, denn der erste unabhängige Kandidat dieser glorreichen Neuwahl darf sich nicht so einfach ermorden lassen. Aber er wird vorwärtsgestoßen und weitergezerrt, um ihn herum Geschrei, die Pfiffe der Sicherheitskräfte und die frohlockend aufbrausende Melodie des in lokaler Manier dargebotenen Songs »Woman in love«.

Wieder rennen sie um ihr Leben, wie es ihnen in den drei Tagen ihrer abenteuerlichen Wanderschaft zur Gewohnheit geworden ist. Die Felder sausen an ihnen vorbei, Hunde und Hühner springen verschreckt von der Straße, Büffelkot spritzt auf, Hütten und Teehäuschen stehen verdutzt. Meister und Schüler rennen immer weiter, sie umrunden einmal die Erde, vollenden eine weitere Runde, und dann noch eine, denn jedesmal, wenn sie anhalten wollen, sehen sie vor sich, hinter sich, in allen vier Himmelsrichtungen massenhaft Fahnen und Spruchbänder, hören Megaphone röhren und diese gerade frohlockend liebende Frau singen, eine wahrhaft unheimliche Verfolgungsjagd! Schließlich, als Meister und Schüler, diese Gotteslästerer und Liebeserdrossler, Kurpfuscher und Aufschneider, gescheiterten Ritter und Fast-Politiker, am Ende ihrer Kräfte sind und irgendwo umfallen, irgendwo auf unserer unermeßlich weiten Heimaterde liegenbleiben, ihre traurigen Gesichter nach oben kehren und hoffen, daß irgend zwei Sternchen heroisch vom Himmel fallen, da ist es plötzlich vor ihnen, hinter ihnen, in allen vier Himmelsrichtungen vollkommen still, als wäre diese ganze Verfolgungsjagd nur ein absonderliches Traumgebilde ihrer beiden abnormalen Hirne gewesen.

Da ist es genau vierundzwanzig Uhr, die dreitägige abenteuerliche Wanderschaft von Meister und Schüler ist beendet.

Schluß

Und da, in der verzagten Dunkelheit, am Himmel kann man nur einige Lichtpunkte ahnen, auf der Erde ist gar kein Licht, nehmen Meister und Schüler Abschied voneinander. Zwölf will zur ländlichen Witwe zurückkehren, er beauftragt Meister A. K., dem Wirt des Teehäuschens unter dem Banyan-Baum die Nachricht zu überbringen, daß er sich freiwillig aus der Liste der Erben für das Glas mit den kandierten Erdnüssen und die Glasvitrine mit den Zigaretten gestrichen habe. Papa kann die Kaumuskeln ruhen lassen. Er dankt dem Meister aufs wärmste für die drei erlebnisreichen Tage und äußert die Hoffnung, wieder mit dem Meister ziehen zu dürfen, wenn dieser ein weiteres Mal auf abenteuerliche Wanderschaft gehen sollte. Dann verschwindet er frohen Mutes hinter dem Vorhang der Nacht, Meister A. K.s zwölfter Schüler, oh, wie heilig dem Meister in diesem Augenblick die Gewöhnlichkeit seines Schülers erscheint.

Der Meister bleibt allein zurück, und ein weiteres Mal überlasse ich die Situation der Phantasie des gebildeten Lesers. Meister A. K., verlassen in der finsteren Nacht, neben einem Feld, in dem sehr viele Geister hausen können …

An dieser Stelle fühlen wir uns verpflichtet, zum Trost des Meisters einen Vers zu deklamieren, denn Meister A. K. wird nie wieder Verse deklamieren.

»Sei nicht traurig, daß voraus kein Freund auf dich wartet
Sollte unter diesem Himmel vielleicht niemand den wahren Gelehrten erkennen?«

Am nächsten Morgen finden wir Meister A. K. wieder auf den Straßen von Hanoi, die dadurch still und gedankentief schimmern, wie wir bereits wissen. Aber die berühmten Obsessionen, die endgültig verflogen sind, haben einem enormen Quantum Wunschlosigkeit Platz gemacht. Das heißt, Meister A. K. wird uns gleich verlassen, um sich bei den asiatischen Weisen einzureihen. Das heißt, auch wir müssen Meister A. K. jetzt schleunigst verlassen und zu unseren irdischen, alltäglichen Anliegen zurückkehren.

Worterklärungen

Sonntagsmenü

mexi bocu: vietnamisierte Aussprache des französischen »merci beaucoup«

Die Puppen der Alten

Ao Dai: traditionelle Festkleidung der Vietnamesinnen, bestehend aus weiter Hose und langem, hochgeschlossenem, seitlich geschlitztem Oberteil

Tet-Fest: vietnamesisches Neujahrsfest

Pho-Suppe: die beliebteste Nudelsuppe der Vietnamesen

Die Schneiderei Saigon

Kalifornien: »Little Saigon« in Orange County, Kalifornien ist das Zentrum der Exilvietnamesen in den USA.

Vinataba: vietnamesische Zigarettenmarke der gehobenen Preisklasse

mit steigendem Ton: Die vietnamesische Sprache kennt sechs Tonhöhen, einer davon ist der steigende Ton. Namen mit steigendem Ton gelten häufig als provinziell.

Thang Long: »Aufsteigender Drache«, ursprünglicher Name von Hanoi

Luc-Bat: »Sechs zu acht«, die populärste vietnamesische Versform

den ansteigenden Ton verlieren: Das Südvietnamesische weicht in der Aussprache wesentlich vom Nordvietnamesischen ab, unter anderem wird der steigende Ton sehr schwach betont.

La dieu bong: »Das Lied von den Dieu-Bong-Blättern«; der erotisch-vieldeutige Text des Liedes stammt von einem verbotenen Dichter und gilt als Symbol für Auflehnung. Ein Lied mit dem gleichen Titel, aber nur stellenweise gleichem Text, wurde für die Kampagne zur Familienplanung geschrieben und durch die offiziellen Medien verbreitet.

Allumfassende Liebe

das Gedicht »Mama«: Pflichtlektüre im Literaturunterricht der vietnamesischen Schüler, besingt die vietnamesische Mutter im Widerstandskampf gegen die Franzosen. Verfasser ist To Huu, Revolutionsdichter und ehemaliges Mitglied des ZK der Kommunistischen Partei.

S-förmig: bezieht sich auf die geographische Form Vietnams.

Tribut des Meeres

Phan Huy Chu (1782–1840): vietnames. Schriftsteller und Historiker

Nguyen Tuan (1910–1987): vietnamesischer Schriftsteller

Meer des Friedens: Das Verhältnis zwischen Vietnam und den USA war über mehr als ein Jahrzehnt hinweg durch Krieg bestimmt. Nach dem Ende des Krieges jedoch sahen und sehen viele Vietnamesen in den USA die Verheißung glücklichen, friedlichen und sicheren Existenz, einen Ausweg aus der äußeren und inneren Not. Der Weg zu diesem Ort der Verheißung führt über den Pazifischen (friedlichen!) Ozean

In einem Regen

Cao Cao (155–220): Gründer des Staates Wei in der chinesischen Periode der drei Reiche im 3. Jh., berühmt für seinen Argwohn

Ein Held

Auf der Flucht nach Haiphong: Nach dem Sieg von Dien Bien Phu und dem Genfer Abkommen 1954 sollte Vietnam vorläufig geteilt werden. Etwa 2 Millionen Nordvietnamesen, vor allem Intellektuelle und Christen, flüchteten in den Süden.

Cham: Angehörige eines Volkes, das auf dem jetzigen Territorium Vietnams ursprünglich einen eigenen Staat bildete, welcher jedoch im Lauf mehrerer Jahrhunderte infolge der vietnamesichen Expansion nach Süden aufgelöst und Vietnam einverleibt wurde

Thuong-Dinh-Stoffschuhe: Thuong Dinh ist die größte Schuhfabrik Vietnams

Uc Trai: auch Nguyen Trai, vietnamesischer Dichter und Nationalheld aus dem 15. Jh.; wurde als Dichter und Staatsmann sehr berühmt, fiel jedoch später in Ungnade und wurde hingerichtet

Xu, Dong: vietnamische Währung, 1 Dong entspricht 100 Xu

Bronzetrommel: Dieses Instrument markiert den Höhepunkt der vietnamesischen Kultur der Bronzezeit, es gilt allgemein als Symbol der vietnamesischen Kultur.

Linga: symbol. Darstellung des männlichen Gliedes als Kultbild

Lingayoni: Linga und Yoni, wobei Yoni die symbol. Darstellung des weiblichen Geschlechtes als Kultbild ist.

Die Geschichte von Meister A. K., dem Intellektuellen von Hanoi

Li Bai (701–762): altchinesischer Dichter

Tuk-Tuks: dreirädrige, mit einem Zweitakt-Motor ausgerüstete Rikscha

Onkel Ah Q: Tagelöhner, tragikomische Hauptfigur der Erzählung »Die wahre Geschichte des Herrn Jedermann« von Lu Xun (1881–1936)

Mah-Jongg: chinesisches Brettspiel

Yan Hui: Lieblingsschüler des Konfuzius

Sun Wukong: Gestalt aus dem chinesischen Roman »Pilgerfahrt nach dem Westen« von Wu Chengen (16. Jh.); zauberkundiger Affe und erster Schüler des buddhistischen Mönches Xuan Zang auf seiner gefahrvollen Reise nach Indien

Mahakassapa: Schüler und Nachfolger von Gautama Buddha

Fourier, Charles (1772–1837): früher fanzösischer Theoretiker der ländlichen Kooperative

sagenhafter Shun, großer Yu: die legendären altchinesischen Kaiser Shun und Yu, die im sog. »Goldenen Zeitalter« (3. Jahrtausend v. Chr.) herrschten

die zwei Schwestern Trung: vietnamesische Nationalheldinnen, die durch den von ihnen geführten Aufstand gegen die Chinesen (40–43) für kurze Zeit die nationale Unabhängigkeit errangen

Pu Sung Ling: chinesischer Schriftsteller (1640–1715), bekannt für seine Geistergeschichten